RALLUMEZ LE FEU !

Vivre l'Évangile

Prêtre-éducateur, Guy Gilbert est l'auteur d'une vingtaine de livres dont les plus connus sont *L'Évangile selon saint Loubard*, *Jusqu'au bout* et *Ma religion, c'est l'amour*.

Paru dans Le Livre de Poche :

AVEC MON AUBE ET MES SANTIAGS

AVENTURIER DE L'AMOUR

DEALER D'AMOUR

DES LOUPS DANS LA BERGERIE

DIEU MON PREMIER AMOUR

L'ESPÉRANCE AUX MAINS NUES

ET SI JE ME CONFESSAIS

MA RELIGION, C'EST L'AMOUR

PASSEURS DE L'IMPOSSIBLE

LES PETITS PAS DE L'AMOUR

UN PRÊTRE CHEZ LES LOUBARDS

GUY GILBERT

Rallumez le feu !

Vivre l'Évangile

PHILIPPE REY

Merci à Radio Notre-Dame, où je suis heureux de m'exprimer chaque mercredi soir. Comme elle m'a inspiré pour ces pages !
Merci à Didier G., Bernard F., Brigitte M. et Jean-Yves L., à qui j'ai fait vivre un véritable enfer... pour m'aider à corriger ce manuscrit. Ils iront tout droit au paradis.

La traduction des textes de l'Évangile
reproduits dans le présent ouvrage est celle de Louis Segond.

ISBN : 978-2-253-12605-8 – 1re publication LGF

Avant-propos

Je suis venu pour allumer le feu sur terre, proclame le Christ dans l'Évangile.

Je me souviens, alors que j'étais tout petit (j'avais treize ans), combien ces trois mots de saint Jean, lus dans l'Évangile, m'ont bouleversé : « Dieu est amour. »

J'ai commencé à tout piger à partir de ce verset. Il m'a enflammé et m'a donné une formidable raison de vivre depuis soixante ans.

Se savoir aimé absolument, totalement, exclusivement, et jusqu'à notre dernier souffle, est notre chance.

Je crois à cette parole du Christ, j'ai foi en elle. Alors je tente de la vivre. Mais je sais que ce feu a besoin d'être rallumé sans cesse. La foi, c'est comme une langue étrangère. Si on ne la pratique pas, elle disparaît très vite de notre mémoire.

De plus en plus de personnes me disent : « Je suis chrétien non pratiquant. » Ce n'est pas en quelques minutes que je vais rallumer le feu de leur foi qui dort ou qui s'étiole. Je me dis en moi-même : « Si elles osaient ouvrir leur Évangile, quel feu les réchaufferait, les dynamiterait ! »

L'Évangile est simple, direct. Et puis il est bourré d'histoires et de paraboles. Mais il est radical ! Ce n'est pas un petit feu, c'est un brasier. Ses impératifs sont sans appel :

Aime ton ennemi.
Pardonne à l'infini.
Écoute l'autre.
Respecte-le.
Va vers celui ou celle dont personne ne veut.

Les fameux droits de l'homme dont on nous parle sans cesse sont imprégnés de ces préceptes.

Mais se plonger dans l'Évangile, c'est vouloir aller au-delà des simples droits de l'homme. C'est rencontrer le Christ vivant. Sa vie est un formidable acte d'amour, ses discours des paroles qui aiment. Il a donné sa peau pour le prouver.

« Soyez des enfants de lumière », proclame le Christ. Il a ajouté : « Je serai avec vous jusqu'à la fin des temps. » Il ne nous lâchera pas. Le croire, c'est être imbibé de sa présence. Donc de sa force et de son amour. Nous, on le lâche souvent. On le trouve, on le perd. L'important, c'est de reprendre sans cesse sa main tendue. Alors on peut tout vivre.

L'enfant évangélisé parle tout de suite de Jésus et à Jésus.
L'ado qui trouve la foi est lumineux.
L'adulte qui a la foi devient un combattant.
Le vieillard qui garde la foi est rayonnant.
La foi apaise le malade.
La foi rend libre le prisonnier.

Je te dédie ces pages. Puissent-elles ranimer ta foi. Que tu sois musulman, juif, hindouiste, bouddhiste, chrétien, athée ou agnostique, puissent mes mots t'aider à rallumer les braises de ce qui couve de meilleur en toi.

Je n'ai pas d'autre but. Je veux être l'homme de tous les terrains. Mais je n'ai pas besoin de 4x4. Il me suffit de vivre à genoux devant les plus pauvres. Et à genoux devant Dieu pour lui demander le feu.

N'aie pas peur de m'écrire pour m'interroger ou me critiquer. Évite la pommade. Mon éditeur se fera une joie de me transmettre ta lettre. Je la lirai avec le cœur, sois-en sûr.

Bonne lecture.

I

Vivre à fond la caisse

1

Aimez vos ennemis

Le commandement le plus dur à vivre

> Mais je vous dis, à vous qui m'écoutez : Aimez vos ennemis, faites du bien à ceux qui vous haïssent,
>
> Bénissez ceux qui vous maudissent, priez pour ceux qui vous maltraitent.
>
> Si quelqu'un te frappe sur une joue, présente-lui aussi l'autre. Si quelqu'un prend ton manteau, ne l'empêche pas de prendre encore ta tunique.
>
> Donne à quiconque te demande, et ne réclame pas ton bien à celui qui s'en empare.
>
> Ce que vous voulez que les hommes fassent pour vous, faites-le de même pour eux. [...]
>
> Mais aimez vos ennemis, faites du bien, et prêtez sans rien espérer. Et votre récompense sera grande, et vous serez fils du Très-Haut, car Il est bon pour les ingrats et pour les méchants.
>
> Luc VI, 27-31 et 35

Le soir de Noël 1993, une bande armée, menée par un chef à la cruauté légendaire, investit le monastère de Tibhirine en Algérie.

Menaçant, le chef s'avance vers le prieur Christian de Chergé et veut pénétrer dans le monastère. Christian refuse qu'ils entrent avec leurs armes.

Un dialogue inattendu commence entre les deux hommes. Le chef armé lance : « Tu n'as pas le choix de toute façon ! » Christian le regarde dans les yeux et lui répond : « Si, j'ai le choix. »

Peu après, il expliqua son geste : « J'avais la force de dire à cet homme menaçant qu'il restait pour moi un être humain. » Par son regard seul, Christian devenait le gardien de ce frère égaré dans l'inhumanité. Sa force devenait alors invincible.

L'homme se retira avec ses acolytes.

La force d'un regard d'amour et de pardon peut tout sauver. Je me souviens du regard de Christian quand j'allais au monastère. Sa douceur était lumineuse et sa volonté inébranlable.

Il a dû garder la lumière de son regard jusqu'à l'heure de sa mort, avec ses six compagnons. Demandons à ces sept martyrs qu'ils veillent sur nous aujourd'hui. Même si nous ne courons pas les mêmes risques qu'eux, la force de notre regard aura le même effet sur ce que notre société peut avoir d'inhumain.

C'est de la folie d'aimer ses ennemis ! C'est un scandale ! Oui, c'est vrai que c'est une folie. Quand on compare les religions, je dis souvent que nous avons l'une des plus exigeantes au monde, justement à cause de ce précepte dingue : « Aimez vos ennemis… »

Un mec était amoureux passionné d'une femme de vingt-deux ans. C'était un amour sauvage, une sorte d'amour de mante religieuse. Si quelqu'un regardait sa gonzesse, il voulait le tuer. C'est ce qu'il a fait un jour : mais c'est sa gonzesse qu'il a assassinée ; ce qu'il aimait le plus au monde, il l'a tué…

Il a été jeté en prison, évidemment.

Les parents de la victime sont allés voir l'assassin au parloir, discuter avec lui. Essayer de comprendre. Puis ils ont fait quelque chose d'incroyable : ils l'ont accueilli à sa sortie. Ils lui avaient préparé un appartement. La presse en a beaucoup parlé : « Ils sont fous », pouvait-on lire. Ils étaient fous, en effet, fous de Dieu. Ils ont répondu simplement qu'ils étaient chrétiens. « C'est une douleur sans nom que cet homme nous a causée, ont-ils répondu, et nous lui pardonnons. »

C'est l'héroïsme chrétien.

Plus récemment, un homme a voulu tuer sa femme et se suicider. Il s'est manqué et l'a rendue aveugle. Il a été jugé et emprisonné. La femme lui a pardonné devant tout le tribunal. Quand sa peine de prison a été terminée, ils sont sortis main dans la main.

Il a déclaré qu'il consacrerait le reste de sa vie à l'aimer, à l'aider et la guider.

Nous avons un désir inné de vengeance. Nous sommes marqués par le trop fameux : « œil pour œil, dent pour dent ». Nous voulons que le criminel paie le prix fort. Heureusement qu'il y a les tribunaux, sinon chacun sortirait son canon antichars et bombarderait son voisin !

Un tribunal ne venge pas. Il fait respecter les lois. Il est là pour juger un acte. Jamais la personne. La réparation, c'est la prison, et chaque citoyen contribue à payer la vie des prisonniers.

Aller plus loin

Délimiter la responsabilité d'un acte est important. Il faut mesurer les circonstances atténuantes… et puis penser à la réinsertion possible. En théorie, la prison n'est pas faite pour écraser l'individu, mais pour lui faire prendre conscience de son acte. Ensuite, il faut l'aider à se réinsérer… Malheureusement, la réalité est tout autre.

On parle beaucoup de « travail de deuil ». Tant que le mec n'a pas été condamné à perpétuité pour son geste, les proches des victimes ne feraient pas, dit-on, leur travail de deuil…

Comme vous, je suis du côté des victimes, mais pas au point que le coupable paie « cash ». Car il faut savoir ce qui a motivé son acte, il faut connaître toute la misère qu'il y a derrière son crime ou son délit. C'est crucial. Je conteste d'ailleurs avec vigueur la nouvelle loi sur les peines planchers qui tombent automatiquement pour les multirécidivistes.

La personne peut avoir des circonstances atténuantes très fortes. Je l'ai mille fois constaté, par exemple chez les lascars qui me sont confiés dès l'âge de treize ans pour des délits parfois très graves. Je me dis toujours que, si j'avais eu leur enfance, j'aurais peut-être commis les mêmes actes. Et que s'ils avaient eu comme moi une enfance merveilleuse auprès d'une mère et d'un père aimants, ils auraient cheminé sur la route de l'amour.

Certains de mes jeunes n'ont jamais connu de tendresse. Enfants, ils n'ont jamais été embrassés ni caressés. Ils ont toujours vécu dans la violence, entre des parents qui hurlaient et frappaient. Ils n'ont pas connu autre chose.

Pour un chrétien, il faut aller plus loin et dissocier le péché du pécheur. C'est une tâche essentielle. Récemment, un journal belge titrait : « Guy Gilbert, le curé des princes et des taulards », tout cela parce j'avais marié Laurent de Belgique. J'ai retenu de l'article une phrase qui me tient particulièrement à cœur : « On est toujours plus grand que ses fautes. » Cette phrase, si nous y croyons vraiment, nous libère du mal intérieur qu'est la haine.

Ne faisons pas du pécheur la figure idéale de l'ennemi. Et souvenons-nous de Jésus sur la croix : « Père, pardonne-leur, ils ne savent pas ce qu'ils font. »

Le Christ donne clairement ses instructions à ses disciples : « Aimez vos ennemis. » Et il ajoute : « Quel mérite avez-vous à aimer ceux qui vous aiment ? »

Façons d'aimer

Nous sommes faits pour aimer et être aimés, c'est la plus belle chose qui existe. Mais il y a tant de façons d'aimer. Derrière le mot « amour » se cachent bien des choses. La pensée grecque et la vision chrétienne distinguent trois termes : *eros*, *philia* et *agapè*.

Eros se rapporte à la passion amoureuse et au désir sexuel ; *philia* concerne l'amitié ; et *agapè* se réfère à l'amour de bienveillance, la charité, l'amour supérieur auquel nous convie Dieu.

Une des plus belles manières d'exprimer le sentiment amoureux à son conjoint est de lui « faire l'amour ». C'est l'amour sensible, l'amour physique. À condition que le cœur et le corps vivent et vibrent ensemble.

La *philia* est l'amour d'amitié. Rien d'érotique dans ce cas, évidemment. J'aime sans attendre de retour, seule l'affectivité est sollicitée. Il y a des gens que vous aimez d'instinct et d'autres que vous n'aimez pas... d'instinct. C'est comme ça, vous pouvez avoir une répulsion ou une attraction.

L'*agapè* est l'amour... des ennemis. Cet amour-là est spirituel : il n'est pas ressenti. Il n'y a pas de sensation immédiate. C'est quelque chose que l'on décide, que l'on choisit. Par exemple, cette personne que vous ne pouvez pas supporter ou qui vous veut du mal, vous faites un effort de volonté pour l'aimer. Le Seigneur nous le demande, ce n'est pas facile, mais Sa grâce nous motive.

L'amour des ennemis est le plus divin, le plus difficile. Il se reconnaît justement parce qu'il ne dépend pas de nous. Dans ce cas, si Dieu n'est pas derrière nous pour nous élever, nous resterons à terre. C'est Lui qui nous donne la possibilité de le réaliser.

Dans l'Évangile (Jean XXI, 15), nous retrouvons cette question. Le Christ demande par trois fois à Pierre : « M'aimes-tu ? » En lui-même, le Christ devait se dire : « Toi, mon pote, toi qui vas me trahir, toi qui veux toujours paraître mieux que les autres et te mettre sans cesse au premier rang... » Eh bien, il lui demande par trois fois : « M'aimes-tu ? » Et Pierre lui répond en employant le mot *philos,* c'est-à-dire l'amour d'amitié. La troisième interrogation annonce le martyre. Est-il prêt à mourir pour lui ? Sa vie d'apôtre en dépendra.

On ne peut pas « supporter » très longtemps sans conflit les membres de sa famille (parfois invivables), mais on peut les « porter ». Sainte Thérèse nous demande de supporter, puis de porter et enfin de transcender l'amour de nos semblables. Elle nous pousse à aimer surtout « ceux que l'on n'aime pas ». C'est ce qui rend l'amour le plus parfait possible.

Quelques noms

« En pratique, comment faire ? » vous demandez-vous après ce petit cours de théologie. C'est simple : en s'acharnant à prier pour celui que vous n'aimez pas. Dès demain, allez dans une papeterie vous acheter un joli petit carnet. Inscrivez en priorité les noms de ceux que vous n'aimez pas. Par exemple votre voisin, votre patron, votre belle-mère ou un cousin. Commencez par ces personnes. Priez pour elles, d'abord.

Il n'est pas possible de vivre dans la haine. Alors, essayez de faire ça demain. Inscrivez un premier nom et lancez-vous. Priez pour la première personne que vous n'aimez pas. N'ayez pas peur, le Seigneur vous donnera cette volonté.

Ou bien envoyez-lui votre ange... C'est un autre moyen !

Il m'arrive parfois de devoir rencontrer des jeunes particulièrement difficiles, que je n'aimais vraiment pas. J'envoie mon ange gardien en ambassade. Je lui dis : « Toi qui es un ange de lumière, fonce voir cet enfoiré, va le voir, devance-moi. » Souvent, ça marche. Donc... envoyez le messager du Seigneur, le messager de miséricorde et de lumière. Cet amour-là vient de Dieu. Il est superimportant.

Je me souviens de cette femme qui, sous le régime de Pinochet, avait été affreusement torturée. Un jour, alors que son bourreau s'apprêtait à recommencer, elle lui demanda :

« Votre fils va-t-il mieux ? »

Le type fut totalement désarçonné. Il lui avait confié, entre deux séances de torture, qu'il avait un gros problème avec son rejeton…

Je me souviens également de la haine d'un homme, dont la fille avait été violée, puis assassinée. Par la suite, il s'est occupé des jeunes de notre Bergerie comme stagiaire maître-chien. C'était pour lui, sans qu'il en ait conscience, une façon de pardonner à celui qui avait causé son malheur. Il me demandait souvent :

« Confie-moi un de tes gars ! »

C'était une manière superbe de dire que cet ennemi qui avait tué sa fille ne l'avait pas détruit, lui, et que grâce à cela il évitait à d'autres de tels malheurs.

Et puis il m'a dit un jour : « Guy, j'ai trouvé la paix. »

La haine et la vengeance dévorent. Le pardon donne la paix.

Tant de personnes aujourd'hui sont consumées par la rancune. Bourrées de cachets, elles survivent. Prends plutôt le cachet du pardon et tu dormiras bien.

2
Lenteur et silence

Deux vertus massacrées aujourd'hui

> Marthe, occupée à divers soins domestiques, survint et dit : Seigneur, cela ne te fait-il rien que ma sœur me laisse seule pour servir ? Dis-lui donc de m'aider.
>
> Le Seigneur lui répondit : Marthe, Marthe, tu t'inquiètes et tu t'agites pour beaucoup de choses.
>
> Une seule chose est nécessaire. Marie a choisi la bonne part, qui ne lui sera point ôtée.
>
> Luc X, 40-42

La neige est le plus beau symbole du silence. Même les oiseaux se taisent quand elle tombe.

On hésite à crier tant ce silence est un cadeau du ciel.

La neige est la gratuité pure. Elle tombe, elle transforme, elle égalise, elle pacifie, pare et habille le moindre objet.

La pire décharge prend une éphémère beauté.

La neige incite à la lenteur. Une lenteur merveilleuse. Les chauffards ralentissent, les stressés de la ville réapprennent les gestes précautionneux. Elle fait redécouvrir le jeu, la joie enfantine, l'esprit d'enfance, le gosse loin derrière soi, même à quatre-vingt-dix ans...

Un film que j'ai récemment vu, *Les Choristes*, m'a ému et inspiré. Sans doute le connaissez-vous. Des délinquants, dans un centre, sont gouvernés par un directeur sadique. Débarque un pauvre mec, un malheureux prof. À ces cœurs meurtris, il apprend le chant. Il en met, du temps, mais finalement il arrive par la mémorisation, la gestuelle qui libère le corps, à ouvrir leur intelligence, leur esprit et la beauté de leur âme. Et il crée, avec toutes ces âmes, un chœur sublime, une chorale d'anges.

Alors on voit ces petits délinquants, agressifs et hargneux comme la gale, devenir de beaux gosses heureux...

Dessine-la !

Le jour où j'ai acheté cette ruine en Provence, un jeune adulte s'est assis à côté de moi et m'a demandé :

« Comment tu la vois, Guy, cette baraque ?

– Prends un crayon et dessine-la-moi », lui ai-je répondu.

Il a dessiné une maison de rêve – une maison de dix-sept pièces ! –, celle dont je rêvais. Il a conçu les plans et fait la maquette. Il nous a fallu dix ans pour la construire. Le blé de l'État, il ne fallait pas trop y compter. Seuls les donateurs et les droits d'auteur de mes livres ont permis à Faucon d'exister. Et surtout, l'acharnement, la persévérance et la « lenteur » de mes jeunes. La plupart d'entre eux l'ont bâtie avec des éducateurs-maçons et n'ont jamais pu y habiter parce qu'ils n'y ont passé qu'un an ou deux. Ils l'ont patiemment fabriquée pour les autres.

Notre monde est fou. Tout va trop vite autour de nous et en nous. Pas seulement les transports et l'informatique. On ne fait même pas l'amour, on baise rapide. On ne mange plus, on bouffe dans des fast-foods. On cause, on jacasse, on n'a même plus le temps de se taire.

Les couples n'ont pas non plus le temps de s'écouter. Une information-marchandise chasse la précédente. Nous sommes des clients butineurs pressés.

On ne regarde pas, on zappe. On ne vit pas, on survit.

Il est très difficile de goûter quoi que ce soit si nous ne prenons pas le temps de la lenteur. Refusez la précipitation, gardez le temps pour vous, conservez-le jalousement ! Deux jours tous les dix jours, je calme le TGV que je suis, sinon il y a longtemps que je serais fichu. Pendant vos vacances, oubliez vos ordinateurs et vos téléphones, et pensez à vos priorités dans le silence. Je vois souvent des gens rentrant de vacances bronzés mais les yeux cernés. Leurs vacances les ont crevés ! Ils ont fait tant de choses inutiles.

Vacances saccagées ou gagnées

Si tu apportes tes documents, ton ordinateur et de multiples classeurs pour bosser,

alors tes vacances seront saccagées pour toi et tes proches.

Si tu préfères être près des grandes villes pour ne pas manquer de respirer la bonne odeur du gazole, le bruit qui te manque et vibrer avec la foule où tu aimes te perdre,

alors tes vacances seront saccagées.

Si tu préfères les plages surpeuplées au risque de devoir te battre pour quelques centimètres carrés de sable, si tu veux

bronzer désespérément et nager dans une mer apparemment limpide, dans laquelle des foules de gosses pissent allégrement,
alors tes vacances seront saccagées.

Mais si tu choisis un coin de montagne, un site superbe où seules les cloches des vaches encombrent délicieusement tes oreilles,
alors tes vacances seront gagnées.

Si tu marches, cours, escalades ou nages : vas-y doux au départ. Tes muscles de citadin sont rouillés ! Détends-les, apprivoise-les pour ne pas rester couché deux jours après ton arrivée…
alors tes vacances seront gagnées.

Enfin, si tu râles sur tout : les prix, le service, les transports et les quelques incommodités estivales, c'est que tu te fous de celui ou de celle qui te sert. Il est là pour toi, respecte-le,
alors son gagne-pain gardera la bonne odeur de ton passage.

Savoir perdre du temps…
Rêver.

Perdre son temps, prendre son temps

Être seul, ne serait-ce qu'un quart d'heure par jour, est une priorité absolue. Ces priorités auxquelles vous avez pensé, vous pouvez même les inscrire sur un carnet, ce n'est pas du temps perdu. Seul le silence fait gagner du temps.

Le silence et la solitude sont liés. Je parle évidemment de la bonne et belle solitude, pas de celle qui gagne du terrain aujourd'hui, à laquelle beaucoup de gens semblent condamnés, cette solitude désolée qui, au lieu d'apaiser l'esprit, l'encombre et l'angoisse.

Ils sont de plus en plus nombreux à vivre de plus en plus vieux. Les maisons de retraite débordent comme les prisons. Et dire que bientôt la moitié de la population sera à la retraite !

Les personnes âgées ne désirent plus rester isolées à la campagne. Mais il y aussi des gens qui aiment vivre dans le silence et la solitude, j'en connais à Paris.

En revanche, je me souviendrai toujours de ce vieil homme de mon quartier, bien portant et toujours de bonne humeur, qui était ravi de partir dans sa maison de campagne pour sa retraite. Il y espérait le calme, la paix et le bon air.

Trois mois plus tard, je le croise dans ma rue.

« Qu'est-ce que tu fiches à Paris ? lui dis-je.

– Il y a trop de silence à la campagne. Ça me tue… J'étais démoralisé. Et puis, au moins, dans mon quartier, je ne connais que quelques personnes. Là-bas tout le monde me parlait, tous les jours il fallait que je dise bonjour à la boulangère et aux voisins. Ça m'a exaspéré ! »

Je pense à la solitude des cœurs trahis. Je pense au silence des veufs et des veuves quand l'autre est parti dans l'éternité. L'infirmité, la prison, la maladie peuvent nous isoler.

Je ramenais un jour à Faucon un jeune mec que le juge m'avait confié. En arrivant, il me dit :

« Putain ! Le silence, curé… ça craint ! C'est mortel. Où est-ce qu'on trouve une boîte de nuit ou un plan pour s'éclater ici ?

– À trente kilomètres.
– Et le bureau de tabac ?
– Cinq kilomètres.
– Un bistrot ?
– Pareil.
– Je vais pas rester longtemps dans ce trou... »

Il y est resté un an. Quand je l'ai ramené chez le juge au tribunal de Paris, le juge, humain et compréhensif, l'a amnistié pour bonne conduite :

« On passe sur tes conneries, pendant un an tu as été super. Allez... on oublie. »

En sortant le jeune me fait :

« Guy, foutons le camp ! Il y a trop de bruit et d'agitation ici ! »

Depuis qu'il avait vécu au milieu des montagnes majestueuses et des forêts du Verdon, qu'il avait tant détestées durant les premières semaines, le bruit et la fébrilité de la ville le faisaient fuir.

Se préparer au silence, s'habituer au silence, c'est aussi un apprentissage.

Ma part de silence

Quand je pars en montagne avec mes clébards Gangster et Vagabond sur les talons, je savoure le silence.

« Le temps est de l'or », dit-on. Pas de l'argent, ni des dollars, ni des euros, mais de l'« or ». Avoir sa part de silence dans sa vie quotidienne est inestimable. Si, dans nos vingt-quatre heures, nous savons prendre du temps pour nous-mêmes, alors nous saurons le prendre pour les autres. On sera attentif à ses amis, à ses collègues, et dans le couple, l'un verra quand l'autre sera fatigué.

Apprendre à nos jeunes à faire bien et lentement leur travail est un atout maître pour leur avenir. J'ai le souvenir marquant de mon premier curé, Pierre, à Blida. Il me fascinait quand il prenait la plume. Il s'appliquait comme si sa vie dépendait de chaque mot qu'il écrivait. Il m'a appris la joie de m'investir dans la plus petite action.

Rien n'est inutile. « Tout est grâce », écrivait saint Paul.

Même le stylo qui s'applique, lentement, à calligraphier le juste mot...

3

Dans la joie et l'allégresse

Les bienfaisantes émotions de l'âme

Chantez à l'Éternel un cantique nouveau ! Car Il a fait des prodiges. Sa droite et Son bras saint Lui sont venus en aide.

L'Éternel a manifesté Son salut, Il a révélé Sa justice aux yeux des nations.

Il s'est souvenu de Sa bonté et de Sa fidélité envers la maison d'Israël, toutes les extrémités de la terre ont vu le salut de notre Dieu.

Poussez vers l'Éternel des cris de joie, vous tous, habitants de la terre ! Faites éclater votre allégresse, et chantez !

Chantez à l'Éternel avec la harpe. Avec la harpe chantez des cantiques !

Avec les trompettes et au son du cor, poussez des cris de joie devant le roi, l'Éternel !

Que la mer retentisse avec tout ce qu'elle contient, que le monde et ceux qui l'habitent éclatent d'allégresse,

Que les fleuves battent des mains, que toutes les montagnes poussent des cris de joie,

Devant l'Éternel !

Psaumes XCVIII, 1-9

La joie et l'allégresse est un thème que l'on aborde peu. Il est pourtant si beau d'entendre Jésus nous dire sans cesse : « Soyez dans la joie et l'allégresse car votre récompense est grande dans les cieux. »

Paul Claudel ne disait-il pas que nous n'avons d'autre devoir que la joie ?

La joie dont parle Jésus est celle que l'on éprouve au milieu des insultes, des calomnies et des persécutions. Si vous vivez dans la souffrance, dans les difficultés de toutes sortes, vous devez garder la joie, c'est ce qu'il nous dit.

Comment pouvons-nous comprendre cela ? Comment, dans les souffrances et les deuils, pouvons-nous garder la joie ? Sans doute parce que la faim de bonheur est inscrite dans nos gènes, parce que notre soif d'amour est inextinguible.

La joie apparaît d'abord sous forme de plaisirs immédiats : quelques jours de ski de fond... au printemps voir les fleurs s'épanouir sur le bord des routes... le chant des oiseaux dans les arbres, sur le toit... respirer une rose délicatement odorante ou contempler un paysage... le roucoulement d'un pigeon devant ma fenêtre... Tiens ! il y a une jolie carte postale dans ma boîte... Ces moments, nous en éprouvons une multitude dans nos journées... ils ne dépendent que de notre regard.

La vraie joie

La vraie joie n'est pas une sensation épidermique, elle est plus qu'un bien-être psychologique. Elle n'est jamais possessive. Elle donne davantage qu'elle ne prend. Elle consiste à demeurer dans la vérité, la bonté et la beauté. Souvenez-vous de ce passage de saint Paul : « Le fruit de l'Esprit, c'est l'amour, la joie, la paix, la patience, la bonté, la bénignité, la fidélité, la douceur, la tempérance » (Galates 5,22).

Il cite d'abord l'amour, et puis la joie. Je médite très souvent ce passage.

Décrivant la joie de l'âme, Descartes écrivait qu'elle était « une bienfaisante émotion de l'âme ».

Nous devons distinguer cette joie du plaisir. Ces deux réalités sont proches, quasi jumelles. Le plaisir est bruyant, un peu brouillon, il s'agite comme des vaguelettes sur la mer... La joie est claire et forte, stable comme une plante d'eau sur un étang. Le plaisir est passager, je tente de m'y accrocher. La joie authentique m'est donnée, elle est une bénédiction, elle a quelque chose de divin, quelque chose d'éternel parce qu'elle vient d'en haut.

Où diable cachez-vous votre joie ?

C'est certain, il y a du moisi dans l'Église. Nietzsche avait des paroles très dures : « Vous, chrétiens, si votre foi vous rend heureux, montrez-vous donc heureux. Vos têtes sont encore plus tristes que vos pensées. Si le message joyeux de votre Bible était marqué sur vos visages, vous n'auriez pas besoin d'exiger de manière aussi obstinée notre foi en l'autorité de ce livre. »

Quant au très catholique Bernanos, j'aime beaucoup sa diatribe : « Lorsque vous sortez du confessionnal, vous êtes en état de grâce. Eh bien, que voulez-vous, il n'y paraît pas beaucoup ! Nous nous demandons ce que vous faites de la grâce de Dieu. Ne devrait-elle pas rayonner de vous ? Où diable cachez-vous votre joie ? »

L'Église occidentale manque souvent de joie. Au cours des eucharisties que je fais, je vois parfois des assemblées pétantes de joie où les fidèles chantent à gorge déployée, et d'autres fois des assemblées mornes : des chants à peine murmurés…

Chaque fois que les gens chantent, je les salue et je les remercie. Je préfère cela aux chorales. Je les aime bien, les chorales, mais elles n'incitent pas à participer ; les fidèles écoutent et admirent, comme au concert.

Un concert pendant une messe n'est pas une prière.

Exprimer son allégresse

Paul VI a écrit dans ses notes de retraite : « Dieu est amour, telle est la vérité. C'est ce que nous enseigne aussi l'Évangile. Je crois en un Dieu tout-puissant. Je suis aimé par Dieu. Joie, joie, larmes de joie. »

Cette phrase est une variante de ce que Blaise Pascal avait écrit. Pourtant, Paul VI ne respirait pas tellement la joie. Il n'avait pas une figure très avenante. Il était très intériorisé et n'exprimait pas ses émotions comme le fera son successeur Jean-Paul Ier. Mais à chacun son charisme.

Même si on n'est pas obligé de porter un masque de joie, comme les membres de sectes, soyons un peu plus souvent visiblement dans l'allégresse.

La miséricorde

Nous avons cette part merveilleuse de joie : la miséricorde. Elle nous met en état de joie permanente car, malgré notre côté pécheur, nous sommes certains que Dieu nous aime. Simplement, nous avons une apathie spirituelle très forte. On cherche, on bavarde... Où mettrai-je Dieu dans ma vie ? se demande-t-on. Mais Dieu doit être simplement au cœur de notre vie. Et cela dès le matin. Alors notre joie intérieure sera profonde, malgré toutes les difficultés de la journée.

Quand je prends le métro, je vois la plupart du temps des visages tristes. Comme ces transports sont pénibles ! Les touristes étrangers qui passent à Paris disent toujours : « Comme ils sont sinistres, ces Parisiens dans les transports en commun ! »

En revanche, je me souviens qu'à l'occasion des JMJ, il y eut une explosion de joie dans les métros, les bus et partout dans Paris. C'était fantastique de voir ces milliers de jeunes parlant aux gens, chantant, animant des rames entières.

Il faudrait une JMJ tous les mois à Paris !

Les remèdes

Je vois parfois des jeunes d'une tristesse incroyable, et je me demande où ils ont bien pu puiser une telle tristesse. Alors que d'autres ont des moments de joie toute la journée, quoi qu'il arrive. Je me souviens de l'enthousiasme de Nasser à la Bergerie. Ce gosse avait eu de très grandes difficultés dans son enfance, mais il avait toujours une boutade heureuse qui égayait la communauté. Il avait ce don fabuleux.

Et pourtant, quelle vie de chien il avait vécue !

La première recette de la joie est de puiser dans les choses simples et naturelles de l'existence. Et puis de mitonner à feu doux.

Vivre dans le présent, d'abord. Nous sommes souvent engloutis, perdus dans notre passé ou projetés dans l'avenir. Alors nous manquons les joies de l'instant présent. Nous ne voyons pas le temps qui passe. Retranchés dans le passé ou projetés vers le futur, l'on n'éprouve que remords ou craintes.

Manger est un plaisir, boire aussi (avec modération évidemment), et goûter le bonheur dans son travail... Perdre sa vie à gagner de l'argent dans un travail que l'on n'aime pas est difficile et usant. Quand je demande aux personnes que je rencontre si elles aiment leur travail, une sur deux me répond, hélas, que non.

Alors, je m'étonne :

« Mais pourquoi l'as-tu choisi ?

– Parce que je n'ai pas trouvé autre chose. »

Quand ce n'est pas parce qu'ils gagnent beaucoup d'argent...

Aux jeunes, je demande :

« Quel est ton rêve ? »

Je ne veux pas savoir quel métier ils veulent exercer, je sais qu'ils me répondraient :

« École de commerce ! »

Je préfère les prendre à contrepied, je leur parle de leurs rêves parce que leur famille n'est capable le plus souvent de ne leur parler que d'argent. En réfléchissant à leurs rêves, ils ont un moment de flottement.

Et puis je les aide :

« Fais ce que tu as rêvé de faire, parce que c'est là que tu trouveras la joie et la fierté d'être un homme ou une femme debout. »

Joies partagées

Le boire et le manger sont des joies simples, surtout si elles sont partagées, mais plus grand encore est le bonheur d'un homme auprès de sa femme.

« Goûte la vie avec la femme que tu aimes. On ne peut pas trouver de plus grande joie », dit le psalmiste.

Et puis il y a la joie énorme et trinitaire, la joyeuse fierté de la fécondité et de la progéniture. Comme il est bon de respirer l'amour en présence de jeunes couples qui s'aiment et qui portent leur marmaille à pleins bras. Ils expriment toute la joie d'amour à travers leurs petits. C'est une chose merveilleuse.

Les Proverbes (XVII, 23) disent : « Un cœur joyeux favorise la guérison, un esprit attristé dessèche les membres. »

Les médecins vous le confirmeront : une personne qui prend joyeusement ses ennuis de santé guérira plus vite qu'une personne accablée par la maladie qui la ronge et qui en est obnubilée.

La vérité d'un verset

Revenons à l'Église...

« Oh ! quel plaisir, quel bonheur de se trouver entre frères et sœurs ! » disent les Psaumes.

Je pense à ce verset quand je vois des gens aux fesses serrées qui entrent dans l'Église, et en ressortent vite avec leur solitude. Seules les cloches sont joyeuses.

J'ai connu cette joie particulière à Paray-le-Monial. Quelle joie éclatante des jeunes à travers les prières, à travers des eucharisties très adaptées, à travers la fête, à travers les chants ! Quelle merveille de se baigner au milieu de cette foule de jeunes venus par milliers partager une jubilation très grande !

Une autre joie est celle qui habite le cœur des pauvres en esprit. Ce sont ceux qui restent fidèles. Le psalmiste dit : « Je me réjouis de Tes ordres comme celui qui trouve un grand butin. Que Tes ordres soient doux à Ton palais plus que le miel à ma bouche. Plus désirables les décisions du Seigneur que l'or et la quantité d'or fin, plus savoureuses que le miel nouveau. »

Ces paroles de la Bible sont magnifiques. « Dès que je trouvais Tes paroles, je les dévorais. Ta parole m'a réjoui, rendu profondément heureux. »

À trois mètres au-dessus du sol

Il ne s'agit pas de réciter à toute vitesse son bréviaire ou chanter ses Psaumes, mais de s'attarder sur une phrase et de la méditer. Ceux et celles qui méditent la Bible tous les jours savent le bonheur qu'ils y trouvent. Je ne dis pas cela pour tous les Psaumes. Il y en a de vengeurs ou d'insipides. Je zappe tout de suite. Mais souvent je trouve un superbe verset, une phrase vraiment extraordinaire qui correspond à ce que je ressens en mon for intérieur. Alors j'éprouve un choc, je monte à trois mètres au-dessus du sol...

Je marque un arrêt et je médite un moment.

L'âge de sa joie

De Gaulle disait de la vieillesse qu'elle était un naufrage. Je pense que le jour où il a dit cela, il n'avait pas les idées claires. Tout dépend de ce qui dynamise un être. Si l'on se focalise sur chaque petit signe de vieillissement, évidemment on a toutes les raisons de déprimer. Le corps n'a plus vingt ans, il a perdu un peu de ses dents, de sa vue, de son ouïe, de son habileté physique, de sa vigueur… Mais pas de sa beauté (celle-là, intérieure) ! Une ancienne (séductrice) me disait pas plus tard qu'hier :

« Mon père, comme vous êtes beau ! »

(Il me suffit de regarder mes photos pour suggérer à cette sainte femme d'aller voir son oculiste !)

Le vieillissement du corps doit aussi nous mettre dans la joie. Nous devons le porter allègrement, parce que la joie n'a pas d'âge, et que l'on a l'âge de sa joie.

Joie de la croix

L'Évangile comporte de sacrés paradoxes. Comment trouver la joie dans la croix ?

La vieille marchande de fleurs souriait, son visage ridé rayonnait de joie. La personne qui lui achetait un bouquet lui dit :

« Vous semblez bien heureuse !

– Pourquoi pas ? Tout va bien ! » lui répondit-elle.

Elle était si pauvrement vêtue et semblait si fragile que sa réponse surprit sa cliente.

« Vous surmontez bien vos ennuis…

– Quand Jésus a été crucifié le vendredi saint, cela a été terrible pour le monde entier, expliqua-t-elle. Et trois jours plus tard, c'était Pâques. Alors je sais que quand quelque chose ne va pas, il suffit d'attendre trois jours et, d'une façon ou d'une autre, tout finit par s'arranger. »

Chaque fois que j'ai des ennuis, je me souviens de la fleuriste et j'attends trois jours.

C'est le paradoxe de la croix.

Paul et Silas, après avoir été fouettés de verges, furent jetés en prison. Aux alentours de minuit, ils chantaient les louanges de Dieu. Les autres prisonniers les écoutaient (Actes XVI, 22-25). Il existe une version plus moderne de ce passage d'évangile : l'histoire du père Maximilien Kolbe...

Quelqu'un avait tenté de s'évader d'un camp de concentration durant la Seconde Guerre mondiale. Pour un seul évadé, le commandant du camp avait décidé que la sanction serait de faire mourir de faim dix prisonniers pris au hasard.

Le commandant du camp désigna donc un premier homme, mais celui-ci pleura, hurla :

« Je vous en supplie, j'ai deux enfants… »

Alors le père Kolbe s'avança et dit au commandant :

« Je prends sa place ! »

Le commandant accepta. Que lui importait que ce soit cette vie-là ou une autre ?

Pendant les trois semaines de leur agonie, on entendit des chants dans tout le bloc où les condamnés enduraient leur lent supplice. On rapporte même que le père Kolbe, dernier survivant, irradiait de bonheur et de joie au moment même où l'infirmier vint lui donner la piqûre de la mort.

Nous, chrétiens, relions la joie à la croix. Joie et peine jaillissent de la même source. Le Christ éprouve la joie de la soumission à son Père. Il a eu l'allégresse de Lui dire oui. Il peut y avoir de la joie là où on ne la ressent plus.

Dans le récit des Béatitudes de Matthieu, le mot heureux est chaque fois mis en relation avec une notion qui lui semble incompatible : pauvreté, tristesse, persécution, violence. La joie est appelée béatitude. C'est se donner à l'autre qui remplit de joie. Le don, l'amour du don donne une puissance de vie inégalable. Prenons de très bon cœur les épreuves qui se présentent.

La foi produit de l'endurance. Je peux l'affirmer dans ce que je vis auprès de mes jeunes. J'ai choisi une part difficile. À travers toutes ces difficultés à essayer de les sauver d'un merdier inimaginable, ma foi est soumise à tous les vents et à toutes les épreuves. Malgré les chutes, la joie dans la souffrance n'est le fruit ni de notre énergie morale ni de la sagesse humaine. Elle est un don de l'Esprit qui habite en nos cœurs.

La pédagogie de la croix

La joie est la guérison profonde de la mémoire. La joie, c'est le pardon. Je connais des gens qui ont pardonné après des années de rancunes et de haines. Quelle joie vivent-ils après ! Les écueils de la joie, c'est de baisser les bras après un échec, de se sentir impuissant à la suite d'une faute, et surtout de perdre confiance en un Dieu qui s'occupe de chacun de ses enfants. La cause majeure de la disparition de toute joie est le découragement.

Sachez que pas un oiseau ne tombe d'un toit sans que Dieu ne s'en soucie ! Il nous l'a promis.

La joie de la louange est assez nouvelle dans l'Église. Être en état de louange est très beau. Cela consiste à louer Dieu en quelque situation que l'on se trouve.

Louons Dieu et Il nous apportera la joie.

La route du bonheur, c'est l'année liturgique : l'avent est le temps de la pénitence qui nous amène à Noël, le carême celui qui nous conduit à Pâques.

L'année liturgique est faite de joies !

Vivez le présent, en acceptant les difficultés et les souffrances, en ayant sans cesse une parole de louange vis-à-vis de Dieu.

Alors, j'en suis certain : Il vous donnera la joie.

J'ai aimé cette formule d'absolution que m'a donnée un jour un moine :

« Reçois, Guy, le pardon de Dieu. Reçois Sa joie et Sa tendresse. »

Comment, alors, ne pas reprendre dans l'allégresse le sentier escarpé de mon dur quotidien ?

4

Face à la maladie d'Alzheimer

Les vrais remèdes : le regard, la parole et le toucher

> Jésus parcourait toutes les villes et les villages, enseignant dans les synagogues, prêchant la bonne nouvelle du royaume, et guérissant toute maladie et toute infirmité.
>
> Voyant la foule, il fut ému de compassion pour elle, parce qu'elle était languissante et abattue, comme des brebis qui n'ont point de berger.
>
> Alors il dit à ses disciples : La moisson est grande, mais il y a peu d'ouvriers.
>
> Priez donc le maître de la moisson d'envoyer des ouvriers dans sa moisson.
>
> Matthieu IX, 35-38

Comment aider quelqu'un dont un parent est atteint de la maladie d'Alzheimer, cette maladie qui détruit nos cellules cérébrales de façon lente et insidieuse ?

Je l'ai découverte pour la première fois à travers un ami proche. Sa mère avait commencé par nous accueillir en nous disant : « Bonjour, messieurs », comme si nous étions des étrangers. Puis nous étions allés au restaurant.

« Que voulez-vous manger ? » lui avais-je demandé.

Elle voulait des carottes râpées. Je m'absentai un instant pour aller lui en chercher au buffet. Quand je revins avec son assiette, elle demanda à son fils :

« Mais qu'est-ce que c'est que cet engin que tu m'as amené ? » (Elle parlait de moi.)

Elle savait encore qu'il s'agissait de son fils à ce moment précis, mais ce n'était pas toujours le cas. Quant à moi, en voyant mon blouson noir, elle avait eu la même réaction que la première fois où elle m'avait rencontré, vingt-cinq ans plus tôt : « Mais qu'est ce que c'est que cet engin... »

Puis nous l'avons raccompagnée chez elle. L'infirmière s'est assise à côté d'elle. Alors la malade s'est mise à lui caresser longuement le bras. Elle reconnaissait instinctivement cette personne qui s'occupait d'elle chaque jour, mais plus vraiment son fils.

J'ai rencontré également un homme qui ne parlait plus depuis des mois, mais qui souriait toujours tendrement à sa femme quand elle lui caressait la joue.

Dans ma propre famille, il y avait une femme qui avait toujours été très cruelle envers sa fille. Quand elle fut atteinte d'Alzheimer, sa fille vint la voir régulièrement. Un jour, cette mère qui n'avait jamais su que la frapper, lui caressa longuement la joue. La fille m'a dit que ce moment avait été prodigieux. Il lui sembla que tout ce qu'elle avait enduré dans le passé s'était effacé.

Bientôt des millions d'êtres concernés

C'est en 1901 qu'Aloïs Alzheimer observa une patiente atteinte de troubles mentaux que la médecine de l'époque ne pouvait expliquer. En 1906, il décrivait pour la première fois le processus d'une telle maladie. L'appellation « maladie d'Alzheimer » ne sera employée qu'en 1912 par Emil Kraepelin dans son traité de psychiatrie.

Plus de huit cent mille Français en sont maintenant atteints, mais l'on dénombre plus de deux cent mille nouveaux cas chaque année. Plusieurs millions d'entre nous seront un jour concernés. Les facteurs de risque de la maladie d'Alzheimer sont nombreux : vieillissement, susceptibilité génétique, environnement social et culturel, affections vasculaires…

Les témoignages remplissent aujourd'hui des pages et des pages de magazines et de revues scientifiques : cette femme qui avait au début des problèmes de mémoire des noms, puis de localisation, au point de revenir un jour chez elle à pied parce qu'elle ne savait plus où elle avait garé sa voiture ; ces retraités de longue date qui se lèvent et s'habillent à 6 heures du matin pour partir au boulot…

La maladie entraîne rapidement des troubles plus importants : perte du sens de l'orientation dans l'espace, dans le temps, troubles du jugement, du langage, objets de la vie quotidienne non identifiés... Les malades désapprennent irréversiblement.

Cette femme assiste à la lente dégradation de son mari qui ne la reconnaît plus, au point de lui demander si elle est mariée. Quand elle lui répond : « Oui, avec l'homme qui est en face de moi », il se met à rire... comme si c'était une bonne blague.

Leur mémoire est un pull qui se détricote.

Des éclairs d'espérance

Vivre cette épreuve n'est pas facile. Un médecin a pourtant observé qu'il n'avait jamais vu un malade atteint d'Alzheimer négligé par sa famille. Ce fait est assez exceptionnel. Mais la famille est déroutée par une maladie où les liens tissés depuis longtemps semblent anéantis.

En France, nous commençons à comprendre le rôle très positif que jouent les conjoints, les enfants, les proches, et à en tenir compte... Il n'empêche que la présence de cette maladie est toujours une grande souffrance dans les familles, écartelées entre révolte et combat. Sans compter la fatigue... Les malades requièrent une vigilance de tous les instants. Une femme me racontait qu'elle ne pouvait laisser sa mère seule plus de dix minutes ; un jeune, que son père malade était devenu pour lui comme son petit frère, sinon son enfant.

C'est d'autant plus dur qu'ils aiment ce familier qui leur est devenu si étrange, et pour qui ils sont devenus des étrangers.

Ces malades ont un énorme besoin d'affection et d'empathie, que seule la famille peut leur donner. Il faut donc apporter aux proches toute l'aide nécessaire afin que jamais ils ne lâchent le lien affectif. Un homme disait qu'il avait vécu cinquante-quatre ans avec sa femme et que ce serait encore plus dur de s'en séparer, même s'il était devenu un étranger pour elle.

Cette maladie renvoie également à de profondes angoisses, puisqu'on s'occupe d'un être dont une partie de l'esprit est mort.

Parfois, les personnes souffrant de la maladie d'Alzheimer ont des accès de violence. C'est ainsi que Jeanne, que j'ai bien connue et qui était la douceur même, a un jour envoyé un bol de soupe à la figure de sa fille. Ils ne peuvent pas refréner leurs émotions. Celui qui perd ses clés, oublie son porte-monnaie, se met à accuser tout son entourage de le voler. Ils vivent une très forte anxiété qu'ils ne maîtrisent plus. S'ils deviennent agressifs, c'est parce qu'ils ont peur. Ils ont donc besoin d'être en permanence rassurés, sécurisés et valorisés.

Planifier l'avenir

L'annonce du diagnostic est toujours difficile. 75 % des patients commencent par ressentir des défauts de mémoire. Ensuite, le tableau s'enrichit de troubles affectifs, comportementaux et d'une perte d'autonomie dans leur vie quotidienne.

En fait, nous n'avons pas encore de marqueur fiable de la maladie d'Alzheimer. Seule l'étude du cerveau permet un diagnostic certain, par la mise en évidence des lésions caractéristiques de cette maladie.

Au début de la maladie, il y a une phase très insidieuse où la personne malade se dissimule ses troubles à elle-même. Mais comment les identifier ? Et pourquoi « dramatiser », se dit-on, pourquoi raccrocher mes troubles à une maladie dégénérative irrémédiable ?

Pourtant, à ce moment, des soins peuvent être donnés. Il ne faut pas nier sa maladie. Il faut essayer de s'en rendre compte et planifier l'avenir.

L'amour est un torrent

La personne malade n'est pas là comme nous aimerions qu'elle soit. Il y a des phases de rémission, des moments d'espoir, puis de nouveau des périodes difficiles.

Des psychologues, des équipes de dialogue peuvent nous aider. Des bénévoles d'associations vivant les mêmes chocs peuvent parler avec nous et nous permettre de ne pas lâcher prise au cours du temps.

Enfin, confier le malade à une institution est aussi une solution. Ne vous culpabilisez pas. Ne croyez pas non plus que ce soit un abandon dans un lieu froid et anonyme. Des infirmiers m'ont dit qu'ils ne quitteraient pas ce service pour tout l'or du monde parce qu'ils y avaient ressenti une empathie formidable avec ces personnes apparemment étrangères à tout.

Saint Paul nous a dit que l'amour était un torrent que rien ni personne ne pouvait arrêter. Nous avons tous besoin de rendre cet amour à la personne atteinte. Elle souffre et nous pouvons l'apaiser. Elle parle et nous pouvons l'écouter.

Le regard, la parole et le toucher

Il faut apprendre à croiser le regard de la personne souffrante. Le regard est la première interaction qui met l'humain en confiance. Se placer à la hauteur du regard du vieillard et parfois tout près. Tant d'infirmières surchargées n'ont plus le temps du regard…

La parole est aussi capitale dans le cas de malades d'Alzheimer. Décrire les moindres gestes que l'on fait en l'habillant, en lui donnant à manger, ou en la bordant, c'est empêcher la personne apparemment absente de se replier sur elle-même.

Enfin, le toucher. L'homme est programmé dès la naissance pour être caressé. Or, qui caresse le vieillard désorienté ? Tout geste brusque est considéré comme une agression par le vieillard impotent. Les aides-soignants d'aujourd'hui réapprennent totalement leurs gestes. C'est essentiel… Réapprenez avec nos anciens la douceur du toucher. C'est parfois le seul langage qui reste pour apaiser et faire entrer dans la lumière celui ou celle qui s'en va.

Un visage de tendresse
(Cette prière m'a été adressée par une infirmière.)

Mon Dieu, donne-moi de pressentir la douleur secrète de ceux et celles dont je m'occupe.

Donne-moi de la pressentir avant même qu'elle soit exprimée.

Donne-moi d'accueillir simplement leur amour afin de pouvoir Te l'offrir.

Donne-moi de prendre sur moi leurs haines, leurs violences, leurs souffrances afin de les en délivrer.

Je T'en supplie, Seigneur, donne-moi d'être attentive, d'être patiente et d'être forte.

Donne-moi en face de mes malades la sérénité des lacs profonds où ils puissent retrouver leur image.

Mais avant tout, Seigneur, donne-moi Ton visage de tendresse pour le plus pauvre, le plus tremblant, le plus seul, le plus abîmé, afin qu'ayant connu la douceur d'une présence, il découvre émerveillé que Ton visage est celui de l'amour.

5

Après la mort d'un proche

Retrouver la paix

N'abandonne pas ton cœur au chagrin, repousse-le. Songe à ta propre fin.

Ne l'oublie pas : il n'y a pas de retour, tu ne servirais de rien au mort et tu te ferais du mal.

« Souviens-toi de ma sentence qui sera aussi la tienne : moi hier, toi aujourd'hui ! »

Dès qu'un mort repose, laisse reposer sa mémoire, console-toi de lui dès que son esprit est parti.

Ecclésiastique XXXVIII, 20-23

Combien de lettres ai-je reçues de personnes qui me disaient avoir haï un proche, et qui maintenant, après son décès, étaient rongées de remords et de regrets !On m'en a adressé beaucoup et j'aimerais répondre...

Un tremblement de vie

Quoi que l'on fasse, lorsque l'on est confronté à la disparition d'un être cher, on regrette toujours quelque chose : de ne pas lui avoir pas rendu visite plus souvent à l'hôpital, de ne pas lui avoir téléphoné… On se dit toujours qu'on ne l'a pas assez aimé et l'on se culpabilise.

Une femme disait à sa sœur sur un ton de reproche : « Voilà seulement trois semaines que nous avons enterré notre mère. Comment fais-tu pour reprendre une vie normale ? Moi, je n'y arrive pas. La nuit, les souvenirs m'assaillent. Je suis pleine de remords. J'ai été dure toutes ces années avec maman. Elle me l'a certes bien rendu... J'aimerais tout effacer, remonter le temps, redonner une chance à notre relation.

« Quand on a mis maman en maison de repos après son opération, a-t-elle cru qu'on l'abandonnait ? Je n'ai pas voulu entendre ses protestations. J'aurais dû passer la voir plus souvent... Elle est partie sans me laisser le temps de lui dire : "Maman, je t'aime." Je n'ai pas su ou je n'ai pas pu. Et maintenant tout se brouille... »

À la perte d'un proche, je me suis souvent reproché de ne pas l'avoir aimé davantage. Au-delà de la souffrance affective, la mort de quelqu'un de cher provoque en nous un tremblement de vie.

Le syndrome du survivant

Lors du tsunami indonésien, je lisais des témoignages dans toute la presse de personnes qui avaient miraculeusement survécu. Beaucoup d'entre elles se sentaient coupables. Coupables de vivre encore. Combien de réchappés des camps de la mort ont ressenti ce syndrome dit « du survivant » !

Concernant nos parents, on se demande qui ils étaient. On se demande aussi qui nous étions en vérité par rapport à eux. Avec ce sentiment, toujours, d'être « passé à côté ». Lorsque j'ai enterré un supérieur de mon séminaire que je connaissais depuis près de cinquante-sept ans, je me suis fait ces mêmes réflexions.

En perdant ma mère, je me sentais également perdu. Cela me renvoyait aux souvenirs du séminaire. À treize ans, je pleurais parce que mes parents me manquaient. À soixante-huit ans, j'ai vécu la même chose quand ma mère est morte dans mes bras.

Le manque d'un être pour toujours, l'absence définitive... comment supporter cela ? Combien d'entre nous ne parviennent pas à se séparer de l'image du vivant qu'ils ont connu ! Pour d'autres, le deuil s'estompe. Progressivement. Petit à petit.

Il y a deux attitudes : soit l'on s'agrippe au passé et l'on ressasse sans cesse : « Ah ! Si j'avais su... » Même si l'on admet que l'autre ne reviendra jamais, que l'on ne retournera jamais en arrière. Le mal qu'on a pu faire à cet être est fait, et c'est trop tard pour y changer quelque chose. Soit on se reprend et l'on reconnaît pour soi-même : « D'accord, je n'ai pas été aussi bien avec lui que je l'aurais dû, mais je vais essayer d'être beaucoup mieux avec ceux qui restent. »

Des morts par dizaines

Cinquante-cinq de mes jeunes ont disparus de mort violente. Des jeunes que j'avais accompagnés parfois de nombreuses années. Chaque fois, je fais un examen de conscience, je fais aussi un examen « de confiance ». Lorsque l'on se trouve devant le corps d'un jeune gars, ou d'une fille, que l'on a porté et aidé pendant des années, le chagrin est immense, et la vision très pénible... Pas belle du tout quand ils ont été tués par balle ou autre mort violente.

Alors je me dis : « Seigneur, ils ont cherché l'amour, ils l'ont trouvé maintenant. C'est impossible qu'ils ne l'aient pas trouvé. »

Je me souviens de Gérard. Je l'avais accompagné lorsqu'il était mourant. J'étais souvent allé le voir. Et puis un jour le docteur m'appelle : « Gérard vous demande. » Hélas, je n'ai pas pu revenir à temps, trop pris par mes affaires. Il est mort dans cet intervalle.

Sa mère m'a dit qu'il m'avait attendu, le visage tourné vers la porte. Gérard avait voulu que je lui donne mon ancien blouson. On l'avait donc revêtu de mon vieux Perfecto avant de le placer dans le cercueil. Et dans le cercueil, Gérard avait toujours le visage tourné vers la gauche, en direction de la porte. Il m'attendait, figé dans un rictus qui semblait me dire : « Guy, je t'ai attendu jusqu'au bout, et tu n'étais pas là. »

Imaginez ma tristesse !

La seule aide sur laquelle je puisse compter dans une telle situation est le Seigneur. Je lui dis : « De toute façon, Gérard est dans l'amour. Dans sa vie, ce mec en avait tragiquement manqué. J'avais beaucoup d'amitié pour lui et il le sentait. Il m'en a beaucoup apporté aussi. »

C'est une grande consolation que de pouvoir se dire ça et de savoir que l'on retrouvera dans l'au-delà celui qu'on a aimé.

Le détachement

L'examen « de confiance » consiste à se convaincre que l'amour est plus grand que notre cœur. « Je n'ai perdu aucun de ceux que tu m'as confiés », disait le Christ à son père. Il est très bon de regarder en arrière. Une bonne confession peut être utile pour exprimer sa vérité : on a vraiment été un salaud avec son père ou sa tante, et puis la libération vient du détachement du regard sur soi. Parce que l'on se regarde trop dans ces moments-là. Un être cher meurt et l'on se scrute tellement soi-même qu'il devient impossible de supporter cette absence.

Vous avez fait souffrir la personne disparue ? Soit ! Ainsi donc vous n'êtes pas meilleur que les autres. Mais si vous croyez à la miséricorde de Dieu, Il sera là pour vous consoler.

Sainte Thérèse d'Avila disait que notre péché est un grain de sable parmi des milliards sur les immenses plages de la miséricorde de Dieu…

Une nouvelle relation

La mort renouvelle la relation. Une autre relation apparaît pour que le mal n'ait pas le dernier mot. Une personne très proche avec qui je ne m'entendais pas très bien était morte et je me disais que j'aurais tout de même pu mieux me comporter avec elle. Cela a duré des années. Je me répétais régulièrement : « Tu n'as pas été bien, mais il n'a pas été correct non plus… » Jusqu'à ce que je me rende compte que je ne nommais jamais cette personne dans le mémento des morts.

Un jour, je me suis dit que je pourrais au moins prononcer son prénom pendant ce moment de souvenir. C'est ce que j'ai fait, et je peux vous assurer que la paix est revenue en moi très rapidement.

J'ai demandé au Seigneur : « Prie pour lui. » Ce que je n'arrivais pas à faire, le Seigneur l'a fait pour moi parce que je le Lui demandais. J'eus alors la conscience intime que je m'étais réconcilié avec le disparu par-delà la vie et la mort.

« Heureux ceux qui pleurent, ils seront consolés », dit la Béatitude. Souvenons-nous du regard aimant du Christ quand Pierre, son successeur, le renie trois fois… Le Christ le regarde et Pierre comprend. Il deviendra champion en donnant finalement sa vie pour le Christ. Souvenez-vous aussi du regard du Christ pour le bon larron qui, à l'ultime moment de la mort, reconnaît ses méfaits. Le Christ lui dit : « OK ! Ce soir, on se retrouve là-haut et on prend l'apéro au paradis… »

Quelques citations

Maurice Zundel, un grand théologien suisse, parlait de Dieu d'une manière fort personnelle. J'ai choisi pour vous quelques-unes de ses citations :

On a logé Dieu dehors, et on ne L'a pas encore trouvé dedans.

Nous avons une notion de Dieu tellement humaine que l'on colle Dieu à nos vues humaines.

Dieu est fragile comme l'enfant de Bethléem, si fragile que nous pouvons étouffer Sa voix, si fragile qu'Il ne peut Se révéler à travers notre vie que dans la mesure où elle devient authentique.

Dieu, c'est quand tu t'émerveilles.

Si la morale traditionnelle de l'Église ne cesse de perdre du terrain, c'est que c'est une morale qui s'adresse aux robots, une morale qui cherche à endiguer l'instinct et non à le transformer en l'humanisant.

Le christianisme n'est pas une religion abstraite, ni une religion de principes. Le christianisme est cette vie qui se manifeste dans l'humanité quand elle est transparente au Seigneur qui est infini et que rien donc ne saurait épuiser.

La proximité absolue est dans la distance infinie.

Si vous avez une conception infinie de Dieu, vous vous rapprocherez formidablement des personnes. Si Dieu est trop lointain, nous ne nous approcherons jamais bien des autres.

Aimons par l'au-delà si nous n'avons pas su le faire ici-bas.

Et que nos regrets ne soient jamais éternels.

Seules les plaques des cimetières peuvent le dire.

Regrettons d'avoir parfois été moches envers celui ou celle qui nous a quittés, mais que cette disparition nous aide à bondir vers les vivants pour mieux les aimer.

Alors, chaque deuil fera gravir une marche de plus pour faire de sa vie un oasis d'amour.

6

À couple fort, enfants solides

Père en mission ou père démissionnaire

> Enfants, obéissez à vos parents, selon le Seigneur, car cela est juste.
>
> Honore ton père et ta mère (c'est le premier commandement assorti d'une promesse),
>
> afin que tu sois heureux et que tu vives longtemps sur la terre.
>
> Et vous, pères, n'irritez pas vos enfants, mais élevez-les en les corrigeant et en les instruisant selon le Seigneur.
>
> Éphésiens VI, 1-4

Que faire de tous les jeunes qui perturbent les quartiers, font brûler les poubelles, caillassent les bus, volent les portefeuilles ou agressent les mémés ? Les politiques se demandent s'il faut ou non les jeter en prison, et pour combien de mois ou d'années… alors qu'il faudrait remonter le passé, aller des années et des années en arrière, tellement plus en amont, à la source de leur violence.

Ainsi on ne se casserait plus la tête à savoir si on les fout en taule ou s'il y a une autre solution pour l'avenir.

Père en mission et père démissionnaire

Deux jeunes en fugue arrivèrent coup sur coup, vers 2 heures du matin, dans ma permanence de Paris. Ils étaient affamés et trop épuisés pour raconter leur histoire. Je leur ai proposé de dormir à la permanence. Ils s'écroulèrent aussitôt sur un banc, dans les bras de Morphée. « Demain, on en discute, dormez pour l'instant » leur dis-je.

Le premier que j'interrogeai, Nanar, venait de la classe moyenne – disons que ses parents avaient du travail. Ayant lu mon livre *Un prêtre chez les loubards*, il était parti séance tenante par le train. Quel culot ! Il a dû traverser une frontière et, arrivé à Paris, se démerder tout seul pour, de métro en métro, tomber pile sur ma porte. « Je t'avais choisi, m'a-t-il dit plus tard. Et rien au monde ne m'aurait empêché de te rencontrer. » À ce qu'il me raconta, il avait été un garçon sans histoires jusqu'à treize ans, lors du divorce de ses parents. Tout s'était alors cassé en lui. Je l'ai deviné au premier coup d'œil, en voyant ses yeux perdus. Sans repères, il avait commencé à dérailler à l'insu de ses parents. Ce mec à tête d'ange cachait bien son jeu. Il me révéla quelques mois plus tard qu'il était l'auteur de nombreux vols et agressions dans son pays. « Tout seul, on se retrouve vite avec les perdus des rues qui vivent la même solitude que soi », ajouta-t-il.

Je l'ai suivi pendant trois ans. Trois années de galère. Il était régulièrement mis à la porte de l'école, il allait d'un établissement à l'autre. Maintenant ça marche très bien : non seulement il ne change plus d'école, mais il est en tête de sa classe. Je ne le vois pas souvent, mais je l'appelle tous les jours à heure fixe. C'est très bref. Pour lui, c'est vital.

Il m'a dit un jour que le père que je suis a remplacé son père démissionnaire.

L'autre jeune était parti de chez lui après avoir lu son livret de famille en cachette. Découvrir que cet homme avec lequel il avait vécu n'était pas son père l'avait complètement chamboulé. D'autant que son beau-père n'avait pas voulu reconnaître l'évidence.

Je téléphonai le lendemain à son beau-père :

« Voilà, lui dis-je, j'ai ton fils en face de moi. Il voudrait que tu lui dises si tu es son père ou pas.

– Mais oui, je suis son père, évidemment !

– Ne triche pas, s'il te plaît. Tony a vu le livret de famille et il porte un autre nom que le tien. »

Silence…

Je reverrai toujours Tony en face de moi. Je n'avais jamais vu couler autant de larmes. Elles sortaient, elles jaillissaient.

Quand un jeune est enfermé en lui-même par le mensonge des adultes, il se ment à lui-même. Quand ses parents ne se parlent plus ou quand ils se haïssent, ce jeune se hait à son tour.

Et il y a souvent surenchère. Un jeune de seize ans me disait ne jamais accepter d'argent de son père, qu'il préférait voler, agresser les gens. « Il ne m'achètera pas », expliquait-il.

Le couple roc

Certains parents me disent qu'ils se sont séparés mais que tout va au mieux dans le meilleur des mondes pour leur enfant. OK ! Sauf que moi je l'écoute, le môme. Et il me dit quel précipice s'est ouvert sous ses pieds après la séparation de ses parents, combien il se sent écartelé. Bien des suicides d'adolescents ont eu lieu quand une séparation s'est avérée insupportable.

Mes jeunes sont caractériels, menteurs, voleurs. Quand ils arrivent à Faucon, ils ne savent que menacer, racketter les autres. Quelques mois après, comme par enchantement, tout s'améliore. Ils ont trouvé une assise, un repère d'hommes et de femmes qui les aiment vraiment.

Je n'insisterai jamais assez sur l'importance du couple roc qui prépare le jeune à la belle aventure de la vie, à l'amour, à faire son nid et à y couver... dans son nid, évidemment, pas dans celui d'un(e) autre comme le fait le coucou.

Je ne dirai jamais combien une présence forte est indispensable, et combien une éducation tendre et ferme est essentielle.

Prière de l'adolescent à l'adulte

En conclusion, je ne saurais trop conseiller aux parents d'écouter leur enfant. C'est ce temps, cette disponibilité qui en feront des êtres confiants en l'adulte. Parents, tendez l'oreille à votre adolescent qui pourrait vous lancer cette prière :

Quand je te demande d'être écouté, quand je te demande de m'écouter et que tu commences à me donner des conseils, je ne me sens pas entendu.

Quand je te demande de m'écouter et que tu me poses des questions, quand tu argumentes, quand tu tentes de m'expliquer ce que je ressens ou devrais ne pas ressentir, je me sens agressé.

Quand je te demande de m'écouter et que tu t'empares de ce que je dis pour tenter de résoudre ce que tu crois être mon problème, aussi étrange que cela puisse paraître, je me sens encore plus en perdition.

Quand je te demande à toi, adulte, ton écoute, je te demande d'être là, au présent, dans cet instant si fragile où je me cherche dans une parole parfois maladroite, inquiétante, injuste ou chaotique. J'ai besoin de ton oreille, de ta tolérance, de ta patience pour me dire que je compte pour toi.

Oui, simplement m'écouter... sans explication ou accusation, sans dépossession de ma parole. Écoute, écoute-moi.

Tout ce que je te demande, c'est de m'écouter. Au plus proche de moi. Simplement accueillir ce que je tente de te dire et de me dire. Ne m'interromps pas dans mon murmure, n'aie pas peur de mes tâtonnements, de mes imprécations, de mes contradictions.

Par ton écoute, je tente de dire ma différence, mes hésitations, j'essaie de me faire entendre, surtout de moi-même. J'accède ainsi à une parole propre, celle dont j'ai longtemps été dépossédé.

Oh non, je n'ai pas besoin de conseils. Je peux agir par moi-même et aussi me tromper. Je ne suis pas impuissant, parfois seulement démuni, découragé, hésitant.

Si tu veux agir pour moi sans moi , tu contribues à ma peur, tu accentues mon inadéquation et tu renforces ma dépendance.

Quand je me sens écouté, je peux enfin m'entendre.

Quand je me sens écouté, alors j'établis des ponts, des passerelles entre mon histoire et mes histoires. Je relie des événements de ma vie, des situations, des rencontres ou des émotions pour en faire la trame de mes interrogations. Pour tisser ainsi l'écoute de ma vie.

Oui, ton écoute est passionnante. S'il te plaît, écoute et entends-moi.

Et si tu veux parler à ton tour, attends juste un instant que je puisse terminer, et alors je t'écouterai à mon tour.

Seigneur, transforme-moi en poste de télévision !

Et vous, parents qui regardez trop le petit écran, éteignez le poste, vous ne savez pas les ravages qu'il peut faire au sein d'une famille. Pour preuve, cette prière d'un autre adolescent :

Seigneur, Toi qui est bon et qui protèges tous les enfants de la Terre, je désire te demander une grande faveur. Transforme-moi en poste de télévision pour que mes parents aient autant de soin pour moi qu'ils ont pour lui.

Seigneur, pourrais-tu faire que maman me regarde avec la même attention qu'elle a pour son feuilleton préféré, et papa avec le même intérêt qu'il a pour son journal télévisé.

J'aimerais que, comme le journaliste, on ne me reprenne pas quand je fais des fautes de diction.

Je voudrais parler comme tout présentateur. quand il s'exprime, toute la famille fait silence. On l'écoute avec attention, sans l'interrompre, alors qu'à mes propres réflexions, on me réplique : « Tais-toi donc... »

Je voudrais sentir à mon encontre les mêmes préoccupations que celle de mes parents lorsque le poste est en panne et qu'ils appellent aussitôt un réparateur.

Je vais bientôt avoir un petit frère, fais que mes parents ne fassent pas avec moi comme avec le vieux téléviseur qu'ils ont mis au rancart et qu'ils ne regardent même plus.

Je voudrais être comme lui, le meilleur compagnon de mes parents et leur héros préféré.

Seigneur, transforme-moi en téléviseur, même seulement pour une journée !

7

L'amour, la plus belle aventure de la vie

Fêtons la Saint-Valentin

À ma jument qu'on attelle aux chars de Pharaon je te compare, ô mon amie.

Tes joues sont belles au milieu des colliers, ton cou est beau au milieu des rangées de perles.

Nous te ferons des colliers d'or, avec des points d'argent.

Tandis que le roi est dans son entourage, mon nard exhale son parfum.

Mon bien-aimé est pour moi un bouquet de myrrhe, qui repose entre mes seins.

Mon bien-aimé est pour moi une grappe de troène des vignes d'En Guédi.

Que tu es belle, mon amie, que tu es belle ! Tes yeux sont des colombes.

Que tu es beau, mon bien-aimé, que tu es aimable ! Notre lit, c'est la verdure.

Les solives de nos maisons sont des cèdres, nos lambris sont des cyprès.

Cantique des cantiques I, 9-17

L'amour est la plus belle aventure de la vie, mais c'est aussi l'une des plus difficiles. À la Saint-Valentin, j'ai une pensée toute particulière pour les nouveaux amoureux, pour les amoureux qui sont restés fidèles, les amoureux qui sont devenus infidèles, pour les veufs et les veuves. Je pense aussi aux séparés, aux divorcés, aux remariés... Je pense enfin à tous les célibataires et aux délaissés de l'amour.

Le diocèse de Paris vient de magnifier la Saint-Valentin. C'est une très bonne idée. Si quelqu'un peut parler de l'amour, c'est bien l'Église catholique ! L'Évangile est un cri d'amour et un cri de liberté. Notre archevêque André Vingt-Trois a très bien fait de privilégier ce thème.

Chacun voit l'amour à sa porte. Parfois à la porte de sa boutique... Les pharmaciens anglais ont décidé de distribuer gratuitement, le jour de la Saint-Valentin, des pilules de Viagra à toutes les personnes de trente à quatre-vingt-dix ans. Originale façon de fêter l'amour... Mais fort commerciale et trop restrictive.

Un milliard de cartes et de cadeaux sont envoyés le jour de la fête des amoureux. Une personne sur six ! C'est une fête célébrée partout dans le monde.

Quelle est l'origine de cette fête ?

La Saint-Valentin est issue de l'ancienne fête romaine païenne des Lupercales, fête rurale au cours de laquelle des prêtres frappaient les femmes dans les rues de Rome avec des lanières en peau de chèvre ou de loup... Ce rite était censé leur assurer la fertilité. Aujourd'hui les femmes pourraient faire la même chose aux nombreux hommes en mal d'érection...

Une légende dit aussi que les oiseaux se mettaient gaillardement à copuler le 14 février.

Heureusement, l'Église a ouvert d'autres portes. Elle redécouvre la Saint-Valentin et veut donner à cette fête une forte connotation d'amour chrétien. Les paroisses de Paris ont voulu la sortir de son carcan, à la fois pastel romantique et promotion commerciale, pour aller plus haut.

Pour le chrétien, notre base, notre livre, notre sainte Bible, l'Évangile notamment, nous dit que Dieu est amour. Dans notre religion, la plus belle chose est de savoir que Dieu nous aime. Tout est fondé là-dessus. Les théologiens peuvent parler longuement de tout ce qu'ils voudront, mais le prêtre ne peut pas parler d'autre chose que d'amour, parce que c'est la plus belle chose, la plus grande, la plus noble, la plus constructive.

Les croyants et les non-croyants vibrent autant quand il s'agit d'aimer. Je me souviens de cette interpellation lors d'une conférence. « Vous savez, je ne suis pas chrétien, me dit un type, je déteste même les cathos et le pape, mais comme il est bon que vous ayez parlé d'amour dans cette salle ! » Nous étions dans une salle laïque, évidemment. Cela m'a donné une flamme supplémentaire.

« L'Église veut transmettre un message de bonheur », dit André Vingt-Trois, et il ajoute : « Nous ne pouvons pas nous contenter de proposer un modèle de la famille, comme si nous étions les dépositaires attitrés de sa réussite, sans nous engager à tous les niveaux dans un travail de longue haleine et aider au développement de meilleures conditions pour la vie familiale. »

L'idée de l'archevêque de Paris est de libérer la parole sur des aspects de la vie conjugale qui nous paraissent importants. Certaines paroisses ont décidé de faire un bon petit gueuleton aux chandelles le soir du 14 février, parfois dans l'église. L'essentiel, c'est de vivre une convivialité amoureuse. Se réunir dans une belle salle pour fêter tous ensemble la Saint-Valentin, du plus vieux au plus jeune, c'est très beau.

L'amour conjugal : forces et faiblesses

Qui peut résister à l'amour ? Qui a créé ce sentiment d'aimer et d'être aimé ?

Nous sommes six milliards sur terre. Quand une personne en choisit une autre, qu'il se crée une empathie, une correspondance extraordinaire, et qu'elle se dit : « C'est elle avec qui je partagerai ma vie », et réciproquement, voilà ce qui est plus fort que tout.

« L'amour est comme un torrent, disait saint Paul, que personne ne peut arrêter. » C'est la plus belle aventure de la vie. Qui vous dira qu'il s'en fiche d'être aimé ? Je ne vois que des gens qui ont soif d'être aimés et d'aimer. Mais aussi beaucoup de personnes meurtries par le manque d'amour ou par les suites d'amours manquées.

L'amour, ce sentiment prodigieux

Quand quelqu'un me pousse dans les derniers retranchements de ma foi, je réponds : « D'accord, je veux bien que nous descendions d'une algue bleue, du singe ou du dauphin, mais je te demande une chose : qui a créé l'amour ? »

Et j'ajoute : « ...pour l'éternité » car celui qui a créé

l'amour serait un pourri si, après la mort, tout était fini, si l'on ne pouvait jamais rejoindre l'être aimé. Dieu a créé l'amour, c'est pourquoi la mort n'est qu'un passage à l'au-delà où nous retrouverons les êtres aimés.

Toutes les religions, toutes les théologies disent que l'amour existe, et elles le sacralisent. L'amour exige le discernement, la préparation et le temps. La force des couples chrétiens est d'abord de se préparer. J'aime beaucoup voir des jeunes couples qui, lorsqu'ils sentent entre eux un lien très fort, se disent : « On part dans un monastère quelques jours. » Il existe un peu partout en France des sessions pour les futurs mariés, animées par des couples qui ont une longue vie conjugale… même des vieux dinosaures !

C'est merveilleux que des jeunes soient en contact avec des anciens. Ceux-ci sont lumière. Un jeune couple, c'est le feu : il est embrasé par l'amour. Le vieux couple est lumière parce qu'il a expérimenté l'amour. Il sait que pour nourrir l'amour conjugal, il faut trois choses : prier, se pardonner et accepter la différence de l'autre.

Mêler le feu et la lumière…

La faiblesse de l'amour

Comme le disait Henri Jeanson, aimer ne doit pas être « un verbe irréfléchi ». La faiblesse de l'amour est l'amour-passion, toujours destructeur. L'amour fusionnel est dangereux. En général, il tient peu de temps. Vous voyez des couples enthousiastes, ils s'aiment à fond la caisse. Et puis soudain ils ne s'aiment plus. Six mois plus tard, une autre passion les dévore.

On ne peut pas vivre l'amour fusionnel une vie entière. Sauf cas très rares, car la fusion ne connaît pas la différence : on aime l'autre en totalité et, quand on s'aperçoit de la différence, le chaos arrive. Seule la différence acceptée assure la solidarité.

Un jour, je demande à un beau couple avec trois enfants : « Alors, vous vous aimez ? – Oui, très fort », me répondent-ils. Et, en confidence, l'homme me dit qu'il pourrait faire l'amour tous les jours, mais que sa femme n'aime pas trop ça. Ils s'aimaient tout de même, et très fort. Ils se donnaient rendez-vous une fois par mois, parfois un peu plus, pour vivre l'amour sexuel.

Je les ai trouvés extraordinaires. Leur différence au sujet du désir était énorme, mais ils s'aimaient merveilleusement. C'était un amour vrai, accepté et mûri.

Dieu seul est fidèle

L'amour a tendance à être infidèle, c'est dans notre nature. Dieu seul est fidèle. Un amour chrétien sanctifié par le mariage a une puissance extraordinaire.

Le sacrement du mariage prépare et donne la force spirituelle que l'humain n'a pas. Quand je marie des tourtereaux, je leur dis toujours : « Votre amour est fragile : toi, tu trouveras un jour une Madonna plus belle que ta gonzesse, et toi aussi, tu t'apercevras qu'il y a des milliers de mecs plus beaux que lui. Simplement vous vous aimez, et si simplement vous croyez tous les deux en l'amour de Dieu, vous tiendrez la rampe. En revanche, si vous ne croyez qu'en l'amour humain, votre affaire n'ira peut-être pas très loin. »

On dit que l'enfer c'est le couple

Pour 47 % des Français, vivre en couple semble plus difficile que pour les générations précédentes. Les gens et les médias disent qu'il est tellement plus facile de divorcer. C'est évident, puisque l'on n'accorde plus la même valeur à l'engagement.

Autrefois, la rareté même de la séparation opérait comme une borne de régulation. On était tenu. Il y a cinquante ans, quelqu'un qui divorçait était montré du doigt. Quand ça n'allait pas dans les couples, on restait. Pour le meilleur et pour le pire. Surtout, la soumission féminine était générale. Ma mère était soumise, même si mes parents s'aimaient beaucoup.

De là à banaliser le divorce ! Cette expérience est douloureuse et solitaire, vraiment une épreuve. À l'époque de nos grands-parents, l'amour était un sentiment rare, inexistant dans la vie de bien des individus. Il était subordonné au contrôle communautaire, aux stratégies familiales. Chez les rois, l'exemple est frappant. Quand Louis XVI épouse sa perruche autrichienne, il se fiche complètement d'elle ! Ce mariage était un accord d'État à État. Alors, en marge de tels mariages, il était de coutume pour un roi de batifoler et de voler dans les plumes des belles pépés de la Cour.

Les paysans ne procédaient pas autrement : les familles s'entendaient pour étendre leurs propriétés. On donnait sa fille au fils du voisin contre un champ de plus. On n'épousait pas une femme, on épousait ses cochons, ses vaches et ses moutons.

L'époque a changé, les valeurs aussi

J'ai sauté de joie en apprenant que Felipe, fils de Juan Carlos, actuel roi d'Espagne, avait épousé une roturière. Le père s'était marié avec la fille du roi de Grèce. Je pense qu'ils s'aimaient, mais c'était tout de même une alliance stratégique.

Charles d'Angleterre, à qui la reine avait imposé Lady Diana, une femme qu'il n'aimait pas..., a enfin épousé Camilla trente ans après. J'étais ravi pour eux. Mais s'il l'avait épousée avant, quel gâchis, quels scandales et quels drames auraient été évités !

On croit maintenant beaucoup en soi-même et c'est à partir de là que l'on veut bâtir ses relations avec les autres. C'est bien, mais peut-être aussi dangereux. L'être humain ne se réalise que dans une interdépendance. Le culte de soi peut créer au final un véritable enfer chez les couples. On croit tellement en soi, que l'on considère que la liberté c'est d'être sans attaches. On est un plus un, et on croit être libre. Mais être libre n'est pas être deux, être libre c'est quand on est « à deux ».

Les couples qui sont restés fidèles, qui ont réussi à tenir, sont vraiment lumière aujourd'hui. N'oubliez jamais que, si la fidélité est difficile, l'infidélité l'est encore plus. Par ailleurs, 'expérience de la séparation est douloureuse et solitaire. Les enfants distendus, écartelés sont si nombreux. J'en rencontre souvent. Leurs cris de souffrance m'atteignent en plein cœur.

Nos petits nous regardent et enregistrent. Un jeune ado de dix-sept ans me confiait dernièrement : « J'aime une gonzesse. Je l'aimerais bien pour la vie, et elle aussi. Mais nos parents et nos grands-parents sont divorcés. Alors tu comprends, l'amour nous fait peur. »

Plus que jamais nous devons préparer nos jeunes à ce qui illuminera toute leur vie. Une préparation humaine et spirituelle forte ne sera pas de trop pour qu'ils croient que le bonheur conjugal n'est pas un rêve irréalisable. À vous, parents et couples, de leur montrer que l'amour fidèle existe.

Aimer est un combat

Ne vous aimez pas à coups de casseroles dans la gueule ! Si vraiment vous ne pouvez pas vous empêcher de vous balancer les assiettes à la figure, prenez des assiettes en carton, votre portrait et votre budget s'en porteront mieux.

Après le choix réciproque, c'est là que commence le combat. Quand on aime vraiment quelqu'un, on ne peut pas aimer quarante fois. Quand on aime quelqu'un, on ne peut plus vivre sans penser à lui.

Se préparer à la plus grande aventure d'une vie est primordial...

Aéroport d'Orly, j'attends mon avion. Un mec bien mis m'aborde. Il veut me parler. Nous avons peu de temps.

Amoureux fou d'une femme, il s'était embarqué dans l'aventure du couple. Un enfant est né. « Elle vient de me quitter pour un autre au bout de deux ans, avec notre gosse, me dit-il. Je l'aimais tant et je l'aime toujours. » Puis il ajoute avec un humour grinçant : « Deux ans d'amour, seize ans de pension alimentaire. »

Je l'interroge sur son travail. Ingénieur de haut niveau après six ans d'études acharnées, il était arrivé au top de sa profession. Quelques paroles de consolation. Que pouvais-je faire de mieux ? Mais je me disais en moi-même : « Passer tant de temps à réussir sa vie professionnelle et si peu à se préparer à l'amour. »

L'Église sanctifie l'amour déjà vécu

La virginité avant le mariage est héroïque, l'Église la magnifie. Je vois de plus en plus de couples qui, après avoir vécu l'amour sensuel dans leurs premières rencontres, s'abstiennent ensuite. Ils désirent miser sur le sexe, mais sur le cœur aussi. Heureuse initiative.

On n'expérimente pas l'amour. Les jeunes couples non mariés vivent de plus en plus ensemble. Je ne leur pose pas de questions, je ne m'introduis jamais dans leur chambre à coucher. Et c'est beaucoup mieux.

J'ai vu aussi des couples qui n'ont pas voulu vivre une seule seconde ensemble avant le mariage et qui se sont retrouvés dans une situation détestable après. Cette expérience leur a laissé une immense amertume.

Il ne s'agit évidemment pas de sauter de mec en mec ou de gonzesse en gonzesse, mais parfois quand on sent que l'on s'aime vraiment, commencer à vivre ensemble n'est pas inutile. Combien de mariages ai-je célébrés avec une mariée enceinte ? Parfois même les gosses tiennent la traîne !

À ces couples-là, je demande simplement, avant le mariage :
« Quand vous avez commencé à vivre ensemble, est-ce que vous vouliez vivre unis pour la vie ?

– Oui.

– Alors vous avez bien fait. »

L'Église ne fait que sanctifier l'amour déjà vécu et bénir la promesse durable qu'ils s'étaient faite un jour.

La fidélité est difficile à vivre. Mais l'infidélité, avec sa cohorte de déchirures, parfois de haines, est autrement plus dure à gérer.

L'Église garde son trésor contre vents et marées. Elle a raison.

Les couples qui ont réussi à tenir sont étoiles du berger. Nous manquons d'étoiles.

Quant à ceux qui n'ont pas su tenir leur engagement et se séparent, cela vaut mieux pour eux et leur progéniture. Se détester devant les gosses peut être irréparable pour eux.

La rupture consommée, vivre en bonne entente est essentiel pour les enfants. Même si l'enfant a un immense besoin de ne pas courir de nid en nid, de maison en appartement, de week-ends alternés en vacances partagées.

J'interrogeais un ado devant son père qui m'avait confié que le jeune devait donner sa décision : « soit rester chez son père soit chez sa mère ». Le gosse réfléchit : « J'aime bien mon chien. Il est chez mon père. Mais il y a trop de bruit chez lui. Ma mère a un jardin, ça j'aime. Mais j'ai ma chambre depuis toujours chez mon père… »

De lieu en lieu, d'objet en bestiole, ce jeune tanguait et montrait sa déroute face au choix qu'il avait à faire. Mon cœur saigne parfois quand j'entends les souffrances de mes jeunes. 100 % d'entre eux vivent une telle déchirure. Comment ne pas les aimer !

8

Les adolescents face à la mort

Comment accepter l'inacceptable ?

Mon fils, répands tes larmes pour un mort, pousse des lamentations pour montrer ton chagrin, puis enterre le cadavre selon le cérémonial et ne manque pas d'honorer sa tombe.

Pleure amèrement, frappe-toi la poitrine, observe le deuil comme le mort le mérite un ou deux jours durant, de peur de faire jaser, puis console-toi de ton chagrin.

Car le chagrin mène à la mort, un cœur abattu perd toute vigueur.

Avec le malheur persiste la peine, une vie de chagrin est insupportable.

Ecclésiastique XXXVIII, 16-19

Soir de beuverie. Route en lacet dans la montagne. Quatre jeunes rentrent à tombeau ouvert. Il est 3 heures du matin. Le conducteur a beaucoup bu. Virage en épingle... précipice. La voiture saute par-dessus le parapet. Elle s'écrase sur un rocher au milieu d'un torrent.

Quand on a vu les ongles à moitié arrachés de deux d'entre eux, on a compris qu'ils avaient tenté de s'accrocher désespérément à la roche. Mais ils ont fini par lâcher. Leur agonie au milieu des gorges a dû être épouvantable.

À leur enterrement, l'un de leurs copains, Denis, entend une parole maladroite du prêtre du village : « Ils sont heureux là haut. »

Le jeune, qui n'est pas chrétien, sort furieux de l'église...

J'arrive pour quelques jours de ski de fond, cet hiver-là. Je rencontre la mère de Denis qui me dit :

« Vous savez, père, notre Denis nous inquiète. Depuis le drame, il va au cimetière tous les jours.

– Qu'est-ce que tu lui dis ?

– On lui dit : "N'y va pas !" Mais il y va quand même. »

Le lendemain, comme j'étais chez eux, je rencontre l'adolescent, un ado silencieux de dix-sept ans. Quand il me dit qu'il va au cimetière, je lui demande :

« Je pars avec toi... Je peux ?

– Oui, me répond-il. »

Il neige ce jour-là, c'est incroyable. Le cimetière est à trois kilomètres. Nous marchons en silence, dans cinquante centimètres de neige.

On franchit la grille. Il retrouve sans peine les tombes couvertes d'une épaisse couche blanche. Il connaît l'endroit par cœur.

« Est-ce que je peux bénir tes copains ? je lui demande.

– Oui », me répond-il toujours aussi laconique.

Je prononce une formule sur chacune des tombes, disant : « Nous ne savons pas où tu es, mais moi, je crois que tu es en Dieu. Que Dieu veille sur toi. »

Je suis revenu plusieurs fois avec Denis, et puis, un jour, il n'est plus venu au cimetière.

C'était important d'avoir fait cette démarche. Où serait-il maintenant si je ne l'avais pas accompagné ?

Face à la mort brutale…

À un jeune qui roulait sans casque, je disais un jour :

« Mais t'es malade, mon pote ! Pourquoi tu mets pas un casque ?

– J'aime le risque ! »

Nos jeunes flirtent avec la mort. Ils pratiquent la roulette russe pour s'assurer qu'ils sont bien vivants. Quand ce n'est pas le casque, c'est la capote qu'ils oublient. Et pourtant, ils ont un fort appétit de vivre, même ceux qui tentent de se suicider.

Ils veulent vivre, mais vivre autrement. « Ah ! L'adrénaline, tu ne sais pas, Guy, le plaisir que c'est ! » me confiait un autre qui, de temps en temps, doublait dans un virage sans aucune visibilité.

L'irruption de la mort d'un proche camarade bouleverse leur univers. Ils perçoivent tout à coup les limites de leur toute-puissance. L'un d'entre eux me disait que la mort de sa grand-mère, il s'en remettait sans problème, mais que celle de son copain qui s'était fait renverser par une bagnole, il ne pouvait pas, c'était trop injuste, inacceptable.

Parce que c'était son copain.

Quand je rencontre un jeune confronté au deuil d'un proche qui comptait pour lui, je lui demande :

« Est-ce que tu l'aimais ? »

Il y a un traumatisme particulier à l'adolescent face à la mort d'une personne qu'il aime. Il faut en tenir compte. C'est souvent son premier deuil. Les mots que nous, adultes, avons par rapport à sa douleur, comptent beaucoup.

Dernièrement, j'enterrais Johan, victime à vingt ans d'un accident de moto. L'église débordait de ses potes, certains avaient même le pétard à la bouche à l'entrée ! Ma liturgie a été inédite : des prières courtes et un dialogue adapté à la juvénile assemblée. Ça m'a permis de constater au cimetière une certaine sérénité dans les regards.

Que j'aie proclamé avec force que Johan était vivant a permis à des jeunes de prendre le risque de croire que tout n'était pas fini. Même si, hors du cimetière, les pétards avaient réapparu !

Avec les parents ou avec les copains

Je rendais visite à une famille, dans la région du Havre, dont la petite fille de cinq mois était décédée. Mort subite du nourrisson. Les parents chrétiens avaient assumé cette disparition d'une façon très belle et assez sereine.

Mais il s'était produit un choc dans cette famille, parce que le soir même de l'enterrement, le grand frère adolescent avait dit : « Moi, je vais au ciné avec mes copains. »

Les parents avaient d'abord été scandalisés. Puis ils avaient réfléchi et compris que leur gosse fuyait leur souffrance, qui faisait écho à la sienne et finalement l'amplifiait. Ils ont admis qu'il était très sain que leur fils fiche le camp pour aller voir un film avec ses potes.

C'était sa manière à lui de faire son deuil.

Les adolescents passent des larmes à une supposée indifférence beaucoup plus facilement que les adultes. Mais ce qui compte, c'est la nature du lien, la qualité de la relation qui les unissait au disparu, et surtout l'écoute des adultes.

Le cas où l'adolescent se trouvait en conflit avec la personne décédée est plus difficile à gérer. De même pour un adulte. L'adolescent se culpabilisera encore plus. Il passera de l'angoisse à la révolte, et de la révolte à la peur panique. S'il n'est pas accompagné, le jeune risque de s'affaiblir, de s'abîmer en lui-même. On ne parle pas assez des dépressions larvées chez les gosses, et pourtant elles existent.

Alors qu'une épreuve comme celle-là peut le faire grandir et le fortifier.

Des chants d'espérance

J'ai recueilli des témoignages très forts et très contrastés. Dans certains cas, l'adolescent révolté est soutenu par la foi de ses parents, dans d'autres, il accepte très difficilement leur résignation. La foi des parents peut être un véritable levier pour la recherche spirituelle du jeune. Je me souviens de l'un enterrement d'un adolescent qui avait été renversé à un stop par un vieux. C'était bouleversant. Les jeunes pleuraient leur copain en chantant des chants d'espérance. C'est la force de la foi chrétienne. Tant d'enterrements sont lugubres : on n'y sent pas une once d'espérance. Je salue à genoux les prêtres qui doivent subir ces moments.

Certains jeunes commencent une analyse à l'occasion d'un deuil. Ce n'est pas mauvais qu'ils voient un psychologue.

Il faut aussi faire très attention aux plus petits. Un de mes frères est mort dans un accident il y a une trentaine d'années. Il avait sept enfants. J'étais aux côtés de ma belle-sœur. Je me souviendrai toujours de ces sept petits dans nos bras. La dernière avait trois mois.

Les gosses adoraient leur père. Ma famille m'avait demandé d'écarter les enfants de la cérémonie d'enterrement. Je m'y étais fermement opposé. Et ils sont venus. Patricia, âgée de neuf ans, Christian, huit ans, et Yves-Alain, sept ans, ont assisté aux obsèques de leur père.

Plus de trente ans après, ils me disent encore : « Tonton, on te remercie. On s'en souviendra toujours. »

Pourtant ils avaient pleuré toutes les larmes de leurs corps.

Je leur avais simplement dit : « Votre papa est là, dans le cercueil, mais il est vivant dans votre cœur. »

La force du groupe

J'ai vécu un deuil particulier lorsque mon beau-frère fut littéralement décapité dans sa voiture. Il allait tranquillement avec sa femme et sa petite-fille Marine quand un type qui transportait des barres de fer dans une remorque le dépassa. Les pièces métalliques mal fixées s'empalèrent dans leur véhicule. Ma sœur ne fut pas blessée, mais elle vit périr son mari et sa petite-fille d'une manière particulièrement atroce.

Depuis des années, je suis en liaison avec le petit frère de Marine, qui avait six ans le jour de l'accident. Je me souviens que, pour le jour de l'enterrement, je lui avais offert un Marsupilami. Pendant la cérémonie, Thomas s'amusait à tire-bouchonner sa queue. Il ne quitta pas la peluche pendant des mois.

Il y avait plus de mille personnes. Mon beau-frère, qui

était communiste et chrétien, était très aimé dans sa ville. L'enterrement fut magnifique d'émotion et de recueillement.

Thomas me parle souvent de sa sœur, et des fleurs, de l'énorme quantité de fleurs qui avaient été déposées sur sa tombe. Je reste lié très fort à lui. Un petit-frère, Théo, né l'année suivant la disparition de Marine, a projeté la famille vers la vie.

Des années après, au cours de la messe d'un mariage familial, j'ai évoqué la mémoire de Marine. Thomas a été légèrement perturbé par l'évocation du décès de sa sœur. Il y a toujours en lui un manque très fort, même s'il ne l'exprime pas.

Restons vigilants et d'une extrême prudence dans nos mots, face aux jeunes qui découvrent la mort, surtout quand elle est brutale. Et gardons le contact avec eux, bien après les jours de deuil.

9

Être père aujourd'hui

Mettre l'homme debout

> Mon fils, garde les préceptes de ton père, et ne rejette pas l'enseignement de ta mère.
>
> Lie-les constamment sur ton cœur, attache-les à ton cou.
>
> Ils te dirigeront dans ta marche, ils te garderont sur ta couche, ils te parleront à ton réveil.
>
> Car le précepte est une lampe, et l'enseignement une lumière.
>
> Proverbes VI, 20-23

Le père est le premier à faire les frais de la fragilisation du lien conjugal. Après le divorce, beaucoup de pères sont, hélas, privés de l'exercice de la paternité. Or l'enfant a besoin d'un père et d'une mère. Il ne peut se construire de façon cohérente sans référence aux deux sexes.

Rôle et importance du père

Le rôle du père consiste à aider l'enfant à grandir, à accéder à son autonomie en rompant la fusion, voire la confusion, qu'il peut entretenir avec sa mère. La mère a porté l'enfant neuf mois, elle est totalement prioritaire au départ, et toute-puissante : le père est là pour équilibrer la relation.

Jean-Paul II avait demandé de méditer la paternité de Dieu. Jésus-Christ parle de Celui qui l'a envoyé avec ce simple mot : « Mon père. » Il y revient sans cesse. Appeler Dieu « père », comme Jésus le fait, c'est accepter nous-mêmes d'être arrachés progressivement à tout ce qui nous enveloppe et nous maintient dans une certaine fusion avec des réalités qui passent, pour accéder à notre pleine stature de fils ou fille de Dieu.

Sécuriser et responsabiliser

100 % des jeunes qui me sont confiés ont eu un père dépassé ou privé de ses droits par une justice encore trop souvent sexiste. Dans les milieux défavorisés, ou bien le jeune a un père qui trime, un père qui part tous les matins en bleu de travail, avec sa gamelle, sa caisse à outils, puis revient le soir avec de la peinture ou du plâtre sur ses habits... et qui n'a jamais le temps de respirer ni de s'occuper d'eux. Ou bien un père paumé, chômeur de longue durée...

Je vois souvent cette grande difficulté dans l'âme de jeunes issus de l'immigration, qui ont besoin de leurs racines parce que c'est à partir d'elles qu'ils se construisent. Ils la revendiquent haut et fort, tout en se mixant dans une société qui les accueille avec peu de chaleur. Leur père est arrivé en France, analphabète, pour travailler en général aux places les plus difficiles, et l'enfant, qui sait lire et écrire en français, voit combien on l'a usé et exploité. J'ai un immense respect à l'égard de ces pères qui ont tout donné pour que leurs enfants puissent vivre honorablement.

Une rancœur s'installe chez ces enfants, ravis cependant de vivre en Europe. Il faut noter aussi que, souvent, les grands-parents sont restés au pays. La présence chaude et forte et l'affection de ces sages manquent tant à leur adolescence.

Le respect de la parole donnée

Les jeunes ont des difficultés à mettre en cohérence la parole dite en famille et celle des milieux éducatifs. Il faudrait aussi que la société sécurise et responsabilise les pères, tous les pères.

Avec nos jeunes, je le vois bien : au début, ils pensent que je vais me foutre d'eux, comme maints adultes qu'ils ont côtoyés, et puis, au bout de quelque temps, ils croient en mon équipe et en moi.

Pour leur éducation, la sanction est importante, il faut la mener jusqu'au bout : elle sécurise et responsabilise autant le jeune que le père. Il y a des règles établies qui doivent être respectées, c'est là que la fonction du père est importante. Les enfants ont besoin du respect de la parole donnée.

Le fils peut douter du père. Le Christ lui-même l'a fait sur la croix en demandant à son père pourquoi Il l'avait abandonné.

Je dis toujours à mes jeunes : « T'es tellement meilleur que les conneries que tu fais ! » L'histoire de l'enfant prodigue est la plus belle image de l'amour de Dieu qui nous attend.

Cette image, il nous faut, nous, pères, la vivre à fond. Toujours tendre les bras pour attendre le fils et la réconciliation.

La filiation spirituelle

La crise du lien paternel est celle aussi du lien religieux. Comment un enfant aura-t-il un héritage spirituel si ses parents chrétiens ne sont pas pratiquants ? Nous sommes des passeurs, à l'image de Dieu le Père, et du Fils qui est le passeur du Père. De même que la foi ne se transmet pas toute seule, la paternité doit être partagée avec d'autres pères qui sont des relais.

L'un des rôles du prêtre est celui de père spirituel. Il unit des groupes différents. Il doit avoir du discernement dans la mesure où il est très sollicité, notamment par les jeunes qui en ont besoin en premier lieu. L'enseignement et l'accompagnement spirituels constituent son rôle.

Jean-Paul II a fait une lettre superbe aux prêtres : « Soyez des maîtres de la prière. »

Tant de gens m'ont dit : « Apprends-moi à prier. » Je leur ai toujours répondu : « Dis-Lui que tu L'aimes. » C'est mon boulot prioritaire que de vous apprendre à aimer Dieu. Un père spirituel est un maître de la prière – un maître serviteur pour nous faire participer en frères et sœurs à la lumière du Père. C'est le plus beau des boulots !

Il ne peut y avoir de fraternité sans un père. Nous sommes tous frères du Christ et fils du même Père.

Image et respect du père

Quand un jeune me dit du mal de son père, je lui réponds toujours : « Ne parle pas comme ça, c'est ton père quoi qu'il en soit. Il t'a donné la vie. »

J'ai eu longtemps un jeune qui voulait tuer son père. Que lui répondre ?

« Écoute, lui ai-je dit, tu ne deviendras père toi-même que le jour où tu te seras réconcilié avec le tien. Sinon tu pars bancal et tu ne seras jamais mieux que ce père que tu critiques. Pour être un vrai père à ton tour, il te faudra toujours un espace de pardon. »

Il ne m'a plus jamais dit qu'il voulait le tuer. Un jour, ses parents sont venus me rencontrer et j'ai assisté à un moment extraordinaire de réconciliation. Le père, craignant d'approcher son fils, était comme pétrifié… Et puis le fils lui a sauté au cou !

Rien n'a été dit. Tout était dit.

Je me souviens de mon père spirituel au séminaire. Il m'écoutait puis il dégageait les points précis auxquels je devais réfléchir. Quand il approfondissait ces points avec moi, c'était superbe. C'était une lumière, il me donnait la main et donnait la main à Dieu. C'était pas un gourou, bien sûr, mais quelqu'un qui me connaissait bien, en qui j'avais mis ma confiance.

La confiance entraîne forcément à la responsabilité. Ces deux mots, « confiance et responsabilité », sont essentiels dans le lent cheminement de l'adolescent.

Quand le père est décédé

Mon frère est mort accidentellement il y a bien longtemps, en 1969. Cet événement tragique, j'en ai souvent parlé, mais je le reprends car il est en lui-même emblématique. Ma belle-sœur eut beau être une mère formidable, ses sept enfants avaient besoin d'une image paternelle. Alors, pendant des années, je fus très présent et attentif à entretenir le culte du père. Il faut que les enfants puissent « faire le deuil » de leur père, comme on le dit aujourd'hui (parfois un peu trop), pour pouvoir continuer à vivre sa présence.

Je me souviens que, lorsque ma nièce avait de mauvaises notes, je lui disais : « Attention ! Ton père regarde tes copies par-dessus ton épaule... »

Quand le père s'est enfui ou a abandonné ses enfants, c'est encore autre chose. C'est le cas de la plupart de mes jeunes. Ils lui en veulent terriblement. Que puis-je faire, sinon les entretenir dans le culte de ce père biologique ?

Surtout ne pas rompre ce lien...

Mères, faites de même, ne détruisez jamais auprès de vos enfants l'image de leur père. Préparez son retour pour l'amour de vos enfants. Dites-leur : « Notre aventure a échoué, chacun a eu sa part de faute, mais toi, tu dois toujours respecter ton père. »

Et souvent, ils le retrouvent. Notamment quand ils abordent leur majorité.

Conte perse

On demandait un jour à un homme connu pour être un sage : « Tu as de nombreux enfants, quel est ton préféré ? »

L'homme répondit :

« Celui de mes enfants que je préfère,
C'est le plus petit jusqu'à ce qu'il grandisse.
Celui qui est loin, jusqu'à ce qu'il revienne.
Celui qui est malade, jusqu'à ce qu'il guérisse.

Celui qui est prisonnier, jusqu'à ce qu'il soit libéré.
Celui qui est éprouvé, jusqu'à ce qu'il soit consolé. »

Ma « féminité »…

Permettez-moi pour finir cette petite histoire drôle et mystérieuse.

Trente ans après, je retrouve un des jeunes dont je m'étais occupé alors qu'il avait quatorze ans. Je l'avais porté à l'époque dans son extrême fragilité durant un an. Je ne le reconnais évidemment pas. Il me présente sa femme, me dit son bonheur et, après les souvenirs évoqués, je le raccompagne à la porte de la permanence.

Juste avant de me quitter, il me décoche cette phrase : « Ce que j'ai aimé en toi, c'est ta féminité. » J'étais KO debout. Ça, on ne me l'avait encore jamais dit !

J'ai alors pensé que mon célibat me mettait étrangement en position d'être père et mère à la fois. Ainsi sont les veufs et les veuves, par exemple. S'ils ne recherchent pas un autre partenaire, ils sont condamnés à vivre avec leurs gosses une paternité et une certaine maternité, et réciproquement. Dieu n'est-il pas père et mère à la fois ?

10

La pauvreté, nos pauvretés

Insatiables d'amour et d'écoute

Comme Jésus se mettait en chemin, un homme accourut, et se jetant à genoux devant lui : Bon maître, lui demanda-t-il, que dois-je faire pour hériter de la vie éternelle ?

[...]

Jésus, l'ayant regardé, l'aima, et lui dit : Il te manque une chose ; va, vends tout ce que tu as, donne-le aux pauvres, et tu auras un trésor dans le ciel. Puis viens, et suis-moi.

Mais, affligé de cette parole, cet homme s'en alla tout triste ; car il avait de grands biens.

Jésus, regardant autour de lui, dit à ses disciples : Qu'il sera difficile à ceux qui ont des richesses d'entrer dans le Royaume de Dieu !

Les disciples furent étonnés de ce que Jésus parlait ainsi. Et, reprenant, il leur dit : Mes enfants, qu'il est difficile à ceux qui ont des richesses d'entrer dans le Royaume de Dieu !

Il est plus facile à un chameau de passer par le trou d'une aiguille qu'à un riche d'entrer dans le Royaume de Dieu.

Marc X, 17 et 21-25

« Le pouvoir rend fou », disait Mitterrand. Au lendemain de son élection, voyant Nicolas Sarkozy prendre des postures de premier de la classe, je me suis demandé s'il n'avait pas reçu un coup sur la tête. En fait, c'était moi le fou... Je m'étais pris à rêver qu'il irait à Nanterre rencontrer les clochards. À sa dernière apparition publique avant d'être élu président de la République, n'avait-il pas rendu visite à des personnes atteintes de la maladie d'Alzheimer ? Des pauvres parmi les pauvres ?

Qu'allait-il inventer de sublime au lendemain de son élection ? Il a inventé... qu'il allait dans un des hôtels-restaurants les plus chers de Paris. Ensuite, il s'est retiré sur le yacht de luxe d'un ami milliardaire à Malte.

Il avait besoin de repos après sa campagne, ça, nous le comprenons tous très bien. Mais une sortie superluxe est plutôt étonnante, sinon déconnectée d'une fonction suprême qui appelle à servir le plus pauvre des citoyens.

Paraître, disparaître

L'homme politique doit paraître. Le chrétien, lui, plus il disparaît, mieux c'est. Le politique représente la grandeur, les honneurs ; le chrétien s'attache au service, à l'humilité. En France, particulièrement dans la capitale, ceux qui ont le RMI sont très pauvres. Je lisais la lettre d'une femme : elle ne pouvait manger qu'un repas par jour. Je regardais le visage usé d'un homme de soixante ans : il en paraissait soixante-quinze. Travail harassant, endettement, transports... La retraite s'avère difficile, comme pour tous ceux et celles qui ont bossé dur.

Parler de pauvreté est aujourd'hui plus qu'essentiel.

Jésus n'a jamais maudit les riches

Dans l'Ancien Testament, il est dit que nous sommes bénis de Dieu si nous avons un troupeau de quarante vaches, cinq cents moutons et trente esclaves pour nous servir. Et si nous sommes pauvres, ça veut dire que Dieu nous maudit... Mais Jésus-Christ a amené quelque chose d'autre. Sa vie s'est passée à Bethléem. On y vivait très pauvrement. Il a loué les pauvres en priorité et, s'il eut des amis et des copains riches, il ne profita jamais d'eux ni n'approuva leur richesse.

Je ne pense pas que Nicolas Sarkozy aurait pu imiter Jésus-Christ, en dormant avec les clochards, par exemple. Imaginez le futur président sur un matelas au métro Stalingrad ! Les médias du monde entier l'auraient empêché de dormir. Enfin, il aurait attrapé des puces et la gale, qu'il aurait refilées à Jacques Chirac au moment de la passation des pouvoirs. De plus, la gauche aurait forcément hurlé au coup médiatique. On sait l'art de l'opposition de chercher des poux au gouvernement en place...

Donne tes richesses

Le fameux « Donne tes richesses » de l'Évangile s'adresse à un petit nombre. Dans certains couvents, les moines et moniales doivent céder leur héritage. Ce n'est plus le cas partout. J'ai reçu une fois une somme d'une religieuse qui avait divisé son héritage en trois : un tiers pour son couvent, un tiers pour sa famille et un tiers pour Faucon. Des laïques chrétiens le font aussi, de manière plus exceptionnelle.

Le dépouillement extrême, c'est la croix. Jésus-Christ

était du côté des perdants, des méprisés, des exclus, des rejetés. Quant à la grandeur, quand le diable lui dit : « Je te donne ce royaume… », il s'en fiche complètement. On veut le faire roi, et il s'en fiche aussi. Pour tout moyen de locomotion, il marche à pied ou à dos d'âne. L'âne est l'animal le plus humble et le plus rustique. Il mange des chardons.

Le Christ n'a pas cherché à grimper les échelons de la gloire, il les a descendus. C'est sa caractéristique. Il passait son temps à descendre. C'est une figure d'incarnation. Il est né simplement et il a toujours choisi la dernière place. Il pouvait guérir et faire des miracles, mais ce pouvoir phénoménal ne lui a pas tourné la tête.

Il a continué à descendre.

Comment vivre la pauvreté ?

Se dépouiller, d'accord, mais il faut tout de même prévoir l'avenir, faire des économies pour ses enfants, etc. Bien sûr ! Il faut prévoir un budget pour ses jeunes, payer ses ouvriers le mois d'après. Il faut avoir une confiance folle et quand même prévoir. Mais sachez qu'un chrétien qui aime ses frères et sœurs ne sera jamais riche. C'est une évidence s'il pense que chaque humain qu'il rencontre dans sa famille et dans son entourage, c'est le Seigneur qui frappe à sa porte.

Dans certaines familles que je visite, dans des villes où je fais des conférences, parfois on me dit :

« Ici c'est très friqué, il n'y a pas de pauvres.

– Pas de pauvres ? je leur réponds. Mais il y a certainement une vieille richissime isolée, seule et paumée au milieu de ses chats. Ou bien un jeune fils à papa perturbé. Des pauvres, je peux vous en trouver... Et pas seulement sur les trottoirs. »

Recevoir et donner

Nous pouvons aussi, au-delà de notre environnement immédiat, penser aux deux milliards de personnes qui ne font pas un repas par jour, au milliard et demi d'humains qui doivent aller chercher l'eau potable à plus de huit kilomètres.

Une dame me disait un jour : « Monsieur l'abbé, je vous donnerais bien cinq cents euros... En chèque, ça ne me dérange pas. Mais vous les donner de la main à la main, je ne pourrais pas. »

J'ai trouvé ça très triste et amusant à la fois. Combien l'argent nous possède ! Le jour où nous aurons enfin compris que nous ne sommes que gérants de nos biens, et jamais propriétaires, nous vivrons un détachement extraordinaire.

Donne-moi ton regard

Je vis depuis longtemps avec des jeunes dont le dénuement est immense : jeunes ados paumés, affectivement cassés, à la famille déchirée, parfois anéantie.

La richesse d'un jeune, c'est l'amour qu'on lui a donné. Sans cela, il est disloqué. Dieu sait si c'est difficile à vivre pour moi qui ai été tant aimé. Subir la violence de ces êtres qui hurlent leurs manques, c'est ça, ma pauvreté principale.

Tous les éducateurs savent quel équilibre personnel souverain il faut garder par rapport à la violence quotidienne de leurs jeunes. Il faut à la fois entrer dans leur monde et maintenir une distance quand ils veulent accaparer l'être qui les accueille. Tel est mon défi quotidien.

Toute imitation de la pauvreté est impossible et mensongère. La vérité est dans le style de vie adopté par celui ou celle qui a choisi d'être solidaire des pauvres. L'austérité de notre mode de vie nous rapproche de ceux qui sont en manque de tout.

Un de mes jeunes de la Bergerie, martyrisé longuement par les bipèdes humains, admirait un jour la beauté des yeux d'un jeune lama qu'il affectionnait particulièrement. En moi-même je me disais : « Il n'a pas encore vu la couleur de mes yeux ! »

Qu'à cela ne tienne. Je connais trop la force d'amour d'un être humain pour savoir qu'un jour il admirera ceux qui le côtoient ou le servent. Avoir le regard du Christ vis-à-vis des êtres exclus, qu'il rencontre en priorité, est l'enseignement magistral de l'Évangile. « Donne-moi ton regard » est ma prière de chaque matin avant d'entrer dans l'arène.

Cela exige d'écouter inlassablement celui ou celle qui déverse son mal-être. Car les pauvres sont insatiables d'amour et d'écoute. Ils le disent avec les mots qui jaillissent de leurs manques.

Salem, un jeune longuement martyrisé avant qu'on l'accueille à la Bergerie, m'a décoché un jour une phrase qui m'est restée gravée pour toujours : « Mon passé, c'est l'amour. Il part du jour où tu m'as accueilli : avant, j'ignorais qu'il existait. »

Nous pouvons tous et toutes devenir ce passé-là pour ceux et celles que nous rencontrons.

11

Pardonne à ton ennemi

Dieu fera ce que tu ne peux faire

> Mais moi, je vous dis que quiconque se met en colère contre son frère mérite d'être puni par les juges ; que celui qui dira à son frère : Raca ! mérite d'être puni par le sanhédrin ; et que celui qui lui dira : Insensé ! mérite d'être puni par le feu de la géhenne.
>
> Si donc tu présentes ton offrande à l'autel, et que là tu te souviennes que ton frère a quelque chose contre toi,
>
> Laisse là ton offrande devant l'autel, et va d'abord te réconcilier avec ton frère ; puis, viens présenter ton offrande.
>
> Accorde-toi promptement avec ton adversaire, pendant que tu es en chemin avec lui, de peur qu'il ne te livre au juge, que le juge ne te livre à l'officier de justice, et que tu ne sois mis en prison.
>
> Je te le dis en vérité, tu ne sortiras pas de là que tu n'aies payé le dernier quadrant.
>
> Matthieu V, 22-26

Je ne dirais pas que « l'enfer c'est les autres », comme l'a proclamé Jean-Paul Sartre, mais que parfois « l'ennemi est notre prochain le plus proche » : cette personne de notre famille, de notre voisinage, de notre entourage professionnel, dont le visage même nous empêche, pensons-nous, d'aimer Dieu.

Pourtant, cette personne est un être de chair et de sang, un frère ou une sœur.

Comme les êtres qui ont souffert s'y prennent mal pour exprimer l'amour qui leur manque ! Combien de fois l'ai-je constaté ! Répondre à la violence par la violence est la pire des choses, et très rarement nécessaire. Répondre à la violence par l'amour, c'est pacifier l'autre.

Je vis quotidiennement avec de jeunes révoltés suicidaires. Ils expriment leurs souffrances par des cris, parfois par des insultes. Je me dis qu'ils sont à bout de souffrances. Si l'on ne comprend pas leur langage, leurs messages, on ne comprend rien à ce qu'ils sont.

Entretenir la paix

Essayez de pardonner et tentez d'effacer l'insulte. Je dis souvent aux correspondants qui m'envoient des lettres très dures, très violentes, où s'expriment leur rancune ou leur haine contre l'un de leurs proches ou contre la société tout entière, qu'ils ne font qu'entretenir leur souffrance, tandis que le pardon leur amènerait la paix.

Pardonner à quelqu'un est difficile pour tout le monde, même pour un prêtre. Et que faire si l'autre n'accepte pas votre pardon ? Il faut savoir que, déjà, vous serez en paix avec vous-même. Selon l'Évangile, si vous avez blessé une personne d'une façon quelconque, demandez-lui sincèrement pardon. Si la personne refuse vos excuses, demandez-lui pardon de nouveau, et puis laissez-la digérer sa rancune.

Il faut être patient. Dites-vous que celui qui a été offensé progresse à son propre rythme.

Il m'est arrivé un jour quelque chose de cet ordre. J'avais engueulé Bill, un jeune gars. Certes fortement, mais à mon sens il le méritait. Un de nos amis communs vint me voir. Il prétendait que j'avais engueulé son copain avec exagération. Comme je lui rappelais le motif, il ne voulut pas m'entendre et me dit :

« Guy, si tu ne lui demandes pas pardon, je ne te parle plus.

– Je regrette, mais tu devrais te mêler de tes affaires, lui répondis-je. Je maintiens ce que j'ai dit : ce que Bill a fait est trop grave pour que je passe l'éponge aussi vite. »

Quelque temps après, l'erreur commise était oubliée et nous étions, Bill et moi, redevenus copains comme cochons. Tout était rentré dans l'ordre, sauf que notre ami commun ne voulait plus, lui, me parler. Il me reprochait maintenant d'avoir rétabli une bonne entente avec celui que j'avais insulté.

Pendant dix-huit ans, il m'a fait la tête ! Trouvant sa rancune disproportionnée, je lui ai écrit deux fois par an. Parfois les lettres me revenaient. Quand je tentais de lui téléphoner, il raccrochait. Et puis, un jour, il m'a répondu :

« Comment vas-tu, Guy ?

– Bien, très bien. »

J'avais terriblement envie de lui dire qu'il était un sacré enfoiré de ne pas m'avoir parlé depuis si longtemps, mais je me suis retenu.

La patience avait fini par payer.

La compassion demande non seulement de la patience mais aussi une attention extrême. Il ne faut pas fuir le regard de l'autre après une insulte ou une blessure. La profondeur du regard est très importante. Elle vaut mieux que tous les mots du monde.

Si vous avez pardonné ou si vous demandez pardon à quelqu'un, regardez-le. Mais avec toute la tendresse possible, pas pour le braver.

Critiquer l'Église avec amour

Parlons de nos rancœurs vis-à-vis de l'Église. J'en entends et j'en lis du matin au soir. L'Église n'est pas une communauté idéale, elle est bourrée de défauts.

L'Église est vouée à l'Évangile. C'est le réel, c'est inévitable. Alors il faut s'accrocher pour l'aimer. Je suis entré dans l'Église il y a soixante ans. Imaginez ce que j'ai parfois enduré !

Nous pouvons la critiquer, nous pouvons lui reprocher beaucoup de choses, mais nous devons l'aimer. À Cologne, Benoît XVI a dit devant un million de jeunes : « Critiquez l'Église... avec amour. »

Depuis que je suis dans l'Église, j'ai pu la critiquer, mais je l'aime immensément ! Elle est faite d'hommes et de femmes, de pauvres pécheurs comme moi-même.

Je me souviens que saint Jean de la Croix disait que nous serons jugés à la mesure de nos jugements sur terre. Je prends exemple sur les êtres qui tâchent toujours de trouver le bon côté d'une personne que l'on accuse.

Chaque jour

Renouveler l'amour et la compassion est un travail de chaque jour, quelle que soit sa religion. Nous, chrétiens, avons une phrase incontournable dans le « Notre Père » : « Pardonne-nous nos offenses comme nous pardonnons aussi à ceux qui nous ont offensés. »

Demandons chaque jour à Dieu qu'Il change notre cœur quand nous détestons l'autre, et Il le fera. Cherchons les qualités de notre pire ennemi... C'est une ascèse à laquelle je me plie, un exercice vraiment extraordinaire.

Avec mes lascars, j'essaie toujours de mettre en exergue leurs qualités. Parfois, à cause d'eux je vis une descente en enfer. Quand un mec est jugé à Faucon, bonjour l'angoisse ! Mais il me faut toujours trouver une qualité à celui qui vient de se faire chapitrer.

Quand deux mecs s'affrontent parce qu'ils ne peuvent plus se sentir, je leur demande de s'asseoir et de trouver une qualité chez l'autre. Après quelques hésitations, ils marmonnent toujours quelque chose : « Il est travailleur », « marrant », etc.

Puis je leur demande comment, pourvus d'aussi belles qualités, ils peuvent continuer à se détester !

Très vite, tout change : ils trouvent « un bon copain »... « un vrai pote »...

Dieu fera ce que tu ne peux pas faire

Je me souviens de cette dame toute courbée, grise comme la cendre, qui me rendit visite, un jour, à la Bergerie. Elle m'avait confié qu'elle en voulait à mort à une personne qui lui avait fait un mal fou et que cette haine la rongeait. Elle insistait en disant qu'elle ne pourrait jamais lui pardonner.

Je lui recommandai d'arrêter de lui trouver de détestables noms d'oiseaux, car, faisant cela, elle ne pouvait qu'alimenter sa colère.

« Essaie de lui trouver quelque chose de bien !

– À cette s…, impossible ! me dit-elle.

– Essaie juste un peu. »

Non, elle ne trouvait vraiment rien.

« Écoute, on se reverra », lui dis-je.

Puis j'ajoutai :

« Ce que tu ne peux pas faire, Dieu le fera pour toi. Demande-lui. »

Quelques mois plus tard, elle revint me voir. Elle était toute rassérénée. Et toute droite. Son mal au foie ? Son mal de dos ? Envolés…

Elle m'a dit qu'elle avait prié longtemps, en faisant l'effort, comme je lui avait conseillé, de ne plus parler de cette personne dans les pires termes.

Et... elle s'était réconciliée.

Avec elle-même.

Avec l'autre.

La miséricorde est une grâce prioritaire à acquérir. On en a un besoin fou. Aujourd'hui plus que jamais.

12

Mille incivilités nous griffent quotidiennement

Soyez les combattants de l'amour

Quittez la stupidité, et vous vivrez. Et marchez dans la voie de l'intelligence !

Celui qui reprend le moqueur s'attire le dédain, et celui qui corrige le méchant reçoit un outrage.

Ne reprends pas le moqueur, de crainte qu'il ne te haïsse. Reprends le sage, et il t'aimera.

Donne au sage, et il deviendra plus sage. Instruis le juste, et il augmentera son savoir.

Proverbes IX, 6-9

Les incivilités nous insupportent de plus en plus. Dans l'immeuble où j'habite depuis fort longtemps, des gamins jettent des pelures d'orange, des mégots, des papiers et toutes sortes de détritus devant ma porte. Quand je leur demande de les ramasser, ils s'en moquent. Alors je prends mon balai. Parfois l'un d'eux, me voyant faire, me dit sur un ton frondeur : « Regarde ! Là t'as oublié un mégot. »

Comment répondre ? Lui rentrer dedans ? Il n'en est pas

question. Évidemment, il mériterait une bonne correction, mais ce serait l'émeute.

Gestes obscènes, crachats, papiers gras, tags, bruit… Mille incivilités nous griffent quotidiennement. Ce ne sont certes ni des crimes ni des délits – elles restent parfaitement en deçà de ces limites –, mais elles se multiplient.

J'ai appris qu'en Angleterre un système de caméras parlantes avait été mis en place. Si vous jetez un mégot, un haut-parleur se déclenche : « Hé ! Vous là ! Ramassez ce mégot que vous venez de jeter sur le trottoir ! » Et si vous ne le faites pas, la machine insiste : « Voulez-vous bien ramasser ce que vous venez de jeter, s'il vous plaît ? »

Inutile de vous dire les réactions que suscite cette vidéo-surveillance performante auprès des défenseurs de libertés individuelles ! Mais le ministre de l'Intérieur John Reid a déclaré que les autorités locales en avaient assez de payer pour les irresponsables et voulaient que l'on rappelle aux citoyens les seuls comportements acceptables. À suivre…

Nos espaces publics

Tous les espaces publics sont aujourd'hui touchés par ce fléau. On observe des agressions dans les gares et même dans les hôpitaux.

Dans une école, des gamins tabassent une institutrice, filment la scène et se la repassent en boucle !

Dans les transports en commun, ce n'est pas nouveau, des femmes enceintes ne trouvent personne pour leur laisser une place assise. Les anciens non plus. Pire, incendier des bus est devenu très tendance pour des jeunes.

La fraude au ticket de métro ne dérange personne. On a vu ce que cela a coûté à la station gare du Nord quand un type en infraction s'est fait contrôler. Trois cents jeunes se sont précipités pour défendre ce pauvre pécheur !

Les téléphones portables ont envahi tous les espaces. À l'aéroport, j'ai vu et entendu un mec qui s'en prenait à sa femme en faisant des allées et venues dans les couloirs. Excédé, je lui ai dit : « Ce que tu dis à ta femme est extrêmement passionnant... mais l'engueulade, fais-la dans les w-c ! »

Pendant les campagnes électorales, les affiches des candidats sont peinturlurées, arrachées. Quant aux insultes envers les agents de police, elles sont tellement communes que plus personne ne songe à les relever.

Sans compter les tags...

À ce propos, j'ai relevé une expérience intéressante. À Compiègne, où les transports en commun sont gratuits, il n'y a pratiquement pas de graffitis ou de dégradations. Nous ne pouvons donc que suggérer de toute urgence au ministère des Transports d'instaurer la gratuité !

Le volant et son espace de courtoisie

Je roule à quatre-vingts à l'heure sur le périphérique, allure normale. Tout à coup : un bouchon. Je dépasse lentement et découvre deux automobilistes en train de se battre à mort au milieu de la voie ! J'apprendrai plus tard qu'ils ne s'étaient même pas accrochés, l'un d'eux avait simplement osé klaxonner l'autre qui lui avait répondu par un doigt d'honneur...

C'est totalement hallucinant.

Ces incorrections pèsent sur la confiance en nos institutions et augmentent la fréquence des actes délictueux. Il y a deux constats contradictoires : ou bien l'on dit qu'il y a un manque de répression, ou bien on prône un « art de vivre ensemble » par la prévention.

Un journaliste disait qu'il faut chercher la source de ces incivilités dans notre siècle de communication. L'homme n'est plus là, il est connecté à des réseaux virtuels. Autrefois, on ne pouvait pas échapper à son lieu d'habitat et à son entourage. Aujourd'hui, l'individu a le sentiment qu'il peut fuir dans les territoires virtuels. Il choisit ses interlocuteurs et il zappe comme il veut qui il veut avec un sentiment de toute-puissance qui n'est pas porteur de civilité. Il pense pouvoir faire ce qu'il veut où il veut dès qu'il sort parmi les humains.

Alors il se promène parmi ses semblables sans les voir. Et il n'y a rien de plus terrible que de se juxtaposer sans faire attention à l'autre.

« Ce que je vois dans vos pays dits développés ne pourrait exister chez nous, me disait un ami du Bénin. Humainement parlant, vous êtes très pauvres. Vous ne savez pas vous parler. »

Soyez des combattants de l'amour

Je n'ai pas oublié le proverbe africain selon lequel le village tout entier doit être éducateur : « Il faut un village pour élever un enfant. »

Quand un de nos jeunes s'échappe de Faucon, ce qui est très rare, ou qu'il renverse une poubelle au village, ou qu'il insulte une mémé, la mairesse, Michèle, est immédiatement avertie par un habitant. Celle-ci nous téléphone, on rattrape le jeune et on le punit.

Toutes les forces vives de la nation, parents, professeurs, policiers, hommes et femmes politiques doivent ensemble faire de notre France une terre où nous vivrons de façon harmonieuse.

Soyons des combattants de l'amour et de la justice !

13

Beauté du don

Le véritable appel de Noël

Jésus, s'étant assis vis-à-vis du tronc, regardait comment la foule y mettait de l'argent. Plusieurs riches mettaient beaucoup.

Il vint aussi une pauvre veuve, elle y mit deux petites pièces, faisant un quart de sou.

Alors Jésus, ayant appelé ses disciples, leur dit : Je vous le dis en vérité, cette pauvre veuve a donné plus qu'aucun de ceux qui ont mis dans le tronc ;

car tous ont mis de leur superflu, mais elle a mis de son nécessaire, tout ce qu'elle possédait, tout ce qu'elle avait pour vivre.

Marc XII, 41-44

Réunir sa famille, se réconcilier avec certains de ses membres, inviter quelqu'un que nous n'aimons pas forcément…, beaucoup de choses se font dans les foyers à l'occasion de la fête de Noël.

J'ai observé que bien des gens en avaient assez de rester dans le cocon familial pour fêter Noël. Beaucoup de couples m'ont dit qu'ils invitaient des amis et faisaient alors de plus beaux et joyeux Noël.

Noël ne sera jamais une fête païenne tant qu'elle sera don de chacun et chacune.

Qu'allez-vous donner de vous ?

Quand je passe sur le périphérique parisien, je vois des dizaines et des dizaines de tentes. Un mouvement associatif proposait aux bien-logés, pour le soir de Noël, de dormir une nuit sous l'une de ces tentes, non seulement pour ressentir ce qu'endurent nos frères sans logis, mais aussi pour vivre un moment de solidarité avec eux.

Auparavant, nous voyions un tas de cartons et de chiffons jetés sur le sol, maintenant nous découvrons des tentes, quelque chose de moins éphémère, et nous commençons à être gênés. Les tentes sont trop visibles. Je me demande comment un pays aussi riche que la France peut oser laisser dix à vingt mille personnes dans la rue à Paris ! Durant la période des fêtes, le taux de suicide augmente fortement parmi ces sans-logis qui se sentent encore plus seuls.

Les organisations caritatives sont très actives à ce moment de l'année. Elles font un travail ponctuel et un travail de fond. Des gens partagent, organisent un grand repas en invitant des très pauvres ou des très seuls, les enfants au milieu...

Il est important que vos enfants voient autre chose que les cadeaux que l'on s'offre rituellement autour du sapin, qu'ils sentent une volonté vraie de don de soi au service des autres. Vos petits regarderont ça, s'y habitueront, le trouveront naturel et, marqués par ce geste, le répéteront à leur tour…

Cadeaux

Il faut de l'imagination pour faire plaisir à ceux que l'on aime. Soyez imaginatifs envers vos enfants, envers vos conjoints, envers vos amis et vos invités… Il faut vous casser un peu la tête et ne pas acheter n'importe quoi.

Je me souviens qu'un jeune, la nuit de Noël, m'avait fait cadeau d'un superbe petit faucon de granit. Un autre m'avait offert un stylo Dupont en argent où il avait fait graver : « À Guy, curé voyou. »

Il y a mille manières de donner. L'imagination est tellement grande et puissante ! Dieu nous a fait une intelligence et un imaginaire sans fin. Saint Vincent de Paul ne disait-il pas que l'amour nous fait inventer à l'infini ?

Tentons de mettre autant d'invention dans nos cadeaux que nous en mettons pour assouvir nos propres désirs.

C'est un souffle d'amour. Donner, c'est aussi recevoir.

Un vrai conte de Noël

Un jour de Noël, un monsieur et une dame, habitant un riche appartement dans un quartier huppé, sortent de la messe. Devant le porche, ils croisent un clochard, l'habituel clochard. La dame lui donne vite une pièce, mais le monsieur s'attarde un instant et lui dit : « Cher ami, pourriez-vous nous faire l'honneur de venir manger ce soir à notre table ? »

Le clochard accepte l'invitation.

Après le copieux repas, l'homme lui demande : « Accepteriez-vous, cher ami, de passer la nuit chez nous ? »

Bien sûr, le clochard accepte.

Ensuite, le paroissien lui trouve un travail...

Le Noël suivant, le clochard parfaitement habillé est au premier rang dans l'église à la messe de minuit, à côté de l'homme qui l'a aidé.

Il n'attend pas que le prêtre lise une prière pénitentielle endormante sur les pauvres, il prend le micro et désignant l'homme assis devant lui, il s'exclame : « Ce mec-là, c'est la vraie religion ! L'année dernière j'ai dormi chez lui le soir de Noël, puis il m'a trouvé du travail. Grâce à lui je suis un homme debout. C'est ça la vraie religion. »

Un pauvre était debout.

14

Quel est notre chemin de croix ?

Une souffrance pour aller plus loin

Les soldats conduisirent Jésus dans l'intérieur de la cour, c'est-à-dire dans le prétoire, et ils assemblèrent toute la cohorte.

Ils le revêtirent de pourpre, et posèrent sur sa tête une couronne d'épines, qu'ils avaient tressée.

Puis ils se mirent à le saluer : Salut, roi des Juifs !

Et ils lui frappaient la tête avec un roseau, crachaient sur lui et, fléchissant les genoux, ils se prosternaient devant lui.

Après s'être ainsi moqués de lui, ils lui ôtèrent la pourpre, lui remirent ses vêtements, et l'emmenèrent pour le crucifier.

Ils forcèrent à porter la croix de Jésus un passant qui revenait des champs, Simon de Cyrène, père d'Alexandre et de Rufus ;

et ils conduisirent Jésus au lieu nommé Golgotha, ce qui signifie lieu du crâne.

Ils lui donnèrent à boire du vin mêlé de myrrhe, mais il ne le prit pas.

Ils le crucifièrent, et se partagèrent ses vêtements, en tirant au sort pour savoir ce que chacun aurait.

C'était la troisième heure, quand ils le crucifièrent.

Marc XV, 16-25

Qu'est-ce qui manque à la souffrance du Christ ? La nôtre. Dieu nous aime et c'est par la Passion que nous connaissons son amour. Faisons ensemble ce chemin de croix.

Un chrétien doit trouver dans la souffrance et l'épreuve des motifs d'aller plus loin. Car la croix est l'emblème du chrétien.

Certaines personnes, fort peu chrétiennes, me disent parfois : « C'est répugnant que vous adoriez un dieu sur une croix, un mec torturé qui a achevé sa vie dans d'atroces souffrances ! »

Je leur réponds que cette croix sublime me donne chaque jour la force de me dépasser. Que cette lumière de la résurrection au bout de la croix m'appelle vingt-quatre heures sur vingt-quatre à tout donner. Que nous courons vers cette lumière, et que ce chemin de croix nous y aide.

Un jour, je me baignais dans une piscine avec un de mes loubards super-baraqué, quand j'aperçus, tatouée sur son dos, une magnifique page de l'Évangile. Autour d'une croix qui couvrait entièrement son dos, on pouvait lire : « Il a souffert avant moi. » Je ne lui en ai jamais parlé car je connaissais son parcours du combattant. Je l'avais suivi de prison en prison.

À travers celle qu'il avait vécue, il avait appris qu'aucune souffrance n'est inutile, que Dieu est amour, qu'au bout de la croix, la lumière éblouissante du Christ apparaît.

Bertrand Picard, qui réalisa le premier tour du monde en montgolfière sans escale, a écrit dans la relation de son aventure : « L'atterrissage a permis de terminer la croix entre le ciel, la mer et la terre à l'horizontale. » C'était joliment dit. Il a ajouté : « J'aime l'image du ballon poussé par les vents, remettant l'homme à sa juste place à l'intérieur de la nature. »

Comme ce ballon, la croix nous montre que notre nature est tissée de souffrances et de joies. Mais il ne faut pas laisser faire la souffrance, il faut la prendre en main, l'accompagner, la porter et la transcender.

Première station : Jésus est condamné à mort

Il avait tout donné, tout offert. « Bienheureux les pauvres, les exclus, les oubliés, les rejetés de la terre parce qu'ils seront les premiers dans le Royaume de Dieu. » Il était en priorité du côté des perdants… Et on l'a accusé de toutes les saloperies.

Dans cette première station, nous allons prier pour tous ceux qui sont condamnés d'une façon ou d'une autre.

Prions pour les victimes d'abord. Ceux et celles qui ont été agressés, violés, volés, traumatisés à vie. Ils sont les préférés de Dieu. J'ai aimé que Nicolas Sarkozy ait invité deux mille victimes pour sa garden party à l'Élysée le 14 juillet. Enfin, les éternels champions toute catégorie étaient remisés au placard.

Prions pour tous ceux et celles condamnés à mort dans le monde. Et qui attendent des jours, des mois, des années dans des cellules la piqûre ou la balle qui mettra fin à leur calvaire.

Ils ont commis parfois des crimes horribles, bien sûr, mais attendre ainsi son supplice est inhumain. Je suis absolument contre la peine de mort. Le pire des criminels, quoi qu'il ait fait, est fils ou fille aimé(e) de Dieu.

Prions pour ceux et celles qui savent, à travers la maladie terrible qui les a frappés, que l'échéance est programmée dans le temps.

Prions spécialement pour les jeunes atteints du sida. Prions pour tous ceux et celles qui cherchent à arrêter ce virus et à guérir ceux qui sont condamnés. Rien de plus terrible que cette mort inéluctable quand on a vingt ans et qu'on apprend après avoir fait l'amour que ce moment merveilleux a signé irrévocablement la fin de sa vie.

Deuxième station : Jésus est chargé de sa croix

Imaginez cette lourde croix qu'il porte.

Nos croix à nous sont multiples : celle d'un enfant handicapé, d'une mère qui a perdu son enfant, etc. Prions pour tous ceux qui sont chargés d'un poids terrible.

Prions pour dire au Christ : « Aide-moi, je t'en supplie. » Et n'oublions jamais : il nous donnera toujours la force. Il suffit de l'appeler : « Viens, viens, je t'en supplie. »

Et puis cette phrase qui m'a toujours donné une force pas possible : « Déchargez-vous sur Lui de tous vos soucis. Il prendra soin de vous » (I Pierre 5, 5).

Quand on sait que le Seigneur nous donnera toujours la force, quoi qu'il arrive, dans quelque tentation que ce soit, dans toute souffrance, on peut vivre apaisé, serein, avec la joie de savoir que notre croix, Il la porte toujours avec nous.

Troisième station : Jésus tombe pour la première fois

Nous regardons souvent les autres tomber avec une espèce de joie morbide. Pauvres de nous !

Prions pour nous d'abord qui tombons si facilement. Quand je vois, la nuit, ma journée écoulée, je me dis souvent : « Pauvre de moi, je suis encore retombé dans les mêmes conneries que d'habitude. »

Chute après chute, à condition que tu les mettes face au Seigneur, tu verras, elles diminueront. Parfois même, le défaut que tu bûches avec ténacité devient ta qualité dominante. Et puis, Il te connaît tellement mieux que toi-même. Déverse-Lui tout, soir après soir. Tu verras le punch que tu auras après.

Quatrième station : Jésus rencontre sa mère

Nos mères sont présentes, aimantes, discrètes. Comme Jésus devait aimer sa mère ! Comme elle a dû souffrir de le voir ainsi à l'agonie !

On priera pour toutes les mères qui se sont fait avorter, sans les juger, en ayant une tendresse particulière pour elles et en leur disant : « Prie pour le petit ange que tu n'as pas voulu et que tu as exécuté. »

Prions pour toutes les mères crucifiées, penchées sur le lit de leurs gosses accidentés, malades, handicapés.

Prions pour les mères épouvantées par toutes les drogues qui font de leurs gosses des fantômes, et rendent terrifiant le calvaire de ceux et celles qu'elles ont portés.

Prie pour ta mère que tu ne regardes plus, que tu ne vois plus. Et demande au Seigneur de retrouver en toi cette merveille qui sauvera tout : ton affection, quoi qu'il arrive, vis-à-vis de ceux qui t'ont fait.

Cinquième station : Simon de Cyrène porte la croix derrière Jésus

Prions pour tous les bons Samaritains. Nos croix qui sont portées par d'autres, avec d'autres : seule respiration dans le calvaire. À travers Simon de Cyrène, pensons à tous ceux ou celles qui nous ont portés, aidés, soutenus.

Prions pour les infirmiers, les docteurs, les éducateurs, ou simplement pour les taxis qui nous transportent et nous écoutent. Prions pour tous ceux qui nous aident et qui nous portent.

« Portez les fardeaux les uns des autres et vous accomplirez la loi du Christ » (Galates 6, 2).

Prions pour ne jamais oublier que le mot « reconnaissance » est un des plus beaux noms de l'amour.

Sachons dire merci. Une vie qui est pleine de « merci » est une vie rayonnante.

Prions pour ne jamais penser que, seul, on se démerde sans problèmes. Portons les autres. Ils nous porteront.

Sixième station : Véronique essuie la face de Jésus

Comme j'aime ce geste de tendresse de Véronique. Comme j'aime le geste de Jean-Paul II qui est allé dans la cellule de celui qui avait voulu le tuer. Un geste vaut cent fois mieux que des paroles. Notre religion est à vivre en actes et en vérité.

Prions pour que nous inventions toujours les gestes d'amour qui sauvent. Toi qui parfois as peur de faire tel geste, fonce et fais-le.

On en a ras le bol d'entendre des paroles. Certains gestes valent infiniment plus que des mots.

L'autre jour, lors d'un terrible accident, un mec qui était à côté de moi me disait ne pas savoir que faire. « Serre la main du mec au volant », lui ai-je dit. L'accidenté, les jambes broyées, a serré la paluche de mon gars au point qu'il lui a été difficile de retirer sa main lorsque les sauveteurs sont arrivés.

Avant de proclamer l'amour, faisons des gestes d'amour, parce que tous ceux et celles qui nous entourent verront Dieu à travers nos gestes.

Septième station : Jésus tombe une deuxième fois

Nous trébuchons sans cesse, vous le savez bien. Le sacrement de réconciliation est fait pour cela. Une vie est toujours une vie de combat, si l'on veut arriver à la sainteté.

J'aime bien ce texte de Jacques : « Quand vous butez sur toutes sortes d'épreuves, pensez que c'est une grande joie. Car l'épreuve, qui vérifie la qualité de votre foi, produit en vous la persévérance, et la persévérance doit vous amener à une conduite parfaite ; ainsi vous serez vraiment parfaits, il ne vous manquera rien. »

Prions pour ne pas dire à son conjoint ou à soi-même : « Tu ne changeras jamais. » On peut tuer ainsi l'être aimé.

Pense toujours qu'après la chute on peut toujours se relever. Et puis regarde-toi. Si tu es clair avec toi-même, tu sais qu'il est facile d'enfoncer l'autre qui tombe, alors que toi-même tu retombes aussi souvent dans les mêmes ornières.

Toi qui te trouves si facilement de bonnes excuses pour te pardonner, essaie de les trouver pour les autres. Tu bâtiras alors un paradis autour de toi.

Les êtres de lumière dont nous manquons tragiquement, ce sont d'abord les êtres de miséricorde : ceux qui pardonnent et demandent pardon.

Huitième station : Jésus rencontre les femmes de Jérusalem

Quelle puissance devait-il avoir dans son regard ! Jésus a regardé toute sa vie. C'est merveilleux, dans l'Évangile, de voir le regard du Christ, il pénétrait à l'intérieur des êtres, et les changeait. Pensons, frères et sœurs, que nous pouvons avoir cette puissance du regard.

Prions pour demander au Seigneur une priorité quotidienne pour celui ou celle qui est différent, malade, seul, étranger, dépressif ou violent.

Quand on sait que l'attention du Christ va en priorité absolue au plus petit, au plus démuni, on ne peut que lui demander ses yeux d'amour. Demande-le-lui chaque matin. Il te donnera son regard.

Neuvième station : Jésus tombe une troisième fois

Soyons des êtres de pardon.

Prions pour que le Christ nous apprenne à pardonner « soixante-dix-sept fois sept fois », comme nous le dit l'Évangile, c'est-à-dire à l'infini.

Nos vies sont faites de pardons à donner et à recevoir. Quand on a compris ça, on a tout compris.

Ce verdict terrible de l'Évangile est à méditer sans cesse : « Tu seras pardonné un jour à la mesure de ton pardon donné sur terre. » Implacable.

Sois un être de pardon. Pardonne inlassablement. Pas bêtement, mais en laissant à l'autre un espace d'expiation.

Et n'oublie pas de vider tes poubelles intérieures devant un prêtre. Il est pécheur comme toi, mais il a reçu la formidable possibilité, au nom du Christ, de te pardonner tes péchés.

Dixième station : Jésus est dépouillé de ses vêtements

Nos vêtements nous protègent. Être mis à nu est la pire des humiliations. Tous les prisonniers vous le diront. Quand, au commissariat ou à l'entrée en prison, on les met à poil et qu'on les fouille au corps, c'est terrible.

Je l'ai vécu un jour, dans une prison de Belgique où j'allais visiter des prisonniers. Un surveillant m'a fait enlever tous mes vêtements parce que son zinzin électronique mal réglé résonnait chaque fois que je repassais sous le porche de contrôle. J'étais humilié, furieux.

Prions comme saint Paul pour demander seulement que Dieu nous recouvre du manteau de l'amour.

Jamais aucun être humain ne pourra t'enlever ce manteau-là.

Onzième station : Jésus est cloué sur la croix

Tant de personnes sont clouées sur des lits d'hôpitaux.

Je pense à tous les jeunes sortant, alcoolisés, de boîte les samedis soir et qui s'encastrent dans un platane...

Je pense aux handicapés.

Je pense aux anciens qui crèvent seuls.

Je pense aux blessés de l'amour, divorcés, séparés. Les plus terribles clous sont ceux qui percent notre cœur.

Entendre un jour un être te dire : « Je t'aime », et puis le voir partir avec un autre ou une autre, c'est une blessure qui vrille sans cesse. Partir soi-même, après avoir proclamé longtemps : « Je t'aime », c'est le clou qu'on enfonce, à vie, en l'autre. C'est un clou qui peut tuer.

Prions pour tous les divorcés, les séparés, les déchirés dont la blessure du cœur ne cicatrise jamais.

Que notre tendresse aille vers eux. Ne les jugeons jamais. Sinon, ce sont d'autres clous que l'on enfonce.

Douzième station : Jésus meurt sur la croix

Il est mort comme nous mourrons. L'heure viendra. Il faut attendre la mort avec sérénité. Pour cela, il faut vivre passionnément aujourd'hui. J'ai vingt-quatre heures pour ça : vivre pleinement ses vingt-quatre heures en se foutant totalement d'hier et se fichant éperdument de demain. Investis-toi, donne tout l'amour possible dans ces vingt-quatre heures.

Prions pour nos morts.

Prions pour demander chaque jour la grâce de bien vivre l'instant présent. C'est le sens de la phrase superbe du « Notre Père » : « Donne-nous aujourd'hui le pain du jour. »

Treizième station : Jésus est détaché de la croix et remis à sa mère

C'est là qu'elle est mère de l'Église, Marie, notre immense protectrice.

Prions Marie. Elle a une puissance inégalable auprès de Dieu. Elle saura, si on la prie inlassablement, faire vaciller le cœur de son fils.

N'aie pas peur d'égrener chaque jour ton chapelet, et médite-le.

Quatorzième station : Jésus est mis au tombeau et ressuscité le troisième jour

Voilà le signe qui nous sauve et donne à chaque chrétien la joie parfaite sur terre. Il nous demande simplement d'accepter d'être aimé.

« Vis de telle façon qu'à ta seule façon de vivre, on pense qu'il est impossible que Dieu n'existe pas. »

C'est ta façon de vivre qui montrera la Résurrection : si tu as une gueule éclatante, si tu portes la souffrance et que tu la transcendes ; si, chaque fois que tu vois une croix, tu dis : « Seigneur, combien tu m'as aimé pour souffrir ainsi ! », alors tu verras qu'il t'aidera à porter ta souffrance.

Et n'oublie pas, la lumière du ressuscité est au bout.

II

En cœur à cœur avec Dieu

15

Sois plus blanc que neige

Méditation du Psaume 50

Lave-moi complètement de mon iniquité, et purifie-moi de mon péché.

Car je reconnais mes transgressions, et mon péché est constamment devant moi.

J'ai péché contre Toi seul, et j'ai fait ce qui est mal à Tes yeux. En sorte que Tu seras juste dans Ta sentence, sans reproche dans Ton jugement.

Voici, je suis né dans l'iniquité, et ma mère m'a conçu dans le péché.

Mais Tu veux que la vérité soit au fond du cœur : fais donc pénétrer la sagesse au-dedans de moi !

Purifie-moi avec l'hysope, et je serai pur ; lave-moi, et je serai plus blanc que la neige.

Annonce-moi l'allégresse et la joie, et les os que Tu as brisés se réjouiront.

Détourne Ton regard de mes péchés, efface toutes mes iniquités.

Ô Dieu ! crée en moi un cœur pur, renouvelle en moi un esprit bien disposé.

Ne me rejette pas loin de Ta face, ne me retire pas Ton esprit saint

Rends-moi la joie de Ton salut, et qu'un esprit de bonne volonté me soutienne !

J'enseignerai Tes voies à ceux qui les transgressent, et les pécheurs reviendront à toi.

Ô Dieu, Dieu de mon salut ! délivre-moi du sang versé, et ma langue célébrera ta miséricorde.

Seigneur ! ouvre mes lèvres, et ma bouche publiera Ta louange.

Si Tu eusses voulu des sacrifices, je T'en aurais offert. Mais Tu ne prends point plaisir aux holocaustes.

Les sacrifices qui sont agréables à Dieu, c'est un esprit brisé : ô Dieu ! Tu ne dédaignes pas un cœur brisé et contrit.

Répands par Ta grâce Tes bienfaits sur Sion, bâtis les murs de Jérusalem !

Alors Tu agréeras des sacrifices de justice, des holocaustes et des victimes tout entières. Alors on offrira des taureaux sur Ton autel.

Psaumes L (LI), 4-21

Un torrent d'amour

Ce Psaume est pour moi le plus beau.

Ce qui est chouette dans les Psaumes, c'est qu'ils nous appellent tous à demander pardon ; et puis on y trouve toujours l'amour de Dieu, obsédant, réconfortant, dynamisant. C'est en ce sens que j'aime immensément celui-ci.

Plus je me reconnais pécheur, plus l'amour de Dieu tombe en pluie et me sauve, me rafraîchit, me purifie.

Quand on lit les Psaumes, comment douter du pardon de Dieu ? Son amour fait fondre, dissout nos dérives, nos manques, nos éternelles chutes. Et puis on sent que le Seigneur s'appuie sur nos fautes pour nous faire grimper toujours plus haut.

Le Seigneur nous projette dans un océan de miséricorde.

Je me répète souvent cette phrase de saint Paul : « Plus je suis faible, plus je suis fort. » Plus je suis paumé par rapport à mes loubards, embarrassé par mes lourdeurs aussi, et plus le Seigneur me pousse en avant : « Fonce, me dit-Il, et vis dans la joie. » C'est ce qui m'apparaît à travers cette phrase très poétique, très lyrique :

« Lave-moi et je serai blanc, plus que neige. »

Je suis de la merde

Quel plaisir je prends au camp de ski avec mes jeunes ! Ils sont pénibles comme la pluie glaçante, et en même temps merveilleux. Ils rigolent comme des tordus, ils crient à la descente tellement ils sont heureux de glisser, de foncer dans la blancheur. Mais chaque fois qu'on remonte avec les tire-fesses, je leur impose silence. « Regardez la blancheur du paysage », leur dis-je.

La blancheur de la neige... J'aime qu'ils la contemplent, eux que leur vie déchiquetée noircit à leurs propres yeux. Combien de fois m'ont-ils dit : « Je suis que de la merde ! » Pourtant, je ne perçois derrière leur attitude que leur part de cristal, aussi pure, aussi blanche que les milliards de cristaux qui forment le somptueux tapis de la neige. Cette splendeur immaculée éclate sous leurs yeux, alors ils la regardent et se taisent... toujours. Moment intense, superbe. Je leur dis sans leur dire que l'amour lave au-delà de tout, que l'amour les transfigure, les rend blancs, plus que neige.

Et puis le Psaume continue :

Ô Dieu ! crée en moi un cœur pur,
Renouvelle en moi un esprit bien disposé.
Ne me rejette pas loin de Ta face,
Ne me retire pas Ton esprit saint

Seul le sacrement de réconciliation nous recrée sans cesse un cœur pur. Une fois nos sacs vidées devant un prêtre, tout notre espace intérieur redevient immaculé, couleur d'azur.

« Restaure un esprit ferme » : la force donnée par le jeûne, la prière, la méditation, la solidarité, le partage, rend militant, combattant.

C'était en 1961 que j'ai découvert et médité ce Psaume sur les hauteurs d'Alger, pendant mon séminaire. Au loin, les rafales des mitraillettes annonçaient l'indépendance proche. Je n'ai jamais oublié la beauté de ce moment unique, que j'ai méditée, depuis, des milliers de fois, et qui continue à me vriller l'âme.

Relisez souvent le Psaume que vous aimez, parce qu'il vous fera grandir, immensément. Et puis, si je peux me permettre, relisez ce Psaume 50, lentement...

16

Spiritualité de la vieillesse

Une grâce à vivre

> Toi, tu iras en paix vers tes pères, tu seras enterré après une heureuse vieillesse.
>
> Genèse XV, 15

Dans « Vieillir », Jacques Brel chantait : « Mourir cela n'est rien, mourir, la belle affaire, mais vieillir... ô vieillir ! »

Vieillir, soit on ne s'en rend pas compte, soit on le refuse. À ceux et celles qui vieillissent, je dédie cette méditation souriante :

Le coin de ma rue est deux fois plus loin qu'avant, et ils ont ajouté une montée que je n'avais jamais remarquée !

J'ai dû cesser de courir après le bus parce qu'il démarre bien plus vite qu'avant.

On fait des marches plus hautes dans les escaliers maintenant que dans le temps.

L'hiver, le chauffage est beaucoup moins efficace qu'autrefois.

Avez-vous remarqué les petits caractères que les journaux se sont mis à employer ?

Cela ne sert plus à rien de demander aux gens de parler

clairement : tout le monde parle aujourd'hui si bas qu'on ne comprend quasiment plus rien.

Cette mode des vêtements hyperétroits, surtout à la taille et aux hanches, est vraiment désagréable !

Les jeunes gens ont changé, ils sont bien plus jeunes que quand j'avais leur âge.

D'un autre côté, les gens de mon âge sont bien plus vieux que moi.

L'autre jour, je suis tombé sur une vieille connaissance. Elle avait tellement vieilli qu'elle ne me reconnaissait plus !

Je réfléchissais à tout cela en faisant ma toilette ce matin : ils ne font plus d'aussi bons miroirs qu'il y a quarante ans...

Quant à d'autres anciens, ils regardent leurs vieilles photos et ils se lamentent. Personnellement, quand je regarde l'une de mes photos d'il y a vingt ans, je me dis : « Qu'est-ce que t'étais beau ! » Et pourtant je me suis toujours trouvé laid !

On se compare trop souvent, et on se sent diminué. « Du lit à la fenêtre, puis du lit au fauteuil, et puis du lit au lit », disait encore Jacques Brel. Certes, on marche moins bien, l'ouïe commence à baisser, on porte des lunettes, le sommeil vient plus difficilement, la mémoire déraille parfois, les articulations commencent à grincer, le souffle est plus court, la silhouette change, on grossit, on diminue, on a une bosse dans le dos ou sur le ventre, on perd des pièces, un peu comme une vieille guimbarde, on passe de la grosse cylindrée à la bicyclette, et de la bicyclette au fauteuil. Non, vraiment, il vaut mieux ne pas comparer !

Le jour de la retraite est arrivé

La retraite peut être vécue comme la promesse d'une autre vie, surtout quand on a eu un boulot éreintant, mais elle peut être également vécue comme un cauchemar : parce qu'on ne joue plus un rôle social, parce qu'on perd de son pouvoir sur les autres, de son autorité, de son dynamisme. Je me souviens d'un ouvrier qui me disait : « Moi qui désirais tant la retraite, je suis complètement KO ! » Certains ont tenu à la force du poignet, ou sur les nerfs, et d'un seul coup tout s'est arrêté. Toutes ces facultés qu'ils avaient dû développer pour vivre, voilà qu'elles sont réduites à néant. Alors eux-mêmes se sentent inutiles.

Il y a aussi la solitude qui arrive. Parfois le conjoint est mort, ou l'on est séparé. Quant aux enfants, ils sont partis depuis bien longtemps. Maintenant que toutes les chambres sont libres, la maison est trop grande. Cette baraque qui était pleine de vie n'est plus encombrée que de souvenirs ! Bonjour le temps à passer pour nettoyer, ranger, et… tondre la pelouse !

Je connais des anciens qui pètent le feu, qui lisent les journaux tous les jours. Mais beaucoup d'autres abandonnent les projets auxquels ils se consacraient. Se sentir vieux est surtout lié au sentiment de diminution de sa relation au monde. Certes, il y a les misères physiques, mais le pire ce sont les épreuves de la solitude, et l'humiliation de la dépendance… C'est le temps de la suprême pauvreté, qui peut faire perdre le goût de vivre.

Si on est deux et qu'on s'aime, alors évidemment c'est différent. Mais si on s'est toléré pendant trente ou quarante ans uniquement parce que l'autre partait le matin au boulot pour revenir le soir… Et le week-end parce que le mari allait à la pêche, alors bonjour le huis clos ! Bonjour l'angoisse !

Vous avez bien toujours quelques fleurs à soigner, un chat ou un chien à entretenir, mais ça ne va pas loin. La paresse arrive et, avec la paresse, l'ennui vous gagne. C'est le moment de réagir et d'établir un programme strict, tout en acceptant vos limites. Ma vieille mère a jardiné jusqu'à quatre-vingts ans, elle adorait ça. Ce fut très dur pour elle quand elle fut obligée d'arrêter, mais elle se lança dans d'autres occupations qui la passionnaient.

En conclusion, il faut accepter de vieillir. Si on l'accepte, alors la vie devient superbe. Accepter de vieillir, c'est se mettre une bonne fois pour toutes devant sa glace et se dire : « Tes rides, tes poches, ton dentier, ton ventre, ton double menton, etc., je m'en fous ! »

Et on s'en fiche réellement.

Rien à gagner, rien à conserver.

La vieillesse est le temps de la sérénité, le temps de la consolation.

On ajoute : « Avec mes vieux os, je vais enfin vivre pleinement ! »

La mort

La mort ! Ah ! la mort. On l'appréhende, on calcule, on recalcule et l'on se dit : « Voyons, combien de temps il me reste ? »

La mort se rapproche, évidemment. On la craint ou on l'attend calmement. Autour de nous, les deuils se multiplient et nous troublent. Le cercle d'amis se rétrécit...

Il ne faut pas avoir peur de ce moment, mais au contraire s'y préparer. Comment ? En vivant sa vieillesse à fond. La vie est un super-cadeau, à n'importe quel âge. Il faut profiter de ce cadeau jusqu'à son dernier souffle.

Donc j'accepte de vieillir avec mes dentiers, ma maladie de Parkinson, mon arthrose, mes cannes, ma vue qui baisse, etc.

Et là, je m'adresse aussi aux jeunes de trente-quarante ans. Je leur dis que l'on peut vivre sans avoir jamais vécu. Les sept dons du Saint-Esprit, c'est pour tous les âges.

Je les récapitule.

La sagesse. Elle est donnée à tous les âges mais davantage aux anciens, qui connaissent plus de la vie. Normalement, quelqu'un de sage ne commet pas les mêmes fautes.

L'intelligence des situations. Les coups durs m'ont plus appris que les joies. Les anciens ont en général plus d'intelligence sociale, de meilleurs rapports humains. À votre grand âge, vous restez éveillés sur le monde.

Le conseil. Quand un ancien disparaît, c'est une bibliothèque qui brûle, dit-on. La couronne des vieillards est une riche expérience. Notre mère était notre mémoire, même à la fin de ses jours. Elle se souvenait de petites choses à propos de chacun de nous. Mais attention, les anciens, vous êtes bourrés de conseils. Ne les envoyez pas en permanence dans la gueule de vos enfants et petits-enfants. En général, ça ne marche pas. Attendez qu'ils viennent vous les demander d'eux-mêmes en les contestant…évidemment.

La force. Accepter le déclin. Assumer ses vieux os. Certains anciens ont une puissance intérieure extraordinaire. Cette force est plus importante que celle des muscles : c'est la force d'amour, de paix et de miséricorde. Elle peut même aider à guérir.

La science. Durant votre vie active, j'espère que vous avez su prendre du temps pour Dieu. Si vous ne l'avez pas fait, il est urgent de vous en occuper maintenant en allant à Sa rencontre. Il n'est pas loin. Il vous attend depuis toujours.

La piété. Certains « y reviennent ». Dans les églises, on voit en premier lieu les anciennes. On peut prendre du temps pour prier. Certains et certaines intègrent des équipes pastorales : ils font le catéchisme, aident à préparer les mariages. Beaucoup de chrétiens militent jusqu'à un âge avancé. J'admire la fidélité des anciens qui travaillent en Église. Ils sont de magnifiques pierres vivantes. Au début de l'Église, on ne nommait évêques que des vieux prêtres.

La crainte de Dieu. J'ai connu une dame de quatre-vingt-deux ans qui venait à toutes mes messes mais qui refusait qu'on lui parle de la mort. N'ayez pas peur de Dieu, comptez sur Sa miséricorde. N'oubliez pas : Dieu nous attend, à n'importe quelle heure du jour et de la nuit. Ressentez la joie d'aller vers Lui. Une mort bien préparée, bien pressentie, fait vivre à fond la caisse l'instant présent.

Vivez aujourd'hui, pleinement

Au lieu de vous écraser, la vieillesse doit être votre maître intérieur : si vous l'acceptez et l'assumez, elle ne sera pas un handicap. La vivre avec joie, c'est votre chemin de sainteté. Jean-Paul II montrait une vieillesse en actes, formidablement active.

Accueillez la grâce de Dieu, restez des hommes et des

femmes de combat et non des larves pleurnichant sur leurs handicaps physiques, leurs échecs et leurs peines !

Le monde a besoin de vous.

Vivez avec le monde d'aujourd'hui, arrêtez de dire que le passé était extraordinaire. Le passé n'est pas meilleur que le présent, l'homme a toujours été débile, fou, et en même temps appelé à la sainteté. Arrêtez de dire que demain sera apocalyptique. Vivez aujourd'hui, pleinement. C'est le Seigneur qui nous l'a dit dans le « Notre Père » : « Donne-moi aujourd'hui le pain du jour. »

Si le jeune vit pleinement chaque jour, avec amour, il aura jusqu'à quatre-vingt-dix, cent ans une vie splendide. Ça s'appelle la sainteté. Le meilleur moment de votre vie, c'est aujourd'hui.

Respect et sagesse

En fait, on vieillit depuis sa naissance. J'adore cette réflexion : « On n'a rien trouvé de mieux que vieillir pour ne pas mourir jeune. »

Dans une société vouée au culte de la jeunesse et obsédée par les valeurs qui lui sont rattachées, vieillir n'apparaît pas, hélas, comme une grâce.

L'Ecclésiaste nous prévient : « Et souviens-toi de ton Créateur aux jours de ton adolescence, avant que viennent les mauvais jours et arrivent les années dont tu diras : "Je ne les aime pas." » De même que le Psaume 90 : « Le temps de nos années ? Quelque soixante-dix ans, quatre-vingts si la vigueur reste ; mais leur grand nombre n'est que peine et tourment. »

Aujourd'hui les jeunes semblent moins respecter les personnes âgées. Le lien formidable entre eux est souvent cassé. Sans doute parce que le culte de l'ancien ne nous est plus donné dès l'enfance. Et puis le commerce, la publicité, la consommation mettent sur un piédestal une certaine vision de la beauté, les muscles, les peaux lisses, les silhouettes toniques, etc.

On a besoin de signes à cet âge : de signes d'amitié, et de Dieu. Il y a cinquante ans, 70 % des anciens mouraient chez eux la main dans la main de leurs enfants ; aujourd'hui, c'est l'inverse, 70 % meurent dans des lits d'hôpitaux. Et souvent seuls.

À rebours de notre société occidentale, d'autres cultures soulignent les richesses et les fécondités du grand âge. En Algérie, par exemple, le vieux a la première place. C'est celui qui commence le premier à manger ! Je suis souvent invité dans des familles musulmanes. Quand j'arrive, les enfants m'embrassent la main ou le front : c'est le signe de la vénération de la sagesse de l'ancien. Ce geste prend beaucoup de sens chez eux.

J'admire profondément les familles qui ont un respect pour les anciens.

Le bilan

La vieillesse est également l'heure du bilan. Nous pouvons avoir un double regard sur notre vie : celui de la déception comme celui de l'émerveillement. On peut également se dire que oui, on a manqué des choses, mais que l'on a encore tant de choses à vivre.

Que l'ancien trouve toujours et partout l'humble chemin de l'amour ! C'est la « théologie des vingt-quatre heures » : on a vingt-quatre heures chrono pour vivre, pleinement, avec amour.

Je crois vraiment que la vieillesse est un don de Dieu. C'est quand on vieillit qu'on se dit : « Maintenant, aujourd'hui » et : « On verra bien demain ». La faiblesse de la vieillesse fait aussi sa force.

Aux vieux qui ont été jeunes et aux jeunes qui vont vieillir, je dédie ces belles prières :

On vous appelle troisième âge,
On n'ose pas dire les vieux.
Pourquoi soudain ce langage ?
C'est tellement beau, un vieux.

Sur le banc des souvenirs,
Ils parlent des jours heureux.
Ces rides se font sourires,
C'est tellement beau, un vieux.

C'est un ami, un recours,
Un confident merveilleux.
Il a pour nous tant d'amour,
C'est tellement beau, un vieux.

C'est l'issue d'un long chemin,
L'horizon d'un ciel si bleu.
Un feu qui doucement s'éteint,
C'est tellement beau, un vieux.

Non, il ne faut pas partir,
Nous allons rallumer le feu.
Que de beaux jours à venir,
C'est tellement jeune, un vieux.

Prière du soir de la vie d'un moine de Cîteaux

Les ans ont amaigri ma tête déplumée,
Ils ont multiplié les rides de mon front.
Les jours ont disparu comme de la fumée.
Ah, qu'ils sont loin, mes cheveux blonds !

Mon sourire découvre un double râtelier
Et mon cou laisse voir des muscles desséchés.
Mais mon cœur est toujours le même,
Plus encore qu'autrefois, dans le secret, il aime.

Ma vie hâte sa fin avec beaucoup d'espoir,
L'avenir m'apparaît plus en rose qu'en noir,
Car bientôt je vais voir dans Sa pleine clarté
Ce Dieu caché auquel je rêve avec espoir.

Merci, mon Dieu, de soutenir mon cœur de prêtre
Qui pense à Vous, joyeux, Vous le savez peut-être.
Qu'il batte dans la ferveur de ma prière
Et qu'un gai clair de lune y mette sa lumière.

Que la Vierge Marie entretienne le feu,
Le feu de Votre amour en moi avec sollicitude,
Et moi, l'octogénaire, dans sa décrépitude,
Je m'abandonne à Vous tranquillement, mon Dieu.

Prière de Joseph Folliet

Seigneur, ne permets pas que je devienne
Un de ces vieux grognons toujours en train de gémir
De rouspéter, de dénigrer,
Attristants pour eux-mêmes, insupportables aux autres.

Garde-moi le sourire et le rire,
Même s'ils découvrent une bouche édentée.
Garde-moi le sens de l'humour
Qui remet choses et gens et moi-même à leur place.

Fais de moi, je T'en prie, Seigneur,
Un vieillard généreux qui sache partager son bien,
Son temps et les fleurs de son jardin avec ceux qui
N'ont pas de terre.

Ne permets pas que je devienne un homme du passé,
Parlant toujours du bon vieux temps où tout allait bien,
Et méprisant le temps des jeunes où tout va mal.
Fais de moi, Seigneur, un vieillard qui n'oublie pas sa jeunesse,
Et que rajeunisse la jeunesse des autres.

Seigneur, Toi qui as fixé les saisons de l'année et celles de la vie,
Fais que je sois un homme de toutes les saisons...
Je ne Te demande pas le bonheur
Mais simplement, Seigneur, que mon arrière-saison soit belle
Et porte témoignage à Ta beauté.

En priant

Au jour le jour, dès que l'aube se lève,
Je sens que je vais vieillir en dormant,
Je vois que la vie n'est pas un rêve,
Alors je me lève en priant.

Je prends goût aux tâches quotidiennes,
Aux petites choses que l'on fait humblement,
Aux habitudes de toujours qui sont miennes.
Alors je vais vivre le restant de ma vie en priant.

Il m'arrive parfois de lire quelque peu
Pour savoir où en est le monde présent.
Je me demande où est là-dedans le règne de Dieu,
Alors je m'échappe de mon livre en priant.

Je sais que le travail est voulu par Dieu,
Jésus lui-même a beaucoup travaillé.
Quand le travail est bien fait, il rend heureux,
Alors je travaille en priant.

Vivre, c'est durer, c'est tenir le coup
En dépit des naufrages, des événements.
On est seul, on ne surnage pas beaucoup,
Alors je m'encourage en priant.

Quelquefois elles sont bien longues mes journées.
Seul, je tourne en rond en m'embêtant,
Je cogite, je remâche mes difficultés,
Alors je tue le temps et mes soucis en priant.

Je suis bien obligé à mon âge de me reposer.
Il n'est pas de fardeau plus lourd que les ans.
Alors pour ne pas voir mon temps se gaspiller,
J'arrête tout et je me repose en priant.

La solitude, c'est bon pour penser aux autres,
C'est ressentir leur amitié, partager leurs tourments.
Pas besoin d'être à plusieurs pour vivre en apôtre,
Les autres, je les supporte, je les aide en priant.

Quand il m'arrive au soir de mes journées d'être fatigué
De vivre si longuement,
Je fais une pause, je prends mon chapelet
Et je me rapproche de Dieu en priant.

C'est désormais inutile de m'accrocher,
Je sens venir de loin le grand moment
Où il faudra tout laisser, savoir m'arracher.
Je tâcherai de le faire bien, en priant.

17

Du « Notre Père » à la paroisse

La prière et les actes

> Si vous demeurez en moi, et que mes paroles demeurent en vous, demandez ce que vous voudrez, et cela vous sera accordé.
>
> Si vous portez beaucoup de fruit, c'est ainsi que mon Père sera glorifié, et que vous serez mes disciples.
>
> Comme le Père m'a aimé, je vous ai aussi aimés. Demeurez dans mon amour.
>
> Si vous gardez mes commandements, vous demeurerez dans mon amour, de même que j'ai gardé les commandements de mon Père, et que je demeure dans Son amour.
>
> Je vous ai dit ces choses, afin que ma joie soit en vous, et que votre joie soit parfaite.
>
> Jean XV, 7-11

Le Seigneur appelle à la prière personnelle mais, par le « Notre Père », il nous appelle à la prière communautaire. C'est pourquoi j'aime dire aux fidèles de se tenir la main à travers les allées : c'est extraordinaire cette masse de gens reliés, tous fils et filles de Dieu.

Un texte de saint Cyprien que je vais vous résumer évoque cette dimension collective.

Le Père reconnaît les paroles de Son Fils quand nous prions. Le maître de la paix et de l'unité n'a pas voulu que nous le fassions individuellement et à part. Afin de ne pas prier uniquement pour soi, nous ne disons pas : « Mon Père », nous ne disons pas : « Donne-moi mon pain quotidien », mais : « Notre Père » et : « Donne-nous notre pain quotidien ». Notre prière est publique à l'église, et communautaire. Le synode a bien insisté en disant : « Notre prière est missionnaire. »

Nous ne prions pas pour un seul, nous sommes un.

Appliquons le « Notre Père » à la paroisse

Quand le prêtre réunit les fidèles dans la paroisse, c'est là où ils font Église, où l'Église est unifiée. Elle est très importante, cette dimension collective. Le synode des évêques a insisté là-dessus : si les catholiques vont à messe et qu'ensuite tout est fini, cette messe n'est pas grand-chose. S'il y a quelque chose qui n'est pas privé, c'est vraiment l'eucharistie.

Quel est notre militantisme dans notre paroisse ? Est-ce qu'assister à la messe nous suffit ? Est-ce que nous nous bougeons pour essayer d'entrer dans le mouvement de la paroisse ? Quel est notre militantisme dans notre quartier ? Comme citoyen, sommes-nous engagés en dehors de l'Église ?

J'aime ce qu'a dit le concile de Vatican II : « La participation pleine et active de tout le peuple à la liturgie doit être recherchée avec ardeur par les pasteurs d'âmes dans toute l'action pastorale, avec la pédagogie nécessaire. »

Si chacun suivait ce qu'a dit le synode sur une prière

missionnaire et faisait un geste précis en sortant de la messe, ça changerait beaucoup le climat dans l'Église de France.

Les évêques ont parlé de la dissociation entre vie et messe : c'est à cause de cela que nous avons parfois un catholicisme moribond.

La messe et la paroisse

Je me souviens du jour où j'étais dans une église, dans le Nord, et le prêtre me dit : « Bon, tu diras la messe de 11 heures, trois quarts d'heure pas plus, les gens sont pressés. »

Évidemment, j'ai fait une messe d'une heure vingt. Après, il y avait plein de gens qui m'attendaient pour me poser des questions : parce que les gens aiment, s'intéressent quand c'est une messe vivante. J'ai horreur de l'abattage, genre supermarché des messes. Il est certain que, dans ce cas, les gens dégagent vite. On s'étonne après que nos jeunes fuient les paroisses ! Mais si la messe alimentait profondément les jeunes, je peux vous assurer qu'ils resteraient.

L'eucharistie fait l'unité, fait l'Église. L'Église serait peut-être plus riche si elle invitait les catholiques engagés actuellement exclus de l'eucharistie, comme les divorcés, à retourner à la table du Seigneur. L'eucharistie n'est pas un droit, c'est un don missionnaire. Sans l'eucharistie, l'Église est morte.

Une Église sans prêtres est infirme, bancale et gravement menacée. Si nous ne pouvons plus dire la phrase fameuse que tout prêtre dit pendant la consécration, « vous ferez ceci en mémoire de moi », alors nous perdrons la mémoire. Prions pour des vocations sacerdotales afin que le Christ reste vivant partout.

« La paroisse est morte »

Monsieur le curé s'approche du micro, l'air sombre :
« Mes frères et sœurs bien-aimés,
Je dois vous annoncer une nouvelle bien triste :
Notre paroisse est morte…
Vous vous êtes souvent plaints de ce qu'elle ne soit pas très vivante.
Eh bien, maintenant, pleurez ! Elle est décédée..
Je vous invite tout de même à faire une dernière visite à la chère défunte à l'issue de l'office… »

Brouhaha dans les bancs…
Une fois le dernier cantique chanté, les paroissiens se rangent respectueusement à la file pour l'ultime hommage à la défunte qui repose dans son cercueil au bas de la nef.
Et pour découvrir aussi ce visage dont les traits n'avaient jusque-là pas tellement marqué la plupart des paroissiens :
« Dites, quel air avait-elle ? »

Mais voici que chacun de ceux qui se penchent à leur tour sur la bière pour contempler le visage de la chère disparue a un brusque haut-le-corps et se retire bouleversé !
Qu'y a-t-il donc de si étrange ?
Lorsque arrive mon tour, je me penche sur le cercueil, et,
Ô surprise, un visage me saute aux yeux :
Le mien, un visage aux yeux écarquillés…
Le fond de la bière était un simple miroir !

La paroisse ?
C'est moi, et personne d'autre...

Si tu ralentis, ils s'arrêtent.
Si tu faiblis, ils flanchent.
Si tu t'assois, ils se couchent.
Si tu doutes, ils désespèrent.
Si tu critiques, ils démolissent.

Mais si tu marches devant,
Ils te dépasseront.
Si tu donnes ta main,
Ils donneront leur peau.
Et si tu pries,
Alors ils seront des saints.

La vodka du curé

Pour finir sur une touche plus légère ce chapitre un peu grave, je vous raconte une histoire drôle qui m'a beaucoup amusé. Elle est inventée, mais savoureuse.

Un curé débutant, un jeune curé très angoissé, après avoir été incapable de prononcer un seul mot le jour de son premier sermon, demande conseil à l'archevêque pour être à la hauteur le dimanche suivant. L'archevêque lui conseille de se verser quelques gouttes de vodka dans un grand verre d'eau pour être plus détendu.

Le dimanche suivant, en présence de l'archevêque, le jeune prêtre se sent si bien après avoir suivi les conseils de son archevêque, qu'il se met à dire en chaire, avec une grande aisance, absolument n'importe quoi.

De retour à la sacristie, il trouve une lettre laissée par l'archevêque ainsi rédigée :

Mon fils, la prochaine fois, mettez quelques gouttes de vodka dans un grand verre d'eau et non quelques gouttes d'eau dans un grand verre de vodka. Ensuite, je vous fais part de quelques observations afin que ce que j'ai vu aujourd'hui ne se reproduise pas :

1. Il n'est nul besoin de mettre une rondelle de citron sur le bord du calice.

2. Évitez de vous appuyer sur la statue de la Sainte Vierge et surtout, évitez de la serrer dans vos bras et de l'embrasser.

3. Il y a dix commandements et non douze.

4. Les apôtres étaient douze et pas sept, et aucun n'était nain.

5. Nous ne parlons pas de Jésus-Christ et ses apôtres comme de « Jésus-Christ et compagnie ».

6. Nous ne nous référons pas à Judas comme « cet enfoiré ».

7. Vous ne devez pas parler du pape en disant « le Parrain ».

8. Ben Laden n'a rien à voir avec la mort de Jésus.

9. L'eau bénite est faite pour bénir et non pour se rafraîchir la nuque.

10. Ne célébrez jamais la messe assis sur les marches de l'autel.

11. Les hosties ne sont pas des gâteaux apéritifs à consommer avec le vin de messe.

12. Les pécheurs iront en enfer et non « se faire foutre ».

13. L'initiative d'appeler les fidèles à danser était bonne, mais pas celle de faire la chenille dans toute l'église.

14. L'homme assis près de l'autel auquel vous vous êtes référé comme « le travelo en jupe », c'était moi.

Je vous bénis fraternellement et paternellement,

L'archevêque

PS : J'allais oublier : Jésus n'a pas été tué à coups de mitraillette mais est mort sur la croix.

18

Faire fructifier ses dons

Avec la puissance de l'Esprit-Saint

Il y a diversité de dons, mais le même Esprit ;

diversité de ministères, mais le même Seigneur ;

diversité d'opérations, mais le même Dieu qui opère tout en tous.

Or, à chacun la manifestation de l'Esprit est donnée pour l'utilité commune.

En effet, à l'un est donnée par l'Esprit une parole de sagesse ; à un autre, une parole de connaissance, selon le même Esprit ;

à un autre, la foi, par le même Esprit ; à un autre, le don des guérisons, par le même Esprit ;

à un autre, le don d'opérer des miracles ; à un autre, la prophétie ; à un autre, le discernement des esprits ; à un autre, la diversité des langues ; à un autre, l'interprétation des langues.

Un seul et même Esprit opère toutes ces choses, les distribuant à chacun en particulier comme il veut.

1 Corinthiens XII, 4-11

On parle beaucoup du Christ, et du Père qui a tout créé, mais pas assez de l'Esprit-Saint. C'est pourtant lui qui est avec nous dans cette lecture.

Nous avons tous des dons. Je veux parler de nos dons humains, strictement humains. Dès la naissance, les parents s'aperçoivent que leur enfant est doué pour la musique, le dessin, les sciences ou la gymnastique. L'adolescence permet de les révéler encore mieux.

Dans certaines familles, je remarque quelquefois que l'un est doué en mathématiques, que l'autre se referme comme une huître dès qu'il s'agit de chiffres alors qu'il est très fort en français. J'étais personnellement un cancre infini en maths. Je sais faire les additions, les soustractions et les multiplications, mais une règle de trois... j'avoue que ça m'échappe un peu. En revanche, en français j'étais plutôt doué. Pour parler en classe aussi j'étais imbattable, l'Esprit-Saint m'avait envoyé un don vraiment très fort pour la parlotte. Ma mère m'a souvent rappelé que, déjà dans mon berceau, j'émettais des borborygmes incompréhensibles... J'étais, paraît-il, le seul de la famille (quinze frères et sœurs) à m'exprimer debout dans mon berceau.

L'adulte peut se découvrir des dons à n'importe quel âge.

Des retraités se révèlent doués pour la sculpture, le dessin ou la danse. Toute leur vie, ils ont trimé sans savoir qu'ils avaient un don artistique. C'est assez fréquent.

Les situations particulières peuvent aussi éveiller des dons. On voit des tableaux réalisés avec les pieds par des personnes handicapées des mains à la suite d'un accident ou d'une maladie, d'autres tiennent leur pinceau dans la bouche et réalisent des peintures extraordinaires.

La prison peut révéler aussi des talents insoupçonnés. J'ai vu un mec particulièrement démuni devenir un génie de l'informatique à l'occasion de son incarcération.

Je n'avais, pour ma part, jamais écrit une ligne jusqu'à l'âge de quarante-trois ans… Et puis, en 1978, on m'a demandé de faire un livre. C'est devenu *Un prêtre chez les loubards.* Après mon passage chez Bernard Pivot, les médias et mon éditeur se sont déchaînés. On m'a demandé de parler des prisons, des jeunes, de la ferme de Faucon, de ma foi, de l'Église, des Évangiles… Et chaque fois j'ai fait un nouveau livre ! Quand je vois la pile de mes vingt-cinq livres, je me demande toujours comment j'ai pu écrire tout cela… à la main. C'est dur parfois. C'est passionnant toujours. Je suis le serviteur de ma plume.

Enrichir et développer ses dons

Les dons sont les cadeaux de la nature et de Dieu. Notre devoir est de les développer durant toute notre existence.

Un don cultivé enrichit, dynamise et rend heureux. Je demande aux parents de détecter les dons de leurs enfants afin de les rendre libres.

C'est le devoir suprême des parents.

J'entends trop souvent dans les familles : « Tu seras ingénieur comme ton père. » Ou plombier, professeur, officier, etc. Voilà la pire des saloperies que l'on peut faire à un môme. C'est gâcher son avenir, l'entacher gravement. Laissez-lui ses dons et aidez-le à les cultiver.

Il y a quelques années, lors d'une conférence que je donnais dans un collège de filles nanties, à Paris, j'avais martelé :

« Soyez heureuses et vivez votre rêve. Pas celui de vos parents, le vôtre. » Cinq ans plus tard, je reçois une lettre d'une de ces filles : « Merci, Guy, d'avoir parlé des dons il y a quelques années. Je te passe l'engueulade avec mon père en rentrant. Ingénieur, il voulait que je le sois aussi. Notre discussion orageuse a dû s'entendre jusqu'au rez-de-chaussée de notre bel immeuble ! Mais mon rêve d'être éducatrice est finalement réalisé aujourd'hui. Je suis heureuse. Merci. »

Les sept dons de l'Esprit-Saint

Les dons du Saint-Esprit sont au nombre de sept. Ces dons sont liés ensemble. L'accueil d'un don dans sa vie spirituelle entraîne la progression des autres. S'il vous en manque un, ils vous manquent tous.

À tous ceux qui ont la foi et qui se confient dans le Seigneur, l'Église offre les sept dons sacrés. Quels sont-ils ?

Premièrement, le don de la crainte : pas celui du châtiment en enfer, mais celui de perdre l'amour de Dieu. Le don de la crainte développe un esprit d'abandon et d'adoration.

Le don de piété : aimer Dieu à fond la caisse par la prière, par la louange, par l'élan de cœur à cœur. Quand on est sûr de Son amour, la prière jaillit absolument, même dans l'ombre, même lorsque l'on a des périodes de trouble.

Le don de conseil : nous en avons besoin plus que jamais. Ce don est primordial dans notre monde où le matérialisme dominant veut persuader que tout se vaut. Ainsi pourrions-nous faire tout ce que nous voulons comme nous le voulons... puisque tout se vaut. Le sens du péché devenant flou, en cas de faute, on se donne l'absolution très volontiers. Benoît XVI dénonce cette grave tendance au relativisme.

Le don de force : à partir du moment où l'on sait quelle route on doit prendre, la force arrive. Le don de force entraîne beaucoup d'autres dons : la foi, la maîtrise de soi, la confiance, le conseil. Lorsque je dois affronter une situation difficile, je prie l'Esprit-Saint pour qu'il me donne la force et surtout la maîtrise.

Le don de l'intelligence : il s'accorde avec la parole de Dieu. Il faut savoir lire l'Évangile. Accueillir la parole, l'assimiler et la comprendre. Une grâce particulière nous est donnée. C'est un guide très puissant. Heureusement l'Église est là pour nous faire comprendre les pages difficiles. Croyez-moi, je n'étais pas un surdoué, mais j'ai une connaissance enrichie par plus de quarante ans de sacerdoce... Ma tâche de prêtre est de m'accrocher à l'Évangile, de le traduire par mes mots et de le « lire » à travers la vie des plus pauvres.

Le don de connaissance : il nous apprend que Dieu seul peut combler notre vie. Vous savez comme la vie peut être difficile et belle. Nous sommes limités et déchirés par l'éphémère, par le relatif. Nous avons besoin du don de connaissance pour nous adresser au Seigneur et Lui demander qu'Il comble notre vie.

Enfin, le don de sagesse : aimer Dieu comme Il nous aime. C'est une prière que l'on devrait faire chaque jour. À ceux qui me demandent comment aimer, je réponds : « Demande d'aimer comme Dieu nous aime. »

Nous pouvons aimer selon le cœur de Dieu à condition de le demander. Et l'Esprit-Saint vient à la rescousse.

Du bon usage de nos dons

Faites avec vos dons, donnez-leur la plénitude, demandez au Seigneur ce que vous devez faire lorsque vous occuperez tel emploi ou telle fonction.

La sagesse consiste à se regrouper pour discuter des options d'avenir. Je me souviens de cette famille qui avait demandé à l'Esprit-Saint de la conseiller : le père était sous-directeur, il devait passer directeur. S'il restait sous-directeur, il aurait moins d'argent mais plus de temps et de disponibilité pour sa famille.

L'éclairage de sa femme et de ses enfants lui permit d'agir en sagesse et de ne pas sacrifier son foyer à sa carrière. Quand je revois ces jeunes adolescents maintenant devenus adultes, je suis émerveillé. La famille a fait le bon choix. Le père, au lieu d'un travail dévorant, a préféré être présent auprès de ses enfants et de sa femme.

La puissance des dons du Saint-Esprit est au-delà de ce que l'on peut imaginer. Dieu nous appelle à vivre de Sa vie. Nous sommes constitués de chair, d'os et d'organes, mais le baptême ancre en nous un organe surnaturel qui soutient nos aptitudes humaines. Sans les dons du Saint-Esprit nous aurions bien du mal à être dociles au souffle de Dieu.

La vie des saints

La puissance des dons du Saint-Esprit fait merveille chez les saints. Je me passionne depuis ma petite enfance pour la vie des saints. J'adore observer la présence de l'Esprit-Saint dans leur existence. Par exemple, celle de Charles de Foucauld, qui vivait très bourgeoisement et qui, soudainement, a été saisi par Dieu. Au point de s'immerger totalement dans le monde musulman, d'apprendre la langue et de fabriquer un dictionnaire touareg (qui reste le seul à ce jour). Ce grand saint n'a pas converti un seul être durant son existence… Mais quel immense rayonnement dans le monde a-t-il maintenant !

Pour conclure, je vous livre la belle *Prière à l'Esprit-Saint* qu'a écrite Bernard Hubler :

À tous les puissants, donne l'esprit d'humilité
À tous les solitaires, donne l'esprit communautaire
À tous les radins, donne l'esprit de largesse
À tous les coincés, donne l'esprit d'ouverture
À tous les anciens, donne l'esprit de jeunesse
À tous les jeunes, donne l'esprit de sagesse
À tous les tordus, donne l'esprit de droiture
À tous les exclus, donne l'esprit d'intégration
À tous les paumés, donne l'esprit de discernement
À tous les pressés, donne l'esprit de patience
À tous les agités, donne l'esprit de quiétude
À tous les fanatiques du monde, donne l'esprit de tolérance
À tous les mal-aimés, donne l'esprit d'amour.

19

Les anges

Nos protecteurs invisibles

Tu fais du Très-Haut ta retraite.

Aucun malheur ne t'arrivera, aucun fléau n'approchera de ta tente.

Car il ordonnera à ses anges de te garder dans toutes tes voies ;

Ils te porteront sur les mains, de peur que ton pied ne heurte contre une pierre.

Psaumes XCI, 9-12

Je crois aux anges. Je les trouve adorables. Mais arrêtons de les voir dodus et gras comme des moines avec des ailes de cygne blanches ou bleu pastel.

Les chrétiens ne sont pas les seuls à porter un culte aux anges. Combien de fois des musulmans, pendant la guerre d'Algérie ou après l'indépendance, m'ont dit que leur ange veillait sur eux. Ils parlent de l'ange du bien et de l'ange du mal. Ils reconnaissent même l'ange Gabriel qui a soufflé sur Marie lorsqu'elle a conçu le Christ.

À chaque eucharistie, nous invoquons les anges. Dans

le « Credo », nous proclamons que nous croyons à l'univers visible et invisible.

L'invisible concerne les anges.

Le Seigneur disait que les anges sépareront les bons et les mauvais au moment du jugement dernier. Dans nos églises, les anges ne cessent d'adorer le Saint-Sacrement. C'est la raison pour laquelle, à côté de l'autel, nous voyons toujours des anges sculptés en compagnie de la Sainte Vierge.

Dans l'Église, les anges sont aussi un dogme.

Dans l'histoire de l'Église, de très nombreux saints ont eu le privilège de voir les anges. L'Évangile montre le Christ sans cesse escorté par les anges, de sa naissance à Bethléem (« Les anges dans nos campagnes... »), à la tentation du désert, quand l'ange maudit, l'ange de la haine et de la mort, lui dit : « Je te donne le monde... », jusqu'à son agonie où le Christ refuse que les anges interviennent afin que le plan divin soit exécuté. Quand Jésus-Christ est ressuscité, ce sont toujours des anges qui annoncent la nouvelle aux femmes.

Et ne croyez pas qu'autour de chacun de nous, ils soient absents. Devant le Saint-Sacrement, si vous aimez prier, ils sont là, nombreux, pour adorer et honorer Dieu.

Les messagers

En hébreu, on dit *malak*. En grec, *aggelos* et en latin, *angelus*. Leur rôle est d'instruire le prophète. Ils provoquent et expliquent des visions symboliques. Nous avons des références bibliques très importantes au sujet des anges. L'ange Gabriel annonce à Zacharie qu'il aura un fils béni de Dieu, et à Marie qu'elle sera la mère du Sauveur. Dieu envoie aussi Ses anges pour punir les Égyptiens, les Israélites révoltés, etc. Hérode fut frappé par un ange du Seigneur et mourut subitement, rongé de vers !

Les anges sont les collaborateurs de la providence. Saint Thomas, témoin de la tradition, dit qu'ils sont chargés de veiller sur la bonne marche des astres et des saisons, qu'ils peuplent l'univers. Ils ont plutôt intérêt à se bouger aujourd'hui face au désastre écologique programmé ! Newman dit qu'ils sont tout autour de nous, qu'ils sont les machinistes de l'univers et qu'ils ne cessent de louer Dieu.

Le dogme des anges

À Nicée, en l'an 325, le concile proclame l'existence d'esprits célestes. Nous avons le nom de trois archanges : Michel, Raphaël et Gabriel, que la tradition place parmi les sept anges qui se tiennent devant Dieu. Michel signifie « qui est comme Dieu », Raphaël « Dieu qui guérit », et Gabriel « la force de Dieu ».

La chute des anges pose une question : qui a fichu ce bordel dans le paradis que Dieu avait créé ? On dit que c'est Lucifer, alias Lucifel, « porteur de lumière ». Selon la tradition, ce chérubin avait une intelligence humaine supérieure à celle de Jésus-Christ. Il était un ange aux facultés prodigieuses.

Lucifer était une des créatures les plus éblouissantes que Dieu avait faites. Mais son intelligence était pervertie par l'orgueil. Il était si proche de Dieu qu'il a voulu devenir Dieu. Et c'est là que tout s'est déchaîné.

L'ange est une créature libre avant d'être un ange. Il est libre de faire le bien ou le mal. C'est un grand mystère de la tradition de l'Église : en tant que dogme, nous devons l'accepter.

Lucifer devient le Tentateur.

Alors Dieu l'a rejeté.

Des Pères de l'Église ont émis l'hypothèse que si certains anges sont devenus des démons, ce serait parce qu'ils n'avaient pas accepté de recevoir la grâce de leur divinisation par la médiation d'un homme, de l'homme Jésus, c'est-à-dire d'un être dont l'intelligence humaine était moins brillante que la leur.

Les anges sont des veilleurs

On ne parle plus guère des anges dans le catéchisme, et c'est regrettable. Tout homme a son ange gardien. Chacun de nous est assisté d'un ange qui est pour lui un pédagogue et un pasteur.

Il est comme le frère jumeau de notre âme. Son rôle est multiple...

Quand saint François de Sales se rendait dans une province, il saluait d'avance l'ange gardien de celle-ci.

Pie XI avait une très grande confiance en son ange gardien. Il l'avait acquise en lisant les paroles de saint Bernard. Devenu pape, lorsqu'il envoyait des représentants à travers le monde, il disait toujours : « Que votre ange vous guide. »

Pie XII, quelques jours avant sa mort, disait des anges qu'ils étaient nos compagnons de voyage.

Lorsque Angelo Roncalli, devenu Jean XXIII, prenait congé d'un prélat, il avait coutume de dire : « Que le Seigneur soit sur votre chemin et que Son ange vous accompagne. »

Quand il contemplait la foule du haut du balcon de Saint-Pierre de Rome, il pensait tout autant à la multitude des anges qui l'accompagnait. Il a dit également que l'inspiration du concile lui avait été donnée par un ange.

Dans une abbaye dirigée par saint Stanislas, les moines priaient et n'avaient pas le temps de faire à manger. Qu'importe ! Quand ils eurent terminé, ils trouvèrent la table dressée. Les anges avaient préparé leur repas... parce que leur père abbé était un grand saint.

En 1830, à Paris, un ange rendit visite à Catherine Labouré pour lui demander de venir à la chapelle où la Sainte Vierge l'attendait.

Les charismes, les dons de voyance ou de lecture dans les cœurs viennent de Dieu, mais nous parviennent par le canal des anges.

Les anges sont des passeurs

Dans les Écritures, dans la Bible et notamment dans l'Ancien Testament, les anges sont très présents. Ils nous guident et offrent à Dieu nos prières. Ils nous protègent aussi des tentations.

Les anges nous aident dans la pureté de nos gestes. Et bien plus que nous le pensons ! Ils seront là à l'heure de notre mort. « Que les anges te conduisent jusqu'au paradis », chantons-nous aux funérailles.

Ils sont passeurs et ambassadeurs.

Gema Galgani, une sainte femme qui voyait souvent son ange, chantait : « Vive Jésus », et son ange, à côté d'elle, chantait encore plus fort. Et puis ils bavardaient. Un jour qu'elle était grippée, son ange lui apporta une tasse de thé qui la remit parfaitement d'aplomb. Lorsqu'elle avait du courrier, il l'affranchissait pour qu'elle puisse correspondre avec son père spirituel...

Il n'est pas rare que des parents découvrent leur gosse en train de parler à un être invisible... « C'est mon ange », leur répond-il. Croyez en leur sincérité. Ensuite, lorsque sa pureté s'estompe, l'ange devient invisible.

Mais il reste toujours présent.

Invoque ton ange gardien.

Demandez-vous chaque jour sa protection à votre ange gardien ? Dans le métier périlleux que j'exerce, au milieu de « jeunes démons », il me faut plusieurs anges, et être cinquième dan de karaté, judo et kung-fu ! Un jour, un mec hyperviolent, était « venu pour me tuer », selon ses dires. Eh bien, vous me voyez toujours devant vous, planté au milieu de ce livre, bien vivant...

« Je ne sais pas ce qui m'a empêché de le faire », m'a-t-il avoué plus tard.

Un ange veillait sur lui et sur moi, j'en suis sûr, ce jour-là.

Lorsque je dois rencontrer une personne que j'estime dangereuse, je prie toujours mon ange gardien d'aller à la rencontre de son ange du bien. J'ai constaté souvent que le contact que je pressentais difficile était finalement cool... Son ange veillait, c'est certain.

Alors, ne laissez pas au chômage ces êtres de lumière, ils n'attendent qu'un appel de vous !

Remerciez-les, engueulez-les, mais sachez que leur présence aimée et désirée vous ravira !

20

À quoi sert la beauté ?

Harmonie, partage et communion

> Que la terre bénisse le Seigneur, qu'elle Le chante et L'exalte éternellement !
>
> Ô vous, montagnes et collines, bénissez le Seigneur, chantez-Le, exaltez-Le éternellement !
>
> Ô vous, toutes choses germant sur la terre, bénissez le Seigneur, chantez-Le, exaltez-Le éternellement !
>
> Daniel III, 74-76

Les médias ne parlent que de violence, de laideur, de sang, d'actes monstrueux. Dernier flash d'infos : « Des jeunes ont caillassé des bus... Les chauffeurs ne veulent plus pénétrer dans la cité... Des hommes politiques corrompus tentent de dissimuler des malversations... Un jeune enfant kidnappé... »

Parlons plutôt de la beauté. Elle est omniprésente. Et si on ne la voit pas, on l'invente. Le tout petit peindra des Chagall et des Picasso sur les murs de sa chambre.

La Charente-Maritime de mon enfance était une terre plate, plutôt morne. Il n'y avait ni gorges ni montagnes. Avec ma soutane, en compagnie de mes frères et sœurs, nous allions pêcher des anguilles dans les nombreux canaux qui sillonnaient les champs alentour. La Charente était tout près de chez nous. Malgré tout, j'aimais ma Charente.

Quant à la mer, je ne l'aimais pas trop. « Une vague après l'autre..., c'est un peu toujours pareil », me disais-je. La mer sentait la vase et la marée. Cette odeur m'a toujours collé à la peau. Je la garde précieusement. Elle évoque une enfance radieuse.

L'année de mes quinze ans, mon père nous envoya en colonie de vacances dans les Alpes. Je découvris la Haute-Savoie. Ce fut une révélation.

La montagne, les senteurs de myrtilles et de framboises, l'air pur m'envoûtaient. Je grimpais quelquefois seul sur un sommet et je me rencognais dans un rocher pour admirer le mont Blanc. J'y passais des heures. La beauté était tout entière à ma portée.

Éclairs de feu

Paradoxalement, j'ai découvert une forme de beauté en 1945, à la fin de la guerre. J'avais dix ans. Quand les sirènes annonçaient les bombardements, nous nous précipitions aux fenêtres pour apercevoir les fusées éclairantes. Nous admirions les éclairs de feu et, quelques secondes plus tard, les gares, les maisons et les trains qui volaient partout. Comme tous les gosses, je ne pouvais pas quitter la fenêtre. Mon père nous arrachait de notre poste d'observation pour nous obliger à nous protéger.

Mais la vraie beauté est à l'opposé du mal.

Le plus grand mystère de l'univers est sa beauté. L'arrangement de la matière est trop merveilleux pour qu'il ne soit pas le fruit d'une pensée, et qu'il n'ait pas un but. Moi croyant, je pense que l'univers et la nature sont un amour qui vient à notre rencontre.

À quoi sert la beauté ?

La beauté sert à l'émerveillement. Je m'émerveille d'abord de la personne qui est devant moi. La présence unique d'une personne, comme la beauté d'une fleur. Les roses d'un massif et leur parfum, comme les joues d'un nouveau-né et son regard. Chaque coccinelle, chaque éléphant, chaque bestiole provoquent chez moi l'émerveillement.

La beauté est invincible. Quel est l'être humain, croyant ou non, pour lequel la beauté ne serait pas invincible ? Toutes les grandes religions ont célébré la beauté de la création. Notre sens du sacré et du divin vient de là.

Qui a fait l'univers ? Voilà la question fondamentale. Qui a fait que chaque aurore et chaque couchant soient des spectacles toujours différents ? Je suis également ébahi devant les paysages autant que devant la beauté de l'intelligence humaine. Cette intelligence qui a su construire Notre-Dame de Paris, la cathédrale de Reims, la mosquée d'Istanbul ; qui a peint les fresques de la cathédrale d'Albi…

Invitation à la bonté

La beauté invite à la reconnaissance et à la célébration. Elle suscite la bonté. Allons-nous agresser quelqu'un après avoir contemplé un beau paysage, visité une cathédrale ou écouté du Mozart ? (Pour le rap et le hard rock, c'est autre chose...)

La beauté donne la paix. Henri Bergson disait que « c'est la grâce qui se lit à travers la beauté, et que c'est la bonté qui transparaît sous la grâce ». La beauté nous pousse à l'harmonie, au partage et à la communion.

Un jeune m'appelle un jour au téléphone.

« Guy, regarde la lune, regarde comme elle est belle ! »

Il était en Provence, et moi à Paris...

« Mais il y a des nuages ici !

– Attends que le nuage passe... »

J'ai attendu... et puis, à mille kilomètres de distance, nous avons admiré la lune.

La foule peut être aussi très belle lorsqu'elle vibre à l'unisson dans un stade, à un concert ou une célébration de masse. Aux abords du Stade de France, en 1998, des centaines de jeunes qui n'avaient pas pu entrer à la finale de la Coupe du monde communiaient avec les soixante-dix mille spectateurs qui hurlaient à l'intérieur. J'ai partagé avec eux ce moment d'une beauté extraordinaire.

La beauté est physique, morale ou spirituelle. Les traits d'un homme ou d'une femme peuvent être magnifiques et nous pouvons nous attarder à sa contemplation. Le sourire apparemment grimaçant d'un handicapé est parfois très beau lui aussi. La voix d'une personne, une pure merveille. Pavarotti nous faisait fondre, moi et tant d'autres.

La bonté transfigure un visage. Ah ! Si nous pouvions regarder autrement nos semblables. Si nous pouvions voir au-delà de l'enveloppe, de la forme, de la plastique, nous percevrions leur beauté intérieure !

Ce défi, vous pouvez le relever dès aujourd'hui. Ne regardez pas la couleur de peau, ne regardez pas l'âge, contemplez l'intérieur de l'autre.

Fils de pub

À l'opposé, il y a la pub. Dans notre société souvent si laide, on utilise (hélas !) beaucoup la beauté comme instrument de conquête et de tromperie. Alors cette beauté devient marchande, objet et instrument. Mozart est remplacé par une musique de tiroir-caisse, la fille du coin fait place à une anorexique de dix-sept ans sans formes ni expression, dont on veut nous faire croire qu'elle correspond aux modèles idéaux de la beauté. Pour vendre une voiture, un fromage ou une perceuse électrique, on nous montre le cul ou les jambes d'une fille de vingt ans...

La beauté alors devient pire que la laideur.

Le don de soi

Le geste de suprême beauté est le don de soi. Le Christ nous l'a montré de façon exceptionnelle en donnant sa vie pour nous. Cet amour-là, aucun mal ne peut l'atteindre. Jusqu'à la fin des temps, l'homme fils de Dieu a montré par son geste qu'il nous aimait à l'infini.

Nous pouvons joindre au geste du Christ celui de Gandhi, celui des muftis assassinés dans leur mosquée en Algérie pour avoir crié que c'était un péché de tuer des chrétiens. Cinquante-cinq d'entre eux sont morts. Ils savaient qu'ils étaient condamnés, mais jusqu'au bout ils ont porté la parole coranique : « Dieu maudira ceux qui tuent des innocents. »

Martin Luther King et les sept moines de Tibhirine, en Algérie, se savaient également condamnés. Pierre Claverie aussi. Et le père Kolbe, et combien de martyrs dans l'Église et dans le monde musulman… Parmi les saints, il y a aussi des juifs, des agnostiques ou des athées !

Et vous ?

Comment luttez-vous au service de la beauté ? Fleurissez-vous votre balcon et votre jardin ? Comment recherchez-vous la beauté dans votre intérieur et à l'extérieur ? Quel type de beauté recherchez-vous ?

Il n'y a pas de vérité au monde, sinon celle de l'amour partagé. Voilà la plus grande beauté de la vie. Voilà l'aventure de l'amour. Il n'y a pas d'autre oraison que celle de l'amour.

L'amour a une telle beauté que l'enfant qui sort du ventre de sa mère le ressent, et le sentira jusqu'au dernier jour de sa vie.

Le vieillard qui s'éteint, entouré de sa famille, cherche encore l'amour.

Éric, un de mes jeunes de Faucon, assez rustre et fermé, me semblait plutôt dépourvu de sentiments. Son enfance avait été particulièrement horrible. Sa mère, qui travaillait tard, ne l'autorisait pas à rentrer à la maison avant qu'elle soit là. Le gosse, par tous les temps, attendait donc dehors. La hantise de sa mère ? Qu'il salisse ! Indifférent à tout et à tous, il avait mûri durant deux ans à notre Bergerie. Puis il était parti et avait fait son nid.

Quinze ans plus tard, je le revois et, stupéfait, je l'entends me dire : « Guy, je me rappellerai toujours les aubes d'hiver où les arbres tout autour de la ferme étaient couverts de diamants, enrobés par le gel matinal. Je me levais plus tôt pour les admirer. » J'étais cassé !

Visages, paysages

Nous avons à apprendre à nos jeunes la beauté. Elle est liée au silence. À chaque camp, j'invite les jeunes à faire halte au sommet d'un piton et à admirer le paysage...

Silence absolu !

L'un d'eux, vingt ans après, me disait : « Guy, je n'ai jamais oublié ces moments-là, même si je rigolais quand tu nous invitais au silence pour admirer. »

Il propose à son fils de le faire aujourd'hui.

En Haute-Provence, les couchers de soleil sont féeriques. Combien de fois ai-je contemplé avec un jeune la splendeur des horizons roses, orange, écarlates !

« Regarde, Guy, regarde comme c'est beau... », me disent-ils.

Plus beaux que tout sont leurs visages. Quand je les vois la première fois, leurs traits sont tristes, leurs yeux sont vides, angoissés. Les mois passent et je contemple avec émerveillement, sans leur dire, l'éclat qui peu à peu anime leur regard.

Aimer et être aimé rend incontestablement beau. La beauté intérieure transpire et irradie.

Cette beauté-là dit tout, change tout, illumine tout !

21

Le soleil et le pain

Faire oraison

> Lorsque vous priez, ne soyez pas comme les hypocrites, qui aiment à prier debout dans les synagogues et aux coins des rues, pour être vus des hommes. Je vous le dis en vérité, ils reçoivent leur récompense.
>
> Mais quand tu pries, entre dans ta chambre, ferme ta porte, et prie ton Père qui est là dans le lieu secret ; et ton Père, qui voit dans le secret, te le rendra.
>
> En priant, ne multipliez pas de vaines paroles, comme les païens qui s'imaginent qu'à force de paroles ils seront exaucés.
>
> Ne leur ressemblez pas ; car votre Père sait de quoi vous avez besoin, avant que vous le Lui demandiez.
>
> Matthieu VI, 5-8

Parler de la prière est une de mes plus grandes joies.

Dans une gare, quelqu'un me reconnaît alors que je bois mon café. Il s'avance. Présentations. Patrick est médecin. Il prend le Thalys pour rentrer à Bruxelles. Nous discutons un moment. Il me dit qu'il est chrétien. Chaque jour il fait le trajet Paris-Bruxelles pour suivre un stage dans un hôpital parisien.

Comme il me parle de la prière, je lui demande comment il prie. Il me répond qu'il va à la messe le dimanche mais qu'en semaine il n'a pas trop de temps.

Alors je lui dis :

« Patrick, tu prends le train de Bruxelles chaque matin pour aller à Paris. Le voyage dure une heure et quart. Que fais-tu dans le train ?

– Eh bien… j'ai des dossiers, je travaille.

– Ne pourrais-tu pas commencer par prier pour envisager ta journée ?

– Ah ! oui… Pourquoi pas ? J'ai remarqué qu'un musulman que je croise régulièrement dans ce train prie dès qu'il s'assoit, avant le départ.

– Eh bien, fais comme lui !

– Mais comment dois-je m'y prendre ? »

Je lui ai conseillé de s'abonner à un périodique de prières.

Personnellement, je me suis abonné à *Magnificat*. Un petit livret chaque mois me donne la messe du jour, les Psaumes, l'explication de l'Évangile. Pour moi, prêtre, c'est une nourriture extraordinaire ! Cet opuscule est très bien fait, riche en informations et pratique. Les mystères chrétiens sont très bien expliqués. Un autre excellent titre est *Prions en Église*. Ces livrets mensuels sont distribués à cinq cent mille exemplaires. Donc on peut penser qu'au moins un million de personnes chaque jour consultent, étudient et prient grâce à ces textes.

J'ai dit à Patrick : « Tu arrives dans le train, tu laisses tout et tu attaques tout de suite. »

Une simple phrase

Par expérience, je sais que, si je ne commence pas ma journée par la lecture d'un texte d'Évangile après mon café et ma clope, c'est fichu. Je lis le texte, j'attaque par une prière simple et l'étude de l'Évangile. Je note des passages et je retiens une petite phrase. Ce peut être une phrase aussi simple que « L'espérance gagnera ». Je l'écris à l'encre rouge sur mon carnet : ainsi, tout au long de la journée je la retrouve.

L'oraison est le centre, le cœur et la force de notre foi. *Orare*, en latin, signifie prier. Cependant, pour nous chrétiens, l'oraison est beaucoup plus élaborée que la simple prière. L'oraison est ce moment que l'on prend au réveil. Au saut du lit.

Je connais des personnes qui se lèvent une heure avant pour faire oraison ou aller à l'église. J'admire ces personnes. Aller chercher le Christ chaque matin est un geste merveilleux. Saint Vincent de Paul disait : « Donnez-moi un homme d'oraison, il sera capable de tout ! » Le Christ nous a montré l'exemple. Après ses discours, il s'en allait sur l'eau ou dans la montagne.

Sans l'oraison nous ne faisons que survivre

Aux personnes qui me demandent comment je fais pour résister au milieu d'une tâche aussi difficile que l'accompagnement de mes jeunes, je réponds que je prends soixante jours de silence par an, en comptant les cinq jours de retraite en Algérie. C'est là que se trouvent ma force, le cœur et le centre de ma vie

Je me souviens, au séminaire, les maîtres répétaient aux jeunes poulains que nous étions : « Si vous n'êtes pas d'abord un homme de prière, alors vous ne ferez que de l'activisme. » Ils voulaient dire que dans nos actes, nos discussions ou même dans l'aide que nous apportons, sans prière, nous n'y mettrions pas notre âme. Au contraire, l'homme de prière est dynamisé par le temps consacré à l'oraison.

Sans l'oraison, nous ne faisons que survivre. L'âme de tout apostolat est l'oraison, ce moment privilégié que seuls vous trouverez, à condition qu'elle vous soit devenue aussi indispensable que votre café du matin. Ce café-là vous tiendra éveillé toute la journée, et vous donnera une force que vous n'imaginez même pas.

L'élan du cœur

Une bonne demi-heure me convient parfaitement. Ensuite, je suis dévoré toute la journée. Cela consiste simplement à dire au Seigneur : « Prends possession de moi maintenant. »

Comment faire ? Certains vous diront qu'il faut réciter des Psaumes. Je crois qu'il vaut mieux un élan du cœur que des paroles ânonnées. Le Seigneur se fiche des Psaumes qu'on lit à toute vitesse. J'aime entendre le phrasé des moines pour réciter des Psaumes. Ils psalmodient lentement, avec sérénité, comme on marche en montagne, un pas après l'autre, en recueillement, pour ne pas être essoufflé.

Accrochez-vous tous les jours à la prière. Qu'elle sourde de vous naturellement. Les ténèbres nous tentent et nous attirent. Il faut une certaine volonté pour s'en extraire et méditer son chapelet.

Personnellement, j'aime bien prier en conduisant. (Il n'y a pas de règlement qui l'interdise.) Je coupe la musique ou la radio (ce n'est pas facile, il y a mille choses passionnantes à écouter), puis je récite mon chapelet et je capte une nouvelle saveur, une onde à très haute fréquence, et je monte plus haut encore...

Je ne prétends pas pour autant avoir chaque fois des illuminations. La prière est rarement lumière. Non, je m'accroche, et une grande joie ensuite m'envahit.

C'est mon rendez-vous avec Dieu.

Il est essentiel.

Lire et méditer

Lisez une explication de l'Évangile : vous découvrirez de nouvelles significations. Dans un texte spirituel, cherchez ce qui est bon pour vous. Préparez votre oraison. Retrouvez le goût d'étudier un texte. Un ami juif m'avait offert un livre d'Olivier Clément intitulé *Sources*. Il m'a fallu sept ans pour le lire et le méditer. Ce bouquin m'a beaucoup apporté sur la compréhension des sacrements, des grands mystères, des grandes notions, comme l'obéissance ou le pardon.

On ne peut lire, si l'on veut, qu'un verset d'un Psaume. Un moine m'a dit un jour qu'il trouvait par moments le bréviaire super-lassant, alors il choisissait une phrase et méditait dessus. Il ne culpabilisait pas de ne pas avoir récité sa prière entièrement.

Certaines personnes s'en veulent de n'avoir pas fait leur plein de prières réglementaire. C'est tout à fait ridicule. Comme si Dieu réclamait de nous que nous soyons des chronomètres ou des métronomes ! Dieu n'est pas comptable. Il attend notre élan du cœur.

Dire une prière, c'est comme lire un poème d'amour à la personne que l'on aime. Elle se fiche bien de sa versification, de même que de votre talent de diseur, ce qu'elle attend de vous, c'est que vos sentiments soient sincères et l'émeuvent !

L'oraison est le soleil, l'air, la nourriture et la rosée de ma journée. Saint Vincent de Paul disait : « Quitter Dieu pour Dieu », parce que à partir du moment où l'on a cette force le matin, alors on a un autre regard, d'autres oreilles, une autre perception. Grâce à l'oraison, nous saurons écouter l'importun, faire des choses difficiles.

Saint Vincent de Paul ajoutait : « Servir un malade, c'est faire oraison aussi. » J'admire les infirmiers, les médecins, les chauffeurs de taxi, les pompiers et pourquoi pas les bureaucrates qui, même s'ils ont des dossiers du matin au soir, savent que derrière leurs papiers se cachent des visages. Certains font ce travail en rageant dans leur bureau : « Un dossier de plus… » Mais d'autres, derrière chaque formulaire, devinent une vie. Ces gens-là peuvent trouver une sanctification formidable de leur travail.

Vous découvrirez une force et une joie secrètes à travers l'oraison du matin. Peut être que vous tiendrez trois jours et que vous abandonnerez, mais je pense que, par la suite, très vite, vous ressentirez un manque.

C'est une grâce qui se conquiert difficilement.

Demandez à Dieu la grâce de l'oraison.

Une fois acquise, ne lâchez pas !

Le soir, vous vérifiez...

Le second temps de l'oraison est le soir. J'aime bien me remémorer les visages des personnes que j'ai rencontrées au cours de ma longue journée. Je prie en repensant à ces visages. Revisitez votre journée à travers votre résolution du matin.

Quand je célèbre l'eucharistie, avant de dire le « Notre Père », au lieu de prendre la formule habituelle, je déclare : « Donne-nous aujourd'hui le pain du jour. » Et puis j'ajoute : « C'est la bouffe que nous allons manger tout à l'heure. C'est le rôti de bœuf que vous avez préparé pour vos invités. »

Et puis j'explique aux gens : « C'est bien, vous êtes venus ici à la messe. Mais est-ce qu'ensuite, toute la semaine, ce sera le désert complet ? Le Seigneur n'a pas dit : "Donne-nous aujourd'hui le pain pour une semaine." Il s'agit chaque jour de trouver la force pour vingt-quatre heures. Et chaque jour nous amène Sa force. Donc vous n'aurez pas six jours de vide entre chaque messe.

« Et ne me dites pas que vous n'aurez pas le temps. Si vous passiez autant de temps à prier qu'à regarder la télévision, vous seriez les plus grands priants du monde... »

22

Comment prier ?

Demandez et vous recevrez

Jésus priait un jour en un certain lieu. Lorsqu'il eut achevé, un de ses disciples lui dit : Seigneur, enseigne-nous à prier, comme Jean l'a enseigné à ses disciples.

Il leur dit : Quand vous priez, dites : Père ! Que Ton nom soit sanctifié ; que Ton règne vienne.

Donne-nous chaque jour notre pain quotidien ;

pardonne-nous nos péchés, car nous aussi nous pardonnons à quiconque nous offense ; et ne nous induis pas en tentation.

Il leur dit encore : Si l'un de vous a un ami, et qu'il aille le trouver au milieu de la nuit pour lui dire : Ami, prête-moi trois pains,

car un de mes amis est arrivé de voyage chez moi, et je n'ai rien à lui offrir,

et si, de l'intérieur de sa maison, cet ami lui répond : Ne m'importune pas, la porte est déjà fermée, mes enfants et moi sommes au lit, je ne puis me lever pour te donner des pains,

je vous le dis, même s'il ne se levait pas pour les lui donner parce que c'est son ami, il se lèverait à cause de son importunité et lui donnerait tout ce dont il a besoin.

> Et moi, je vous dis : Demandez, et l'on vous donnera ; cherchez, et vous trouverez ; frappez, et l'on vous ouvrira.
>
> Luc XI, 1-9

Dans ce passage de l'Évangile selon saint Luc, les disciples supplient le Seigneur : « Apprends-nous à prier ! » Ils n'y arrivent pas. Ils ont l'humilité de le dire. Et nous avons nous-mêmes cette humilité aujourd'hui. Le Seigneur leur répond notamment par le « Notre Père ».

Sommes-nous naturellement capables de prier ? Oui, d'une certaine façon. D'innombrables personnes m'ont posé cette question. Je vais tenter d'y répondre. Parler de la prière est très mystérieux.

Nous avons, sans le savoir, le besoin naturel de prier. Nous avons besoin de nous tourner vers quelqu'un d'invisible, quelqu'un d'inaccessible par nos sens. Dans les deuils, dans tous les moments importants, émouvants, dans les moments de joie, dans les moments terribles, nous avons tous cette interjection : « Mon Dieu ! »

À la mort d'un être cher, nous crions : « Mon Dieu ! »

Devant un spectacle superbe ou très impressionnant : « Mon Dieu ! »

Avec la prière, nous lançons ces cris d'espoir, de plainte ou de joie vers Dieu. La prière, c'est parler avec Dieu. C'est quand notre cœur tout entier entre dans la prière du Christ.

Le Seigneur a montré à ses disciples comment prier, mais il leur a appris d'abord en négatif, en prenant l'exemple des pharisiens qui se mettaient aux meilleures places du temple afin que tout le monde puisse les voir simuler la prière.

On peut transposer cela aujourd'hui, avec les personnes qui ont « leur messe ». Et qui filent hors du temple, leur devoir accompli, comme si rien ne s'était passé.

« Je vais à ma messe, point final », se disent-ils. C'est un instant mort de leur vie qu'ils assument comme une tâche, en prononçant des mots auxquels ils ne croient plus dès qu'ils sont sortis. Ils croient faussement que cet acte est prière.

La seule gratification qu'ils peuvent en tirer est leur publicité extérieure. « J'ai récité mon rosaire » ou « Je suis allé la messe... ». Ils se contentent d'un bavardage narcissique. Mais Dieu s'en fiche qu'on les ait vus prier. Dieu, Lui, n'a rien entendu. Le Seigneur a bien recommandé : « Quand tu veux prier, tu t'enfermes dans ton coin, tu ne le montres à personne… »

Prier nécessite un long apprentissage. Apprenons à prier comme le font les enfants lorsqu'ils apprennent leur langue maternelle.

Beaucoup de personnes me disent qu'elles ne sentent rien quand elles prient, et elles s'en désespèrent... Mais tous les grands théologiens disent que c'est justement quand on ne sent rien que la prière est la plus efficace. Nous n'avons pas besoin de sentir affectivement ou physiquement un écho à notre prière.

Quand les disciples demandaient : « Dis-nous comment prier », le Seigneur a répondu par le « Notre Père ».

« Notre Père… »

Dieu le Père nous a envoyé Son fils, et c'est l'Esprit-Saint qui nous fait comprendre cette magnifique trinité d'amour.

Dieu est notre père à nous, chrétiens comme non-chrétiens. Dieu est le père de notre ennemi le plus intime. Intérioriser cela est la plus belle prière possible parce qu'elle ne peut que nous mettre en marche vers la réconciliation.

À quoi cela sert-il de prétendre aimer Dieu si c'est pour détester son prochain ? Voilà ce qui est dit dans l'Évangile. Dieu est le père du bourreau comme de la victime. Les deux premiers mots, « Notre Père », nous condamnent à l'amour absolu sans aucune exclusion. Cette prière est notre centre. Notre Dieu le Père appartient à chacun. Tel est notre livre saint.

« … qui êtes aux cieux… »

Où est-il ? Maître de l'univers, Dieu est Dieu, se niche dans le cœur de chacun d'entre nous. Saint Augustin disait : « Tard je T'ai aimée, Beauté si antique et si nouvelle, tard je T'ai aimée et pourtant Tu étais dedans. C'est moi qui étais dehors et je Te cherchais en me ruant sans beauté vers ces beautés que Tu as faites. Tu étais avec moi, c'est moi qui n'étais pas avec Toi. »

« Seigneur, qui es-Tu ? » dirons-nous un jour comme Maurice Zundel. « Eh bien, répondra le Seigneur, Je suis toi. »

Cette notion de Dieu qui est en nous rejoint le rituel des fiançailles de l'Inde antique, qui consistait en ces simples mots prononcés par les deux époux : « Tu es moi et je suis toi. » Cette conception est très christique. Nous Le prions à l'extérieur alors que Dieu est en nous.

Lorsque l'on a cette notion de Dieu en soi et dans l'autre,

il est impossible de ne pas Le voir dans l'étranger, dans l'exclu, dans une quelconque personne de notre famille que nous avions complètement rangée au coffre des vieilleries. Au début de la prière, j'incite les fidèles à se donner la main à travers l'église. On se souvient alors que Dieu est notre Père à tous. Il n'a pas dit « Mon » Père, mais « Notre » Père.

« … que Ton nom soit sanctifié… »

Le plus important est que l'on parle de Dieu, grâce à nous ou malgré nous. Nous n'avons pas besoin de crier le nom de Dieu sur tous les toits. Si nous sommes des fils ou des filles aimants, quiconque saura, en nous voyant vivre, qu'il est impossible que Dieu n'existe pas. C'est la plus belle preuve de Dieu.

Dans mon métier d'éducateur, au milieu de jeunes la plupart du temps incroyants, je connais la puissance de la révélation de Dieu en fermant ma gueule. Cela se verra, j'en suis certain, cela se verra. Le témoignage d'une vie dit tout. Combien de fois me suis-je répété : « Ferme-la, c'est mieux. » On ne discute pas de l'existence de Dieu. Nos paroles sont approximatives, limitées, souvent inutiles. Tandis que personne ne résiste à un témoignage d'amour...

« … que Ton règne vienne... »

Mille fois on m'a invité à « parler de religion ». Je réponds que j'en ai rien à foutre. Parlons de Dieu. Bien sûr, la religion est importante parce que c'est le canal : nous avons nos livres saints, le Coran, la Bible, la Torah. La religion prend source dans ces livres. Mais c'est Dieu qui est important. Je n'ai pas oublié la parole de Jean-Paul II, lors des JMJ de Rome, devant deux millions de jeunes : « Ce n'est pas le nombre qui compte, c'est le signe que vous êtes ! »

Que nous soyons un milliard de chrétiens est un chiffre : le signe que nous sommes est vie, témoignage, visage du Christ mort et ressuscité. Nos pensées, nos jugements et nos actes extérieurs et secrets font avancer le règne de Dieu ou le font reculer. Que Ton règne vienne en moi, par moi et même parfois malgré moi.

« … que Ta volonté soit faite sur la terre comme au ciel… »

Je vous affirme que Dieu en a vraiment ras le bol de nos demandes. Mais nous sommes pauvres, alors nous demandons, et nous redemandons. Dieu ne résiste pas à la demande du croyant qui lui dit humblement : « Que Ta volonté soit faite. »

Mais pour être entendu il faut une grande soumission à Dieu. Nos actes sont inscrits dans son fabuleux livre où tout est enregistré pour l'éternité. Les plus beaux actes inscrits sont ceux qui correspondent à la volonté de Dieu sur nous. On confond trop notre volonté et celle de Dieu sur nous.

« … donne-nous aujourd'hui le pain du jour... »

Ce sont des mots faciles à dire... en France, où nous avons à peu près tout. Mais si vous étiez né au Darfour ou en Palestine, si vous étiez un clochard de Paris ou de Lyon, si vous étiez citoyen d'Irak, terrifié à la simple idée de sortir de chez vous, cette prière serait autrement difficile… « Donne-nous aujourd'hui… », à nous chrétiens repus, le courage de nous mettre en marche, et le feu au cœur pour être solidaires de ces gens-là.

Nous sommes invités à vivre le présent. Il nous demande de prendre du temps aujourd'hui pour Lui. Je prends le temps de Lui donner mon amour, aujourd'hui. Je partage mon temps, mon fric, ou quelque chose d'autre. J'ai vingt-quatre heures pour ça.

« … pardonne-nous nos offenses comme nous pardonnons à ceux qui nous ont offensés… »

Nous serons pardonnés à la mesure du pardon donné. Pour nous qui recelons mille rancunes, quelques haines ou des pardons refusés, apprendre à pardonner et à demander pardon est un des plus durs chemins. Seul Dieu peut nous apprendre à pardonner totalement.

« … ne nous laisse pas succomber à la tentation… »

Aide-nous à résister, aide-nous à voir avec discernement là où se trouve le mal. Je connais le mal en moi si je fais silence et si je prie tous les jours. En priant Dieu, je découvre mes petitesses, mes lâchetés, mes manques, mes dérives. La méditation du « Notre Père » doit nous mettre en marche. Tous les jours et pas seulement au cours d'une messe mensuelle ou hebdomadaire. C'est une prière divine. Elle nous donnera une force incroyable à condition de ne pas la réciter mécaniquement. Il s'agit de repenser chaque phrase lentement. Si ce que je vous indique n'est pas suffisant, Dieu vous le dira infiniment mieux que moi. L'esprit d'amour vous inspirera à travers ce « Notre Père ».

Notre prière est trop souvent limitée. On me demande de prier pour qu'un jeune ait son bac… Mais Dieu s'en fout ! Par le « Notre Père », après avoir demandé l'amour du Père, on demande l'amour pour les autres. C'est une prière gratuite. Notre prière pour écarter la maladie ou s'attirer la réussite est une pauvre prière. Mais si le « Notre Père » est sincère, alors Dieu exaucera notre prière.

Vous savez que vous ne résistez pas à un geste gratuit, alors faites de même avec le Seigneur. Adressez-Lui une prière gratuite.

En Lui, et avec Lui

Concernant la prière, il y a deux recommandations non contradictoires dans l'Évangile : quand tu veux prier, va dans ta chambre. Tu y consacreras un moment avec Dieu, seul. Et puis il y a l'autre phrase du Christ : « Là où vous êtes réunis en mon nom, je suis au milieu de vous. »

Nous balançons sans cesse entre ces deux recommandations. J'étais avec treize mille jeunes scouts chrétiens de l'Île-de-France. Je craignais cet immense rassemblement. Et puis j'ai assisté à une messe extraordinaire. André Vingt-Trois, notre archevêque, en un quart d'heure, a soulevé des points précis concernant les jeunes, des points très simples. Cette messe était magnifique. Pendant les chants, les treize mille jeunes sautaient en l'air. Il y a eu aussi des moments somptueux de silence. C'était très beau.

L'eucharistie à laquelle nous avons assisté a duré une heure et demie. C'était une alternance de joie, d'effusion, de silence, de réflexion. Les jeunes en sont ressortis très dynamisés. Il faut que nous, prêtres, puissions leur donner le goût de la prière. Nous devons apprendre à nos petits le mystère de la plus grande prière qui est l'eucharistie.

Le lendemain, j'étais avec six jeunes à Faucon. J'ai célébré l'eucharistie avec des athées, des chrétiens et des musulmans. J'aime l'expression : « Faire descendre l'amour dans mes mains nues. » Sous les apparences du pain et du vin, je leur ai dit : « Pour nous, croyants, c'est le fils de Dieu qui est là. »

Et puis, avec eux, j'ai pris un moment de silence. Nous sommes ensemble autour de Dieu, nous sommes en Lui et avec Lui.

Si nous croyons que le temps nous est offert par Dieu, alors rendons-le-Lui. L'acte essentiel du croyant est de prier. Dieu est jaloux du temps que nous Lui consacrons. Il nous aime : à nous de répondre chaque jour à Son besoin d'amour. Il suffit de tout arrêter quelques minutes par jour. Voire plus, beaucoup plus.

Prier sans jamais se lasser

Nous avons mille façons de prier. La première, c'est la prière liturgique, l'eucharistie. L'émerveillement de l'artiste devant la beauté, le savant qui rencontre une vérité nouvelle, la mère à la naissance de son bébé, la prière des fiancés, la prière des époux : tout cela indique la présence du Seigneur.

« Seigneur, qui es-Tu ?

– Je suis toi et tu es Moi », répond-il.

Il est aussi dans l'autre que vous n'aimez pas. Vous n'avez pas le droit de dire que vous aimez Dieu si vous n'aimez pas votre frère ou votre sœur. Si vous avez la conscience de cette prière-là, alors vous serez de vrais croyants, vous sèmerez l'amour et vous annoncerez la civilisation de l'amour si chère à Jean-Paul II.

Le « Demandez et vous recevrez » du Christ est implacable. Toute prière est exaucée. TOUTE. Si on le croit, alors, dire en pleine journée au Seigneur : « Je T'aime » nous comblera de joie. Rien de plus facile. Cet élan du cœur suffit à Dieu.

Il a soif de ce dialogue d'amour sans fin.

23

Dieu est un mendiant d'amour

Pourquoi la prière ?

> En vérité, en vérité, je vous le dis, ce que vous demanderez au Père, Il vous le donnera en mon nom.
>
> Jusqu'à présent vous n'avez rien demandé en mon nom. Demandez, et vous recevrez, afin que votre joie soit parfaite.
>
> Je vous ai dit ces choses en paraboles. L'heure vient où je ne vous parlerai plus en paraboles, mais où je vous parlerai ouvertement du Père.
>
> En ce jour, vous demanderez en mon nom, et je ne vous dis pas que je prierai le Père pour vous ;
>
> car le Père Lui-même vous aime, parce que vous m'avez aimé, et que vous avez cru que je suis sorti de Dieu.
>
> Jean XVI, 23-27

On appelle sans cesse Dieu à notre secours : « Aie pitié de moi ! » « Guéris-moi ! » « Sauve-moi ! » « Pardonne-moi, pauvre pécheur ! », etc. Je ne dis pas qu'il faut se taire, mais pas uniquement se plaindre, sinon le Dieu que vous priez vous réduira à être de perpétuels assistés et quémandeurs.

Ce Dieu-là risque de s'emparer de votre liberté, alors que la merveille de Dieu est qu'Il nous a faits libres. Toujours supplier Dieu tue la joie. Si, le malheur arrivant, on se dit : « Mais qu'est-ce que j'ai fait à Dieu pour mériter ça ? », on arrive à une conception d'un Dieu sadique qui se vengerait de Ses créatures.

Ce Dieu n'existe pas. Parce que tel n'est pas le Dieu des chrétiens.

Dans le temps, les lépreux étaient considérés comme des impurs et mis à l'écart. Aujourd'hui encore, certains intégristes prétendent que Dieu aurait envoyé le sida pour nous punir.

Dieu ne guérit pas les lépreux, Il les envoie chez le prêtre et en route, dit l'Évangile, ils sont guéris. Ce n'est pas un miracle du Christ. Au seul et unique qui est venu le remercier, le Christ a répondu : « C'est ta foi qui t'a sauvé. » Le miracle du lépreux guéri, c'est sa foi. Mais pour un malade de guéri, combien de centaines de milliers qui continuent à souffrir !

Je me souviens que l'on demandait un jour au célèbre prêtre guérisseur Emilio Tardif :

« Que penses-tu des miracles faits par tes mains ?

– Il y a quelque chose qui me déprime, c'est tous les autres qui ne sont pas guéris par Dieu, a-t-il répondu. Quand je Le verrai là-haut, c'est la première chose que je Lui demanderai. »

La prière peut-elle empêcher les cyclones, les tremblements de terre ? Non, évidemment. Par contre, la guerre israélo-palestinienne ? Oui, je le crois. Si tout le monde s'y met, c'est possible. La prière n'a pas été inventée pour faire des miracles, mais les miracles sont signes d'un Dieu qui clame son innocence au cœur de nos vies.

Je t'aime !

Pourriez-vous aimer d'un grand et véritable amour un homme ou une femme qui se contenterait de vous demander toujours quelque chose, toujours plus de signes, sans jamais vous déclarer sa flamme ? Il faut dire : « Je t'aime ! » si l'on veut être aimé. Personne ne résiste à ces mots. Dieu pas plus que nous.

La vraie prière purifie notre image de Dieu, elle nous délivre de l'image d'un Dieu pervers. La vraie prière est une prière de louanges et d'amour, pas de demande. Dieu est un mendiant d'amour.

Depuis l'âge de treize ans, je continue à croire, avec toujours autant de force, que Dieu est amour, et c'est ma joie. C'est par la prière que je crois. Sinon, avec tout ce que je vis et vois, il y a bien longtemps que j'aurais dit : « J'arrête, c'est trop dur. » J'ai demandé à Dieu cet amour, chaque jour.

Dieu ne doit pas inspirer la peur, ni la crainte, ni le châtiment. Quand vous tremblez à l'idée que Dieu ne vous pardonnera jamais telle ou telle mauvaise action ou pensée, dites-vous que Dieu est joie, croyez que Dieu est miséricorde. Il vous jugera, c'est normal, mais Il est d'abord miséricorde.

Si nous prions ce Dieu amour, il nous propulse vers les autres et vers nous-mêmes. Dieu nous appelle à la lumière et à la liberté. Il nous veut libres, heureux et aimants. C'est la prière de Dieu qui donne la foi, qui provoque l'amour.

Le mendiant d'amour qu'est Dieu nous supplie de Lui dire : « Je T'aime. »

***Seigneur, je T'aime*, de Louis Magnin, Suisse**

Je veux m'habituer, Seigneur, à Te parler comme à un ami,
À Te confier mes joies et mes peines.
Je veux Te dire : Seigneur, je T'aime.

Quand je serai fatigué,
Aide-moi à dire quand même :
Seigneur, je T'aime.

Quand j'éprouverai de la difficulté à pardonner,
Je n'aurai qu'à penser à Te dire :
Seigneur, je T'aime.

Mon devoir sera plus doux,
Et mon travail deviendra une prière qui Te dira pour moi :
Seigneur, je T'aime.

Et simplement pour Te plaire, sans autre raison que cela,
Accepte souvent que je Te dise :
Seigneur, je T'aime.

Pour les joies que Tu me donnes,
Pour les grâces dont Tu me combles, mon merci le voici :
Seigneur, je T'aime.

Quand au soir de ma vie, Tu m'inviteras chez Toi,
Je voudrais bien, avant de partir, Te dire une dernière fois ici-bas :
Seigneur, je T'aime.

Et quand Tu m'accueilleras pour me juger,
Sois indulgent car, Tu le sais, je T'ai dit tant de fois :
Seigneur, je T'aime.

Aime-Moi, tel que tu es

J'aime ce texte sublime…

Je connais ta misère, les combats et les tribulations de ton âme ;
La faiblesse et les infirmités de ton corps ;
Je sais ta lâcheté, tes péchés, tes défaillances ;
Je te dis quand même : « Donne-Moi ton cœur, aime-Moi tel que tu es. »
Même si tu retombes souvent dans ces fautes que tu voudrais ne jamais connaître,
Même si tu es lâche dans la pratique de la vertu,
Je ne te permets pas de ne pas M'aimer. Aime-Moi comme tu es.
À chaque instant et dans quelque position que tu te trouves,
Dans la ferveur ou dans la sécheresse,
Dans la fidélité ou dans l'infidélité.
Je veux l'amour de ton cœur indigent.
Mon enfant, laisse-Moi t'aimer, Je veux ton cœur.
Je compte bien te former mais, en attendant, Je t'aime tel que tu es.
Et Je désire voir, du fond de ta misère, monter l'amour.

J'aime l'amour des pauvres, des petits ;
J'aime le chant de ton cœur, le seul chant qui M'importe.
Qu'ai-Je besoin de ta science et de tes talents ?
Ce ne sont pas des vertus que Je te demande,
Et si Je t'en donnais, tu es si faible que bientôt l'amour-propre s'y mêlerait.
J'aurais pu te destiner à de grandes choses : non, tu seras le serviteur inutile,
Je t'ai créé pour l'amour.
Ne cherche qu'à remplir le moment présent de ton amour.
Je me tiens à la porte de ton cœur comme un mendiant,
Moi, le Seigneur des seigneurs, Je frappe et J'attends, hâte-toi de m'ouvrir.
Je veux que tu penses à Moi à chaque heure du jour et de la nuit.
Quand il te faudra souffrir, Je te donnerai la force ;
Tu m'as donné l'amour, Je te donnerai d'aimer au-delà de ce que tu as pu rêver.
Mais souviens-toi : « Aime-Moi, tel que tu es. »
N'attends pas d'être un saint pour te livrer à l'Amour, sinon tu n'aimeras jamais.

24

La vie après la mort

L'étoile qui brille dans la nuit

Car, puisque la mort est venue par un homme, c'est aussi par un homme qu'est venue la résurrection des morts.

Et comme tous meurent en Adam, de même aussi tous revivront en Christ,

mais chacun en son rang. Christ comme prémices, puis ceux qui appartiennent à Christ, lors de son avènement.

Ensuite viendra la fin, quand il remettra le royaume à celui qui est Dieu et Père, après avoir détruit toute domination, toute autorité et toute-puissance.

Car il faut qu'il règne jusqu'à ce qu'il ait mis tous les ennemis sous ses pieds.

Le dernier ennemi qui sera détruit, c'est la mort.

1 Corinthiens XV, 21-26

Nous fêtons ce que nous croyons, et nous croyons, nous chrétiens, en la résurrection. Mais lorsque nous fouillons, les choses se compliquent... « Comment les morts ressuscitent-ils ? Et avec quel corps reviennent-ils ? » se demandait saint Paul, se faisant l'écho des interrogations de ses contemporains.

À méditer aussi la réflexion de ce jeune homme à qui le médecin venait d'apprendre qu'il était condamné : « Et me voilà devant cette évidence, la mort, maintenant, en face de moi. Après le premier choc passé, les premières larmes versées dans le secret de ma chambre, parce que l'on est humain et que l'on reste un humain, ces mots de la Bible se sont insinués dans ma tête et ne me quittent plus : "Pour Dieu, mille ans sont comme un jour et un jour comme mille ans." Cette phrase va me permettre de prendre la vraie dimension de ce qui m'arrive. »

Espérance d'une vie éternelle

Aux enterrements, les gens sont souvent en noir. Quand Baudouin, le roi de Belgique, est décédé, la reine veuve Fabiola était habillée de blanc, c'était très frappant dans ce cortège immense. Elle voulait dire, par ce geste extraordinaire de beauté, l'espérance qu'elle avait de retrouver son mari. Il est rare que des rois et des reines aient des gestes si prophétiques. Je lui ai dit moi-même à quel point c'était magnifique.

Nous sommes voués à la vie éternelle, sans pour cela avoir de mépris pour la vie terrestre. N'oublions pas que, si le Christ s'est incarné pendant trente-trois ans, c'est qu'il aimait la terre, mais pour nous conduire au ciel. N'oublions pas que chaque vie est unique au monde : je suis unique, tu es unique, nous sommes tous uniques.

« Les morts sont à la fois dans la tombe et au ciel ? demandait un enfant à sa mère .

– Oui, en quelque sorte », lui répondit-elle.

Chacun mourra, on le sait, il vaut mieux s'y préparer, mais on partira seul, même si on est entouré. Certains auront une survie immédiate, nous le savons. Lorsque le « gangster » qui était à côté de la croix du Seigneur lui demande pardon, le Seigneur lui dit : « Aujourd'hui, tu seras auprès de moi dans le paradis. »

La résurrection finale verra la survie collective…

Mon Dieu ! Quel bordel ce sera !

« Avec quel corps ? » demandait saint Paul. Souvenons-nous : Jésus ressuscite, il avance devant ses disciples. Ceux-ci ne le reconnaissent que lorsqu'il prend du pain et du vin : il était lui, mais il était aussi un autre.

Alors voilà ma réponse : « On sera autre. »

Nous serons autres, que nous soyons incinérés et devenus cendres ou que notre corps soit porté au cimetière.

Communiquer avec les morts

Oui, nous pouvons communiquer avec les morts, nous pouvons leur parler. Souvent des gens me disent que, lorsqu'ils ont un problème, ils en parlent à leur père ou à leur mère qui sont au ciel. Je trouve cela très beau. Comment ne pas être unis à ceux et celles qu'on a aimés ? Comment Dieu pourrait-Il nous séparer de l'amour que nous avons connu ?

C'est la « communion des saints » du « Credo ». Chaque fois que vous le récitez, rappelez-vous que c'est l'union des vivants et des morts. Si Dieu a créé l'amour, Il ne peut le rompre, même si la séparation est dure.

À ce propos, certains faire-part me hérissent. Particulièrement ceux qui disent : « Il a plu à Dieu de rappeler à Lui... »

Comme si Dieu était un tyran qui nous arrachait à l'existence et se fichait complètement de notre chagrin ! Non, la mort ne plaît pas à Dieu, Il l'a seulement permise. Tout commence ici sur terre, il est important de le dire. Le paradis ou l'enfer peuvent être vécus sur terre maintenant.

Mais ne vous amusez pas à vouloir faire tourner les tables ou déplacer les verres : c'est vain et parfois dangereux pour l'esprit (et pour les mains). En revanche, bûcher sa foi, c'est aller à la rencontre des saints.

Quand on a une foi morte, on a une espérance morte. Je connais un tas de chrétiens qui se posent des questions sur la mort exactement comme un païen se les poserait : ils ne bûchent plus leur foi.

Oui, on peut communiquer avec les morts, mais c'est à sens unique. Nous prions pour eux, et cette prière dit : « Tu es parti, je ne sais pas exactement où tu es, mais on reste unis, on ne se quitte plus. » En retour, ils peuvent nous faire signe... et parfois même nous aider.

Écoute cette belle histoire.

Jean-Michel, un prêtre d'Algérie, prend sa douche chez lui, non loin d'Alger. Un coup de téléphone interrompt brutalement sa toilette. Il sort de sa douche et répond : c'est Mohamed, un jeune du village de Tibhirine. À peine la communication amorcée, un grondement infernal montant des entrailles de la Terre suivis de secousses très violentes jettent Jean-Michel dans la cage d'escalier où il téléphonait. Tétanisé mais intact, il se relève après la fin du tremblement de terre, celui qui a endeuillé l'Algérie en 2003.

Enjambant les décombres, il regarde la douche : une masse de pierres a tout recouvert. Sans ce coup de téléphone, il serait mort écrasé. Cet appel venait d'un jeune musulman, ami des sept moines martyrs. On peut le qualifier de céleste. Les moines, de là-haut, veillaient à coup sûr.

Le purgatoire

Le purgatoire existe-t-il ? Oui, nous le croyons. C'est une voie de purification. Contrairement à la religion bouddhiste qui dit que nous passons d'un état à un autre, et que ce changement d'enveloppe correspondra à l'expiation de nos fautes, nous, chrétiens, disons que l'enveloppe pourrira mais que l'âme montera. C'est un lieu où l'on sera confronté à soi-même.

Ce sera une purification, pas une salle de torture.

Je me souviens que lorsque j'étais petit, certains prêtres nous disaient que, si nous avions commis le péché de la chair, nous commencerions par griller par le sexe ; par la langue pour la gourmandise ! Comment pouvait-on apprendre à des enfants des sornettes pareilles ? Non, il y aura une purification, mais ne me demandez pas exactement laquelle : même les grands théologiens l'ignorent.

Le jugement dernier

Nous serons jugés sur le 25e chapitre de saint Matthieu. Souvenez-vous : « Quand j'étais en taule, es-tu venu me voir ? M'as-tu envoyé des mandats ? M'as-tu attendu à la sortie ? Quand j'étais malade, as-tu pris le temps d'aller à l'hôpital m'offrir un bouquet de fleurs et passer un moment avec moi ? Quand j'étais toute seule (même si je vivais à

Neuilly ou au cœur du XVIe dans une grande richesse), es-tu venu me voir ? »

Nous serons jugés sur l'amour. Voilà la réponse du Christ à notre interrogation. Cette réponse est à vivre maintenant : être des combattants de l'amour et de la justice maintenant, partager maintenant. L'éternité commence aujourd'hui. Ne l'oubliez jamais.

Ce 25e chapitre de saint Matthieu, que j'ai lu tout petit, est resté vrillé dans mon cœur : tous les gestes d'amour que nous faisons maintenant comptent. C'est à nous de décider, ici et maintenant, si nous voulons vivre le paradis ou l'enfer sur terre.

L'enfer

Je ne vous dis pas la peur qu'on nous faisait avec l'enfer quand j'étais petit !

Est-ce une peine définitive ? Dans son livre *Entrez dans l'espérance*, Jean-Paul II a osé écrire : « La possibilité de la damnation éternelle est affirmée dans l'Évangile sans ambiguïté. Mais dans quelle mesure cela s'accomplit-il réellement dans l'au-delà ? C'est finalement un grand mystère. » Si Jean-Paul lui-même se posait la question !

Souvent, on me demande : « Et Hitler, Staline, Pinochet ? Et Judas que le Seigneur a appelé “mon ami” ? Où sont-ils maintenant ? Sont-ils au ciel ? »

Grande question… Certains pourraient se dire que finalement on peut voler, violer, torturer, massacrer tout ceux qu'on voudra puisque au final on sera pardonné après un stage de reconversion au purgatoire…

À cette interrogation légitime, je n'ai pas de réponse. La miséricorde divine est infinie, c'est le mystère entre l'homme et Dieu.

Dieu étant Dieu, à Lui de résoudre ce problème ! Nous, on tâtonne et, avec notre intelligence humaine, on cherche à décrypter ce mystère insondable.

Le paradis

Dans la Genèse, le paradis est représenté comme un jardin luxuriant où tout est donné en abondance. L'Apocalypse parle d'une Jérusalem éternelle, nouvelle, où Dieu essuiera toutes les larmes : il n'y aura plus de deuil, ni de cris, ni de souffrance. Toutes les représentations du paradis ont ceci en commun : vivez la paix et la joie sur terre, la communion.

Le paradis est maintenant. J'ai l'exemple d'une famille dont la belle-fille avait été si insolente que les parents n'avaient pas voulu assister au mariage. Ils me disaient combien c'était dur pour eux, d'autant que leur fils ne voulait plus leur parler. Nous pouvons commettre des impairs importants qui nous font vivre sur la terre un petit enfer... à moins de pardonner et de demander pardon !

Si nous aimons les autres à tout casser, si nous avons le sens du partage, si nous regardons l'autre, alors nous serons des êtres de lumière et le paradis sera maintenant.

Saint François d'Assise, sainte Thérèse, mère Teresa... sont partis, mais nous sommes là ; donc c'est à nous d'être maintenant des êtres de lumière.

Un ami musulman me dit en rigolant : « Vous n'avez pas le droit vous, prêtres catholiques, de faire l'amour sur terre.

Nos muftis, oui. De plus, soixante-dix vierges nous attendent au ciel, tandis que vous, chrétiens, paraît-il, vous n'y ferez pas l'amour. Donc, vous, curés, vous êtes doublement baisés ! » Je lui réplique alors : « En admettant que l'homme musulman savourera l'amour sexuel, la femme qui monte au paradis, quel partenaire aura-t-elle ? »

« À ceux que j'aime et à ceux qui m'aiment »

Cette prière amérindienne, magnifique de poésie et de beauté, dit combien, à travers les manifestations de la nature, à travers un tas de signes, on peut voir les êtres qui nous ont été chers :

Quand je ne serai plus là, relâchez-moi,
Laissez-moi partir.
J'ai tellement de choses à faire et à voir.
Ne pleurez pas, ô surtout ne pleurez pas, en pensant à moi,
Soyez reconnaissants pour les belles années,
Je vous ai donné tout mon amour et toute mon amitié.
Vous pouvez seulement deviner
Le bonheur que vous m'avez apporté.

Je vous remercie de l'amour que chacun m'avez montré sur terre,
Maintenant, il est temps que je voyage seul.
Pour un court moment vous pouvez avoir de la peine.
La foi vous apportera réconfort et consolation.
Nous serons séparés simplement pour quelque temps.
Laissez les souvenirs apaiser votre douleur.

Je ne suis pas loin et la vie continue…
Si vous avez besoin, appelez-moi et je viendrai.
Même si vous ne pouvez me voir ou me toucher, je serai là.
Et si vous écoutez votre cœur, vous éprouverez clairement
La douceur de l'amour que j'apporterai.

Et quand il sera temps à votre tour de partir,
Je serai là pour vous accueillir.
Absent de mon corps, présent avec Dieu.

N'allez pas sur ma tombe pour pleurer,
Je ne suis pas là, je ne dors pas,
Je suis les mille vents qui soufflent,
Je suis le scintillement des cristaux de neige,
Je suis la lumière qui traverse les champs de blé,
Je suis la douce pluie d'automne,
Je suis l'éveil des oiseaux dans le calme du matin,
Je suis l'étoile qui brille dans la nuit.
Alors, je vous en prie, n'allez pas sur ma tombe pour pleurer,
Je ne suis pas là et je ne suis pas mort.

25
Frère Roger et Taizé
Appel à la réconciliation

De même aussi l'Esprit nous aide dans notre faiblesse, car nous ne savons pas ce qu'il nous convient de demander dans nos prières. Mais l'Esprit lui-même intercède par des soupirs inexprimables ;
et celui qui sonde les cœurs connaît quelle est la pensée de l'Esprit, parce que c'est selon Dieu qu'il intercède en faveur des saints.
Nous savons, du reste, que toutes choses concourent au bien de ceux qui aiment Dieu, de ceux qui sont appelés selon son dessein.

Romains VIII, 26-28

Au cours de la prière du soir du mardi 16 août 2005, au milieu de la foule qui entourait la communauté dans l'église de la Réconciliation, une femme déséquilibrée a violemment frappé de trois coups de couteau dans le dos le frère Roger Schutz qui est décédé quelques instants après.

Une vie donnée

En 1940, frère Roger, jeune Suisse protestant de vingt-cinq ans, arrive sur son vélo à Taizé, un petit village de Bourgogne. Il veut partager le sort des Français occupés. Il accueille des réfugiés juifs avec sa sœur Geneviève, puis en 1942 retourne en Suisse. En 1944, il se retrouve à Taizé pour venir en aide aux prisonniers de guerre allemands et aux orphelins.

Au fil des ans, la communauté de Taizé se développe. « Dans ma jeunesse, disait-il, j'étais étonné de voir des chrétiens qui, tout en se référant à un Dieu d'amour, perdaient tant d'énergie à justifier des oppositions. Et je me disais : pour communiquer avec le Christ, y a-t-il réalité plus transparente qu'une vie donnée, où jour après jour la réconciliation s'accomplit dans le concret ? Alors j'ai pensé qu'il était essentiel de créer une communauté avec des hommes décidés à donner toute leur vie et qui cherchent toujours à se réconcilier. »

Une prière œcuménique

D'origine protestante, frère Roger était en pleine « communion » avec la foi de l'Église catholique. Sa foi, il l'avait exprimée en 1980 en présence de Jean-Paul II dans la basilique Saint-Pierre : « J'ai trouvé ma propre identité de chrétien en réconciliant en moi-même la foi de mes origines avec le mystère de la foi catholique, sans rupture de communion avec quiconque. »

L'originalité formidable de Taizé est d'être une prière

œcuménique totale. La communauté n'accepte aucun don pour elle-même. Une seule règle : la prière soutenant une vie de travail. Les membres n'acceptent ni les dons ni les legs parce qu'ils veulent travailler de leurs mains. Leurs héritages familiaux sont donnés aux plus pauvres.

D'année en année, des jeunes affluent. Ils étaient trois en 1944 ; quarante, deux ans après. La communauté se compose aujourd'hui de frères venant d'une trentaine de nations. Ils étaient cent mille, du 28 décembre 2002 au 1er janvier 2003, à Paris, pour prier, s'amuser ou faire silence. Et échanger sur deux choses : sur la source et sur les engagements concrets de sa foi.

Cette expansion phénoménale fut pour le frère Roger une énorme surprise. Au lieu d'avoir peur de tous ces jeunes, il eut cette phrase : « Ne fuyons pas, accourons ! » Et ces autres mots : « Ici, pas de maîtres spirituels ; ici, pas de pasteurs conférenciers. » Parce qu'il faut d'abord écouter ces jeunes, écouter leurs aspirations.

À la veillée du soir, le frère Roger donnait une seule phrase à méditer, c'est tout.

Jean XXIII disait en 1962 : « Nous ne ferons pas un procès historique [aux protestants, aux orthodoxes…]. Nous ne chercherons pas à savoir qui avait raison ou qui avait tort. Les responsabilités sont partagées. Nous dirons seulement : "Réunissons-nous." »

Vingt ans auparavant, le frère Roger prônait la réconciliation en renvoyant chacun à sa propre religion : « Progresse dans ta foi, dans ta propre religion, le Christ est au cœur de ta vie. »

D'une certaine façon, le dalaï-lama fait la même chose.

Une dynamique du provisoire

Taizé n'est ni un nouveau mouvement de l'Église ni une nouvelle Église, il est une magnifique réunion de jeunes chrétiens. Ancrés dans l'instant. J'ai toujours admiré ce que disait le frère Roger : « Nous avons une dynamique du provisoire. »

J'aime reprendre ces mots à Faucon. À propos de cette ruine que j'ai achetée pour les loubards, je dis souvent : « C'est du provisoire ! » Et trente-trois ans après, c'est toujours du provisoire... C'est du provisoire parce que ça ne s'arrêtera jamais... On marche ensemble, on prie, on cherche ensemble. On rassemble.

Une autre particularité de Taizé est d'avoir été très proche de nos frères de l'Est qui vivaient sous domination communiste. Il a été là un pionnier essentiel.

Frère Roger fut un des premiers à aller derrière le rideau de fer, en disant aux jeunes qu'il venait simplement les rencontrer, qu'il n'était pas là pour les conquérir ni pour les convertir, qu'il ne considérait pas sa communauté supérieure aux autres, mais qu'il savait combien ils souffraient du totalitarisme au plus profond de leur âme.

Pour la paix et la réconciliation

Les mots clés de Taizé sont : réconciliation intérieure et communautaire.

C'est ce qui plaît tant aux jeunes d'aujourd'hui : être réconcilié avec soi-même et avec les autres, par la prière, l'écoute, dans une immense confiance et avec espérance.

Frère Roger disait : « J'ai trouvé mon identité de chrétien en réconciliant en moi-même mes origines évangéliques avec la foi de l'Église catholique. »

Et ses amis et lui prient ensemble, sans remuer de stériles débats d'idées qui ne feraient qu'accentuer les divisions.

Quand je parlais à la mosquée d'Adawa, proche de ma permancence, à l'invitation du grand mufti, il y a quelque temps, pour la fin du ramadan, j'ai dit à un parterre de musulmans : « Écoutez, si nous commençons à parler de nos théologies, c'est foutu ! Moi, je crois à Jésus-Christ mort et ressuscité, fils de Dieu ; vous, vous n'y croyez pas. Alors, si on en débat, ce sera sans fin... Prions ensemble pour la paix et la réconciliation.

« Je sais que vous préparez des milliers de repas pendant le ramadan pour nourrir les plus pauvres, chrétiens et musulmans, ce sont ces gestes-là qui nous unissent en Dieu, infiniment plus que nos théologies. »

Frère Roger disait : « N'attends pas d'avoir tout compris, ose commencer même si ce n'est pas parfait, vis avec les autres le très peu de ce que tu as compris de l'Évangile, et le reste suivra. » Il ajoutait : « Ces milliers de jeunes cherchent un sens à leur vie. Ce n'est pas à Taizé qu'ils le trouveront, mais Taizé est l'amorce d'une première réponse. »

Mon adjoint Joël, qui a été membre de Taizé, m'a confié : « Cette communauté ne m'a pas converti, mais m'a mis sur la route de ma propre foi catholique. »

Ainsi les frères de Taizé sont protestants et ont fait vœu de chasteté, de pauvreté et d'obéissance.

Priez et aimez

« La prière est une réalité toute simple et souvent toute pauvre. C'est par l'Esprit-Saint qu'on prie. On fait silence et l'Esprit-Saint entre en nous. » C'est ce que frère Roger pensait de la prière.

Lorsque, complètement crevé, je pars pour quarante-huit heures en retraite à la campagne, et que j'entends le rossignol ou le hibou, c'est ma prière. Ma liberté intérieure est ma prière. Il n'y a pas de technique spéciale, juste dire : « Seigneur, je passe ce moment avec Toi. Il est pour Toi seul. »

Et puis se taire.

Parce que la prière est une voix du cœur.

Qu'en est-il de ta prière ?

Tu es sur la mer dans ta barque, et tu jettes l'ancre sur un rocher lointain.

Tu tires la corde avec force et persévérance.

Le rocher ne bouge pas, un rocher ne bouge jamais.

Mais ta barque, par contre, s'approche de lui,

Ainsi en est-il de la prière,

Dieu semble ne pas bouger,

Mais c'est toi qui avances en priant.

26

Rallumons le feu de l'Évangile

Dieu à fond la caisse

> Il faut premièrement que la bonne nouvelle soit prêchée à toutes les nations.
> Quand on vous emmènera pour vous livrer, ne vous inquiétez pas d'avance de ce que vous aurez à dire, mais dites ce qui vous sera donné à l'heure même ; car ce n'est pas vous qui parlerez, mais l'Esprit-Saint.
>
> Marc XIII, 10-11

À la mort de Jean-Paul II et à l'avènement de notre vieillard tout neuf Benoît XVI, la plupart des journalistes ne me parlaient que de contraception, d'avortement, de célibat des prêtres et des femmes dans l'Église. Aborder l'Église uniquement sous l'angle du sexe, c'est la rendre « sexy » inutilement.

L'Église est attaquée. Les faux prophètes tournent autour de trois thèmes : la publicité, le sexe et l'argent.

Dans la publicité, on voit de plus en plus de sujets connotés sexuellement. Vous vous souvenez sûrement de la fameuse cène où les apôtres étaient remplacés par des femmes. L'affiche a été retirée après la plainte de la conférence épiscopale. Personnellement, je préfère la pub où l'on voit un énorme moine dévorer un fromage... C'est plein d'humour et ça n'offense personne.

Le sexe et la capote sont à l'ordre du jour. Quand je suis passé chez Fogiel, il m'a tout de suite posé la question : « Capote or not capote ? » Je lui ai montré la capote que j'ai toujours dans mon blouson pour le cas où un jeune m'en demanderait. « Ne pas donner la mort ni la recevoir », telle est ma réponse. Ce bout de latex que l'Église n'a pas su gérer a provoqué maints quolibets dont elle aurait très bien pu se passer.

Mais je supporte mal que les journalistes reviennent sans cesse à ça. Benoît XVI n'aborde que rarement ce sujet. Tant mieux. Il a dû lire l'Évangile qui ne parle que très peu de sexe. Et c'est tant mieux.

Les faiseurs de flouze

Des livres contestent la virginité de Marie. D'autres affirment que Jésus-Christ baisait comme un castor avec Marie-Madeleine. Dans *Da Vinci Code,* il est avancé que Jésus et Marie-Madeleine vivaient ensemble et avaient des petits. D'où l'apparition éventuelle d'arrière-arrière-petits-fils et filles qui sèment la zizanie...

Tout cela nous mènera encore plus loin : puisque Jésus aimait beaucoup Jean, on prétendra bientôt qu'ils étaient homosexuels.

Il y a un sacré paquet de flouze à se faire avec ça. J'étais un jour à côté du journaliste Jacques Duquesne qui venait de publier son livre *Marie, mère de Jésus,* niant la virginité de Marie (livre assorti de titres provocateurs : « Née de père et de mère inconnus ? », « Marie, mère de famille nombreuse »...)

« Tu te fais des couilles en or, mon pote », lui ai-je dit.

En effet, il avait déjà vendu deux cent mille exemplaires. Il avait fait sortir son bouquin un 15 août, le jour même où le pape était à Lourdes... Et il prétendait que c'était un hasard ! Un miracle, peut-être, mais rudement bien préparé.

Et les gens achètent. Ils adorent le soufre.

Les livres provocants sur l'Évangile fleurissent. Les films suivent. Les gens se jettent dans l'inédit sulfureux. N'ayant plus une foi solide et entretenue, désertant la messe du dimanche, ils sont friands de toute annonce suspecte de la Bonne Nouvelle.

Notre culture chrétienne

Beaucoup de gens ne croient pas ce qui est écrit dans l'Évangile. C'est très caractéristique de ce temps, et cela s'explique très bien. Pourtant, alors qu'ils n'y croient pas, ils gobent volontiers tout ce qui n'y est pas écrit.

On aurait, par exemple, retrouvé l'Évangile de Judas... Des auteurs prétendent qu'il y aurait eu une transaction entre Jésus et Judas pour que Judas le vende. Pourquoi ? Tout simplement parce que les gens ont une culture de l'Évangile quasiment nulle. Ils ne le lisent plus. Ils vont à l'église quand ils se cassent une jambe. Et ça n'arrive pas tous les dimanches.

N'importe quelle fiction est prise au sérieux. Un sondage sur le fameux *Da Vinci Code* a été commandé par l'hebdomadaire *Famille chrétienne*. Résultat : pour dix personnes interrogées sur le Christ et l'Église, trois pensent que Jésus n'a certainement pas existé. Une juge qu'il est un imposteur. Deux seulement affirment sa nature divine. Sept estiment qu'il ne change rien dans leur vie. Huit pensent que l'Église est une invention humaine.

L'éloignement croissant des Français par rapport à la foi, ou à la simple culture chrétienne, fait qu'ils donnent des réponses aussi fantaisistes.

68 % des sondés étaient au parfum du livre *Da Vinci Code*. 10 % des lecteurs du livre se sont notamment détournés de l'idée que Jésus est ressuscité. 26 % pensent que Marie-Madeleine est l'épouse ou la maîtresse de Jésus...

Évidemment, les prises de position du magistère vis-à-vis de la défense inconditionnelle de la vie – de la conception à la mort –, du mariage hétérosexuel et indissoluble, attirent la méfiance et le rejet.

Pour autant, une majorité de sondés (63 %) salue l'Église pour son engagement humanitaire. Je m'en aperçois au quotidien à la façon dont les gens me saluent et me soutiennent dans mon action. Ce n'est pas le prêtre qu'ils saluent d'abord, mais mon engagement au service des loubards. C'est une tendance massive : « Je ne crois pas en Dieu, mais bravo pour votre travail et celui de votre équipe ! » Ils respectent l'engagement social des religieux. Chacun sait que mère Teresa était religieuse ou que l'abbé Pierre était prêtre... Leur engagement au service des plus pauvres les a mis au hit parade de l'humanitaire.

Mais je reviens aux prétendus secrets de l'Église, tels qu'ils sont révélés dans les élucubrations de Dan Brown. 30 % de ceux qui ont lu son roman pensent que la base est plutôt vraie, 30% la jugent complètement fausse. Que peut-on en déduire ? Que l'on doit d'abord se raccrocher à l'Évangile et ne pas avoir peur d'être moqué. C'est la septième Béatitude : lorsqu'on vous insulte ou qu'on se fout de votre gueule parce que vous êtes chrétien, dites simplement que vous croyez en Jésus-Christ, fils de Dieu. Affirmez votre foi !

La pratique de la foi prend corps, sens, visibilité dans l'Église, et non sur le trottoir, lors de sondages et de radio-trottoirs, comme des tas de reporters voudraient le faire croire. La foi ne se calcule pas. L'âme ne se sonde pas avec un micro. C'est en s'appuyant sur la parole de Dieu que l'on devient crédible et fécond, c'est ainsi que l'on évite les élucubrations insidieuses des best-sellers et des films.

La parole de Dieu et la vie des saints

Avons-nous besoin de nous détourner de l'Évangile après deux mille ans ? Nous avons simplement besoin de rallumer notre foi en nous appuyant sur la parole de Dieu.

Si l'on pense que Dieu existe, que Dieu nous aime, il est merveilleux de pouvoir chaque jour Lui consacrer un bout de temps. C'est comme aimer ses parents. Deux personnes qui font un petit mettent au monde un être unique et irremplaçable, d'où le caractère sacré de l'amour des parents et de la vie : « Tu ne tueras pas. » C'est tout. Ma vie est sacrée, et la vie des autres aussi est sacrée. Le plus important est l'amour, dit l'Évangile. C'est le respect de la vie, des autres, de soi.

Adorons Dieu, aimons nos parents à fond la caisse, aimons nos ennemis. Tout est dit.

« Ta parole est vraie et claire. » L'Évangile demande que

tu soies homme ou femme de parole. Que l'on puisse compter sur toi !

Avant l'eucharistie, essayez de lire l'Évangile du jour. Quand, à la messe, un fidèle lit magnifiquement un texte, je le félicite toujours. À condition, bien sûr, d'avoir une bonne sono et un micro qui marche. Une grâce particulière est rattachée à la lecture de l'Évangile, ne l'oublions pas.

Les saints sont nos étoiles

Je lis aussi la vie des saints. J'ai dévoré *Passions pour l'Algérie*, un livre superbe sur les moines de Tibhirine. C'est un bain d'Évangile. Ces sept moines étaient restés en Algérie par respect pour les plus pauvres. J'ai assisté à leur enterrement. Ce fut l'un des plus grands moments de ma vie sacerdotale. En revenant tous les ans en Algérie, je m'aperçois de l'influence extraordinaire de ces moines.

La vie des saints vaut tous les romans possibles ! Lisez leur extraordinaire pauvreté ! Je me souviens de la cellule rudimentaire de Luc à Tibhirine, qui passa cinquante ans dans le couvent, qui avait de l'asthme et devait dormir assis. Recevez l'humilité de ces personnes qui vivaient pour Dieu, simplement au service de Dieu, au service d'une communauté musulmane qui les aimait beaucoup.

Un saint proclamé par l'Église se trouve magnifié dans le monde entier. Notre religion est la seule à pouvoir le faire.

Vous tirerez des richesses formidables de la lecture de la vie des saints.

Ils sont nos étoiles pour nous repérer.

Ils sont lumières pour nous éclairer.

III

La sainteté à chaque instant

27

Vivre nos vingt-quatre heures

Le chemin de toute perfection

C'est pourquoi je vous dis : Ne vous inquiétez pas pour votre vie de ce que vous mangerez, ni pour votre corps, de quoi vous serez vêtus. La vie n'est-elle pas plus que la nourriture, et le corps plus que le vêtement ?

Regardez les oiseaux du ciel : ils ne sèment ni ne moissonnent, et ils n'amassent rien dans des greniers ; et votre Père céleste les nourrit. Ne valez-vous pas beaucoup plus qu'eux ?

Qui de vous, par ses inquiétudes, peut ajouter une coudée à la durée de sa vie ?

Et pourquoi vous inquiéter au sujet du vêtement ? Considérez comment croissent les lis des champs : ils ne travaillent ni ne filent ;

cependant je vous dis que Salomon même, dans toute sa gloire, n'a pas été vêtu comme l'un d'eux.

Si Dieu revêt ainsi l'herbe des champs, qui existe aujourd'hui et qui demain sera jetée au four, ne vous vêtira-t-il pas à plus forte raison, gens de peu de foi ?

Ne vous inquiétez donc point, et ne dites pas : Que mangerons-nous ? que boirons-nous ? de quoi serons-nous vêtus ?

> Car toutes ces choses, ce sont les païens qui les recherchent. Votre Père céleste sait que vous en avez besoin.
>
> Cherchez premièrement le royaume et la justice de Dieu ; et toutes ces choses vous seront données par-dessus.
>
> Ne vous inquiétez donc pas du lendemain ; car le lendemain aura soin de lui-même. À chaque jour suffit sa peine.
>
> Matthieu VI, 25-34

Et si nous possédions notre temps, si nous le sentions, si nous l'investissions ? Si nous donnions le maximum de nous-mêmes du lever au coucher du soleil ?

Que nous soyons toujours en activité ou à la retraite, que nous soyons jeune ou ancien, pour vivre à fond la caisse nos vingt-quatre heures, il nous faudra d'abord consacrer quelques minutes, la veille au soir ou le matin, à établir notre programme de la journée. Nous y noterons les points forts de ce que nous devrons vivre.

Les petits « oui »

À condition de s'y tenir, évidemment ! Pour cela, rien de mieux qu'une courte prière sur ce programme, avec résolutions à l'appui. Cette prière de fidélité à Dieu, d'obéissance, nous permettra de bien vivre cette journée. Dieu ne vous enverra pas Ses anges pour vous dire Sa volonté. Personnellement, je n'ai jamais eu d'apparitions. Non, jamais. La prière suffit.

Les petits « oui » d'une journée sont très importants. Quand nous sommes en union avec le Seigneur, ils nous appellent aux grandes décisions. Ce sont les multiples petits

« oui » que nous aurons su dire quotidiennement à Dieu qui feront jaillir, un jour, le grand « oui », le jour où l'on aura décidé quelque chose de capital pour soi ou pour les autres.

Le Christ disait : « Je ne suis pas venu faire ma volonté mais celle de Celui qui m'a envoyé. »

Si nous voulons faire la volonté de Dieu, chaque jour, alors faisons-la, cette prière, en plus des bonnes résolutions que nous aurons préparées le matin pour notre journée.

Un priant qui possède sa journée fait la volonté de Dieu. Celle-ci n'est certes pas toujours une nourriture appétissante. On rechigne, il y a quelques couleuvres à avaler dans une journée d'homme ou de femme, mais cela nous mène à faire la volonté de notre Père.

« Que Ta volonté soit faite » !

L'ange du Seigneur

On peut veiller aux moindres détails, tout bâtir la veille au soir ou le matin au lever, sauf prévenir... l'imprévu de nos journées. Cet imprévu est la grâce, la richesse du jour. Vous l'obtiendrez en vous investissant dans les chemins inattendus que Dieu vous ouvre. Pour vivre le discernement au quotidien, il vous faut un regard fraternel, filial, conjugal, une équipe, un conseiller spirituel, et le Saint-Esprit que vous invoquerez.

Les messagers de Dieu passent par les rencontres et les événements. Je suis certain de cela.

Vivre la spiritualité de l'instant présent, mettre sa journée sous le regard de Dieu, rend simple comme l'enfant, léger comme la plume.

Je me souviens de ce jour, il y a trente-cinq ans, où je cherchais une ruine en Provence. J'avais pris un camion. L'agent immobilier qui nous accompagnait n'arrêtait pas de bougonner contre ma bande de jeunes qui s'agitait derrière.

Nous avions vingt baraques à visiter. L'agent commençait à perdre patience quand, sur le bord de la route, j'aperçois un vagabond loqueteux qui faisait du stop. J'avais bien envie de le ramasser mais l'agent immobilier disait que nous n'avions pas le temps, etc. J'hésitai et, finalement, je le fis monter.

C'était le bouquet ! L'agent était furieux. Faut dire que le vagabond puait fort, ça, il faut le reconnaître. D'ailleurs il le savait bien lui-même, il s'était calé au fond du camion.

En descendant du camion quelques kilomètres plus loin, comme je lui disais au revoir, il me tendit une carte postale représentant une rose, puis il me regarda bien en face, de ses yeux très bleus et très clairs, et il me dit : « Croyez-moi, vous la trouverez, cette ruine ! »

Des années après, j'ai compris que c'était l'ange du Seigneur qui était passé. Sa carte postale avec une rose, je l'ai toujours gardée. Elle ne s'est jamais fanée.

La sainteté chaque jour

Il faut une foi puissante pour vivre cette théologie du jour présent, pour vivre en union avec Dieu à travers les peines d'une vie.

Chaque jour, dans toutes les couches de la société, nous pouvons vivre pleinement notre journée, que l'on soit sur une route balisée ou au milieu des imprévus dans les chemins de traverse. Il suffit d'une foi ardente pour que les bras de

Dieu s'ouvrent à tout moment. De vingt-quatre heures en vingt-quatre heures, nous pouvons vivre dans la joie de rester sous le regard du Seigneur.

Chacun de nous peut devenir un très grand saint, avec l'aide de Dieu. Pas besoin d'héroïsme pour cela, sinon de voir le monde tel qu'il est, de l'aimer tel qu'il devrait être et de vouloir le changer. À condition, également, de s'aimer suffisamment soi-même pour vouloir changer les scories que l'on trimballe.

Il y a des saints extraordinaires, des champions de l'amour, évidemment, mais sachez que plus vous serez faibles, mieux cela vaudra, du point de vue de la miséricorde divine. Souvenez-vous que Dieu part de nos faiblesses pour nous conduire vers la sainteté.

« Être où Dieu veut, disait Marthe Robin, y faire ce que Dieu veut, toute la sainteté est là. » Alors, que vous soyez président de la République, infirmière, ouvrier ou chômeur, investissez-vous dans l'aujourd'hui que Dieu vous donne, et fichez-vous complètement du lendemain.

Quant à hier, oubliez-le. Sauf pour l'enseignement qu'il vous a offert. Sur un petit Post-it, après ma méditation quotidienne, je note chaque jour un point précis à bûcher. Pour ne pas l'oublier, je le colle sur mon paquet de tabac que j'ouvre malheureusement (ou heureusement) souvent. Impossible de ne pas me remémorer ma résolution. Achetez des Post-it !

28

L'humilité

Principale vertu des saints

> Mais vous, ne vous faites pas appeler Rabbi ; car un seul est votre Maître, et vous êtes tous frères.
>
> Et n'appelez personne sur la terre votre père ; car un seul est votre Père, celui qui est dans les cieux.
>
> Ne vous faites pas appeler directeur ; car un seul est votre Directeur, le Christ.
>
> Le plus grand parmi vous sera votre serviteur.
>
> Quiconque s'élèvera sera abaissé, et quiconque s'abaissera sera élevé.
>
> Matthieu XXIII, 8-12

Ma chère mère me disait, il y a bien longtemps :

« Mon petit Guy, tu es trop orgueilleux.

– Je le sais, maman, lui répondais-je.

– Moi, je suis humble !

– Maman, c'est toi qui es orgueilleuse parce que tu revendiques l'humilité. Alors que moi je ne revendique que mon orgueil. Donc le Seigneur sera plus cool avec moi… »

Nous avons bien ri tous les deux, évidemment.

Un prêtre éminent donnait un jour une conférence. L'assistance était conquise par sa spiritualité. Il disait des choses aussi éminentes que lui-même. Son discours était, je l'avoue, impressionnant.

À la sortie de l'église, un fidèle l'interpella :

« Mon père, votre exposé était lumineux, sublime...

– Je ne suis qu'un humble pécheur, lui répondit-il. En fait, je sais rien du tout... Tout mon discours était insignifiant. »

Un tel degré d'immodestie m'avait frappé. Cet homme savait pertinemment que sa spiritualité était brillante et qu'il était un excellent orateur. Que n'avait-il simplement répondu : « Merci. J'ai essayé de dire ce que je pensais avec toute ma conviction. »

Ce que l'on est

L'humilité, c'est de savoir ce que l'on est. Cette définition, je l'ai puisée chez un Père de l'Église. « Savoir ce que l'on est », tout simplement. En clair, c'est ne pas pisser plus haut que son zizi, c'est dire les choses sans les tordre. Et rester à sa place. Si nous avons un don, pourquoi le nier ? Nous devons au contraire admirer ces dons que le Seigneur nous a donnés, à condition de ne pas en profiter pour soi-même et s'en vanter.

Saint François de Sales disait de l'humilité qu'elle était une vertu excellente et qu'il fallait être bien saint pour l'avoir parfaitement. L'Église l'a répété au cours des âges, le Christ le premier : « Soyez doux et humbles de cœur. »

Certains pensent que la charité est la plus grande des vertus. C'est faux. L'humilité permet à chacun de savoir ce qu'il est. Celui qui cherche à se placer ni plus haut ni plus bas que ce qu'il est, qui sincèrement reconnaît sa pauvreté comme ses richesses, aura une vraie capacité à aimer parce qu'il s'aimera lui-même tel qu'il est.

L'humilité, c'est aussi « ne jamais parler de soi ». Il m'a fallu, en corrigeant les épreuves de ce livre, biffer d'innombrables « moi je ». Cette tendance à écouter l'autre pour me valoriser moi-même est un de mes péchés ! Quelle lutte, mes aïeux, pour l'écraser et me mordre la langue avant d'attaquer le « moi je » qui appauvrit le discours du pécheur que je suis !

À genoux

Les forces du mal détestent l'humilité. Les forces du mal inventent n'importe quoi pour se servir et faire déchoir les hommes pratiquant cette vertu. Or c'est à la mesure de son humilité que l'homme progresse en humanité et en spiritualité. L'humilité provoque en nous l'estime des autres.

La vie du Christ a été fondée sur l'humilité. Lui qui faisait des miracles, lui qui n'était autre que le fils de Dieu, il s'est mis à genoux devant ses disciples… Alors que ces enflures d'apôtres cherchaient à obtenir les meilleures places, les honneurs de la société, pour toute réponse il leur a lavé les pieds.

L'humilité nous fait aimer notre pauvreté. Nous en avons un magnifique exemple grâce à Marie. Elle disait qu'elle était l'humble servante de Dieu : « Mon âme magnifie le Seigneur parce qu'Il a fait en moi de grandes choses. »

Sainte Bernadette répondait aux personnes demandant

pourquoi la Vierge lui apparaissait : « Parce qu'elle n'a pas trouvé plus pauvre que moi. »

C'est la connaissance volontaire de ce que nous sommes. Et plus nous sommes humbles, plus nous aimons les autres. Nous sommes souvent occupés à grandir les faiblesses et à minimiser les qualités de l'autre pour tenter de nous grandir. Nous pensons que notre voisin de palier est stupide, que notre patron est borné, que notre belle-mère est jalouse… Et nous nous voyons beaux, compétents, intelligents et à l'écoute des autres !

Mais à partir du moment où l'on est humble, le voisin devient plus sympathique, le patron plus ouvert et la belle-mère adorable. Alors on grandit à son tour.

Souvenez-vous : si une personne vous fait grandir, c'est qu'elle est humble et qu'elle vous aime. Si elle vous rapetisse, c'est le signe qu'elle est orgueilleuse et bien mal inspirée.

Ce que nous avons reçu

Il ne s'agit pas non plus de se glorifier de ses faiblesses, de se diminuer, de s'humilier de façon masochiste, mais de savoir qu'en définitive l'on n'est que soi, tout bêtement. Et il faut tout autant admirer les dons que le Seigneur a mis en nous, sans nous en vanter, et les porter aux pieds du Christ en se disant qu'il en est l'auteur. Car c'est lui qui nous inspire cette vertu.

Posons-nous la question : qu'ai-je de bon en moi que je n'aie reçu de lui ? Bien peu de chose… Alors comment m'en enorgueillir ?

Lorsque j'ai acheté Faucon, cette ruine ruinée et ruineuse

qu'il fallait entièrement reconstruire (avec quel argent ? nous n'avions pas un rond), je me suis un instant senti abattu. Et puis, un jour, alors que je me tenais assis en face de ce tas de pierres, disant au mec qui était à côté de moi que nous serions obligés de limiter notre projet en posant un toit sur le premier étage, le mec timidement me répondit : « Guy, tu as toujours dit que ton bon Dieu était du côté des plus pauvres, donc Il est de notre côté... Alors on aura une maison magnifique, avec trois étages, et on l'habitera. »

Vous n'imaginez pas le feu que cette parole-là m'a donné.

« Mon pote, tu as raison, lui ai-je répondu. Merci, tu viens de me renvoyer la balle au moment où j'en avais le plus besoin. »

Il venait de me rappeler la force humble du plus pauvre qui tape juste où il faut.

Mes faiblesses

« Connais-toi toi-même », enseignait Socrate. Nous ne passerons jamais assez de temps à nous connaître nous-même. Je tiens un carnet de route depuis cinquante-cinq ans. C'est passionnant d'en relire un petit morceau à l'occasion d'une retraite. Je m'aperçois que j'ai certes évolué, mais les faiblesses et les lacunes demeurent.

Un peu d'introspection, c'est ce dont nous manquons le plus actuellement. J'entends trop de ministres, de syndicalistes déclarer qu'ils n'ont aucune leçon à recevoir d'un adversaire politique ou d'un prédécesseur. C'est une phrase rituelle à l'Assemblée nationale. Ce serait tellement merveilleux qu'un homme politique puisse dire, de temps en temps, à un autre : « Mon vieux, ce que tu viens de dire est parfaitement juste ! » (Entre nous, pour décontenancer un adversaire il n'y a pas de meilleure technique.)

J'ajouterai que Nicolas Sarkozy a très heureusement piqué chez ses adversaires politiques des hommes de valeur pour étoffer sa propre équipe gouvernementale. C'est une première et c'est très beau.

L'humilité amène forcément l'amour du prochain.

L'amour des autres

Si nous avons l'humilité, nous avons l'amour des autres.

J'observe certains de mes jeunes avec émerveillement. Un jour, j'étais allé au cinéma avec l'un d'eux. C'était un film tordu, un film d'horreur, de psychopathe, où je m'ennuyais grave et auquel je comprenais que dalle !

À la sortie du cinéma, comme je lui disais que je n'avais rien compris à cette saleté de film, il me décrivit avec une précision surprenante toutes les subtilités du scénario. Les méandres psychologiques du psychopathe…

J'étais soufflé. Et dire que je l'avais pris pour un imbécile !

Ce jour-là, ce mec m'est apparu vraiment grand.

Écouter et supporter

Une des plus belles expressions de l'humilité est d'écouter quelqu'un qui n'est pas d'accord avec soi. Je m'y efforce depuis des années. D'avance je connais ses théories – du déjà entendu, du parachuté –, mais je tâche de l'écouter pleinement et sans l'interrompre. Il m'est parfois très difficile de me retenir ! Et, d'un seul coup, je découvre que l'une de ses paroles est intéressante.

Sans tricherie, essayez de trouver ce qu'il y a de bon et de nouveau dans ce que vous dit une personne qui s'oppose à vous ! Centrez-vous simplement sur l'autre au lieu de rapporter ses propos à ce que vous pensez ou aux expériences que vous avez vécues... Oubliez, l'espace de cette conversation, ce que vous avez envie de répondre. Rongez votre frein, vos ongles, tout ce que vous voudrez, mais taisez-vous et écoutez !

Entendez les souffrances d'un malade ou d'une vieille personne, sans penser à ce qui vous est arrivé à vous, et vous obtiendrez un grand respect de l'autre.

Vous le servirez dans l'écoute.

J'ai rencontré dans ma vie très peu d'êtres écoutants.

Mais quand je tombe sur l'un deux, quelle grâce ! Je vous souhaite d'en découvrir. On fond toujours devant un être humble.

La puissance du Christ sur terre ne tenait pas seulement à sa qualité de fils de Dieu, mais à son humilité. Il s'est comporté comme le « dernier de tous » et à la « dernière place ». Irrésistible figure humaine et divine qui est et sera toujours à contre-courant du monde.

29

Les sept dernières paroles du Christ

Du cri de douleur au cri de victoire

Jésus s'écria d'une voix forte : Père, je remets mon esprit entre Tes mains. Et, en disant ces paroles, il expira.

Luc XXIII, 46

« Père, pardonne-leur. Ils ne savent pas ce qu'ils font »

Voilà ce que disait le Christ tandis qu'on enfonçait des clous dans ses pieds et ses mains. Cette parole m'a vrillé le cœur. Le Seigneur n'a pas dit : « Je leur pardonne. » Pourquoi ? Parce que le Christ est humain ! Ils l'ont frappé et torturé avec des instruments ignobles qui lui arrachaient la chair. Il ne pouvait plus dire : « Je leur pardonne. » Mais il demande à son Père de leur pardonner. Et il les excuse : « Ils ne savent pas ce qu'ils font. »

Lorsque je rencontre des gens qui me disent : « Je ne peux pas pardonner à ce salaud, ce fumier, cette ordure ! », je leur réponds que je comprends très bien leur rancune ; puis je leur suggère de demander à Dieu de pardonner à leur place.

J'ai eu par la suite des réponses formidables de la part de ceux qui ont demandé à Dieu de pardonner pour eux. Jésus nous donne la certitude du pardon. Nous sommes catholiques, nous allons à la messe, et nous disons : « Pardonne-nous nos offenses comme nous pardonnons à ceux qui nous ont offensés. » Nous récitons cela à chaque messe mais le mettre en application est autre chose. C'est la force du sacrement de réconciliation.

S'il y a des pénitentes ou des pénitents devant moi, je leur dis que je les absous au nom du Père et du Fils et du Saint-Esprit. Ils s'en retournent légers comme le vent, blancs comme des colombes.

Tel est le don du pardon.

« Je te le dis en vérité, tu seras avec moi ce soir même au paradis »

Combien de personnes m'ont dit que cette phrase était incroyable, invraisemblable ! Le Christ s'adresse au bandit qui est crucifié à côté de lui. La racaille de l'époque, si vous préférez. Celui-ci demande un simple pardon, et il va au paradis.

C'est tout simplement l'essentiel du christianisme. Chaque jour et jusqu'à la dernière seconde, le Seigneur nous attend et, si nous nous repentons sincèrement, le pardon est accordé. C'est la grande merveille du don de la miséricorde de Dieu. C'est le mystère du dernier coup d'œil qui sauve. Cela veut dire que rien n'est jamais perdu, que personne n'est irrécupérable.

Personne n'est perdu.

Cette deuxième parole du Christ est le don de la miséricorde.

« Femme, voici ton fils. Jean, voici ta mère »

La troisième parole du Christ, c'est le don de Marie au monde.

Elle est mère de l'Église. Elle donne la vie, elle éduque, elle console. Elle n'est pas l'égale de Dieu, mais elle est la plus parfaite des créatures. Les musulmans disent d'elle dans le Coran qu'elle est la plus grande femme du monde. C'est elle qui figure le plus dans tous les sanctuaires ! Elle est apparue à de très nombreuses personnes.

Elle est le don maternel pour l'Église.

« Mon Dieu, mon Dieu, pourquoi m'as-tu abandonné ? »

Au bout de cinq heures et demie d'agonie, il se dit que cette fois-ci c'est fichu, que son Père l'a abandonné. C'est à ce stade que l'on peut sentir l'extraordinaire humanité du Christ. Il est homme et il souffre avec chaque humain. Ceux qui, dans les hôpitaux, atteints de grave maladie, pensent qu'ils vont mourir, se sentent également souvent abandonnés.

J'ai téléphoné à une personne prise en charge dans un service de soins palliatifs. Elle me dit que le Seigneur l'avait laissée tomber. C'étaient ses proches, en fait, qui l'avaient oubliée, mais pas Dieu. Je le lui ai dit.

Il ne faut pas qu'on abandonne ceux qui se voient en train de mourir. Restons présents avec eux. La croix est le signe du chrétien. Elle va vers la résurrection. Le Christ a souffert avant moi. Quand nous savons cela, nous savons tout.

Combien de fois, dans des situations désespérées, des individus se sont dit : « Des êtres humains très nombreux pensent à moi, et Dieu est là, je le sens. » (En écrivant ces lignes, je pense aux otages qui, retenus pendant des mois ou parfois des années, pensent mourir chaque jour, être assassinés n'importe quand… Ingrid Betancourt en tête.)

Cette quatrième parole est le don de la compassion.

« J'ai soif »

Sur la croix, le crucifié souffre et a terriblement soif. La soif,c'est un des plus grands supplices. À travers ce mot d'apparence insignifiante, le Christ nous indique le désir de Dieu.

Dieu a soif de nous. Avons-nous soif de Dieu ?

Dans chaque geste d'amour que nous offrons à quelqu'un, nous donnons à boire à Dieu. Dieu est en nous et Il a une soif immense de nous. Saint Augustin disait : « J'étais au-dedans de Toi et Toi Tu étais en dehors. » Nous cherchons Dieu partout dehors alors qu'Il est en nous. Si l'on prend du silence dans sa vie, on trouve forcément Dieu parce qu'Il nous habite.

Cette cinquième parole est le don du désir de Dieu.

« Tout est accompli »

Chacun pourra dire au moment de sa mort : « Tout est accompli. » Que ce soit le don d'une vie dite « réussie » comme d'une vie qui semble « ratée ». (On ne sait jamais si une vie est réussie ou ratée, Dieu seul le sait.) Le don d'une vie qui a été très agitée, où l'on a cherché Dieu tout en ne Le cherchant pas, une vie déréglée… Tout est accompli.

Quand Jean Bosco demande à Dominique Savio qui jouait au ballon : « Que ferais-tu si tu savais que tu allais mourir dans quelques heures ? », ce dernier lui répond : « Je continuerais à jouer. »

À quinze ans, il considérait que sa vie était accomplie.

Une vie peut être accomplie à deux ans, une autre, comme celle de ma mère, à quatre-vingt-dix ans…

L'Église comme l'État français admettent que l'on puisse donner à un malade en fin de vie de la morphine qui allègera sa souffrance. Tout être humain ne peut que proscrire l'insupportable acharnement thérapeutique.

Il ne s'agit pas d'instaurer le droit d'assister la mort des patients parce que le vrai débat est ailleurs : le scandale, c'est la mort de nos malades et de nos anciens à l'hôpital. Cinq cent mille décès ont lieu chaque année dans nos hôpitaux ! Beaucoup d'anciens crèvent seuls et leur famille s'en détourne. Le problème de la France, ce n'est pas la question de la limite morale de l'euthanasie, c'est la solitude de ceux qui meurent mal, et la plupart du temps à l'hôpital. Vivre jusqu'au bout avec ceux que l'on a aimés, cela vaudrait d'être plus souvent débattu et réfléchi.

J'ai eu la chance de bénir ma mère à ses derniers instants. Toute la famille était autour d'elle quelques heures après qu'elle eut rejoint le Seigneur.

Autour du Christ mourant, sa mère et les femmes étaient là. Les hommes s'étaient tous barrés, sauf Jean.

Pour un chrétien, pour un croyant, la mort et la vie devraient pouvoir se rassembler en un seul mot. On devrait pouvoir dire « éblouissement », suggère Christian Bobin.

« Père, entre tes mains je remets mon esprit »

Tout Lui remettre : nos succès comme nos échecs. La souffrance, la joie… Si nous pétons la santé, si nous sommes malades, peinés ou remplis de haines, de rancunes ou de jalousies, remettons-Lui tout.

Les derniers mots du Christ ressemblent étrangement à ceux de Jean-Paul II dans sa chambre au Vatican, quelques jours avant sa mort.

Il était avec deux enfants. Par la fenêtre, il a lancé deux colombes. Il a voulu parler, mais seul un cri est sorti de ses lèvres. Un cri de douleur, un cri d'abandon. Il n'y avait plus de mots. Mais ce cri de douleur du Christ deviendra un cri de victoire à Pâques.

La septième phrase du Christ est le don d'abandon.

30

La bonté

Reflet de Dieu

Jésus reprit la parole, et dit : Un homme descendait de Jérusalem à Jéricho. Il tomba au milieu des brigands, qui le dépouillèrent, le chargèrent de coups et s'en allèrent, le laissant à demi mort.

Un sacrificateur, qui par hasard descendait par le même chemin, ayant vu cet homme, passa outre. Un lévite, qui arriva aussi dans ce lieu, l'ayant vu, passa outre.

Mais un Samaritain, qui voyageait, étant venu là, fut ému de compassion lorsqu'il le vit.

Il s'approcha, et banda ses plaies, en y versant de l'huile et du vin ; puis il le mit sur sa propre monture, le conduisit à une hôtellerie, et prit soin de lui.

Le lendemain, il tira deux deniers, les donna à l'hôte, et dit : Aie soin de lui, et ce que tu dépenseras de plus, je te le rendrai à mon retour.

Lequel de ces trois te semble avoir été le prochain de celui qui était tombé au milieu des brigands ?

C'est celui qui a exercé la miséricorde envers lui, répondit le docteur de la loi. Et Jésus lui dit : Va, et toi, fais de même.

Luc X, 30-37

J'aimerais vous parler de la bonté en m'inspirant de la vie de Jésus-Christ, parce qu'il était la bonté même.

La bonté peut nous aider énormément à lutter contre l'indifférence, l'égoïsme, l'hostilité naturelle que nous avons tous en nous. Un seul geste de bonté de notre part, et quelque chose d'essentiel à la vie humaine est réalisé. Et cela nous est aussitôt rendu.

Dans une célèbre émission de télévision au Québec, la présentatrice demande aux spectateurs de faire un geste de bonté le jour même, un geste gratuit. Cela provoque généralement de la stupeur. Qui n'est pas étonné, de nos jours, d'un geste gratuit ? On soupçonne aussitôt un calcul, on imagine qu'on nous demandera quelque chose en retour... Si l'autre s'interroge, répondez-lui simplement qu'il n'a qu'à répéter ce geste à son tour (pas forcément envers vous, évidemment). « Tu as reçu gratuitement, tu donnes gratuitement » (Matthieu 10, 8).

Un jour que la présentatrice de cette émission rentrait chez elle en taxi, elle eut la surprise, alors qu'elle s'apprêtait à régler la course, que le chauffeur lui déclare : « Non, madame, dispensez-vous de me payer, c'est gratuit, c'est mon geste d'aujourd'hui. »

Une veille de Noël, une personne me donne dix euros en me disant : « C'est pour qui vous voudrez, mon père. »

Je passe au péage de l'autoroute. On me demande deux euros. Alors je règle et j'ajoute les dix euros qu'on m'avait donnés. « Monsieur, vous me donnez beaucoup trop ! me dit la caissière.

– As-tu des enfants ?

– Oui.

– Eh bien, tu les donneras à tes gosses ! »

Recevoir un don nous conduit à en faire un à notre tour. Si l'on peut faire sentir à l'autre qu'il peut répéter ce geste, alors il sera reproduit à l'infini.

Imaginez le paradis que ce serait...

Une force silencieuse

L'Évangile dit : « Celui qui fait le bien vient à la lumière. »

Les personnes d'une très grande bonté convertissent leur entourage sans faire le moindre prosélytisme. Si l'autre s'interroge et remonte à la source, un jour il s'apercevra que celui ou celle qui a fait ce geste de bonté était chrétien. La bonté est une force de témoignage, une force de mission pour les indifférents et les athées.

La bonté est la preuve du mystère de Dieu. La charité la plus pure vient du cœur de Dieu. On dit qu'il faut « faire la charité », c'est bien, mais ça peut être un refuge ou une échappatoire. La charité a tendance à n'atteindre que la surface de l'autre. Quelques sous dans la main tendue et basta ! Alors que la bonté atteint le cœur de nos frères et sœurs que nous rencontrons.

Seul Dieu peut nous permettre de vivre la bonté qui sauve de tout. Elle peut s'exprimer à travers des gestes simples ou les plus fous. Parce qu'elle est à la démesure du cœur de Dieu.

Elle est une source plus profonde que notre cœur puisque c'est le cœur de Dieu qui agit en nous. Les gestes fous sont possibles aussi. Souvenez-vous encore une fois du père Kolbe.

Le 10 octobre 1982, celui qui, sur la place Saint-Pierre, apportait à l'autel les offrandes pour la canonisation du père Kolbe, était le Polonais à qui ce dernier avait sauvé la vie, quarante ans auparavant, en proposant de prendre sa place dans le « bunker de la faim » à Auschwitz.

Les témoins rescapés ont touché là le mystère de la bonté poussée à son extrême.

La bonté du Christ

Sa bonté est totalement envoûtante. Le Christ, humain et divin, lorsqu'il rencontrait quelqu'un, l'aimait pour ce qu'il était. Nous aimons souvent l'autre en surface, et pas pour ce qu'il est au fond de lui. C'est le magnifique devoir d'un chrétien que d'aimer sans a priori. C'est aimer l'autre sans étiquette, sans classification religieuse, ni ethnique, ni sociale, ni professionnelle… Aimer le riche comme le pauvre, aimer le Français de souche comme notre frère étranger.

Pour celui qui est bon, il n'y a pas six milliards de personnes dans le monde, il n'y a qu'une seule personne devant lui, celle qu'il rencontre en ce moment même.

Une seule personne existe, celle que tu sers, celle que tu regardes.

Quand je rentre à ma permanence, à Paris, à 3 heures du matin, Raymond m'attend. C'est un marginal qui vit dans la rue depuis trente ans. Il a beaucoup d'humour. Il me rappelle souvent ceci : « Je suis un schizophrène chrétien en voie de réinsertion ! » Je me suis aperçu que je ne le regardais même pas. J'avais l'habitude de voir cet homme, à moitié clochard, dans la nuit, au coin de ma rue. Je lui donnais un peu d'argent pour aller prendre un café, on discutait un moment, mais je ne le regardais pas. Alors j'ai fait un effort. Je le regarde vraiment, maintenant, et ce n'est même plus un effort, c'est un échange de regards. On s'habitue si vite à seulement recevoir, sans communiquer vraiment.

Au bon larron sur la croix, le Christ a dit : « Tu es plus grand que tes fautes, et ce soir tu seras au paradis. » Aux centaines de détenus que je rencontre et à qui j'écris à longueur d'années, je redis cela chaque fois. Quoi qu'ils aient fait, je leur rappelle qu'ils sont plus grands que leurs fautes. Quoi qu'ils aient fait, ils ne sont jamais perdus, ils ne sont jamais irrécupérables. Chacun peut se relever. N'enfermez personne dans ses habitudes ou ses péchés. La bonté du Christ tient tout pour guérissable.

J'ai appris du Christ à aimer n'importe qui, n'importe quand, jusqu'au bout, parce qu'il est mon frère, parce qu'elle est ma sœur. Et unique aux yeux de Dieu.

Communier à toutes les souffrances

La bonté, parce qu'elle vient de Dieu, communie à toutes les souffrances, tous les espoirs du monde. Combien de fois ai-je entendu : « Vous recevez bien peu de jeunes à Faucon… Il y a si peu d'élus. » D'abord, c'est la loi qui nous l'impose. Ensuite, c'est une règle que je me serais de toute manière imposée pour que la horde ne se reconstitue pas. Nos jeunes ont besoin d'une présence forte : un éducateur chacun.

Alors on nous dit : « Tant d'énergie pour si peu de jeunes ! » Je réponds en citant une sourate du Coran : « Si tu sauves une seule personne, tu sauves le monde entier. »

J'en suis convaincu. Vouloir tout faire, c'est ne plus rien faire. Faire peu et aller jusqu'au bout, cela me semble la performance absolue.

Chacun, avec ses dons, peut faire quelque chose. Ne quantifions pas les gestes de bonté que nous faisons. J'ai plus de quatre cents demandes de prise en charge de jeunes chaque année, j'en retiens bien peu. Mais si je n'ai jamais voulu étendre Faucon, plus de quatre-vingt-dix associations sont nées, inspirées par notre expérience éducative, en France et dans une douzaine de pays à travers le monde.

Je n'ai jamais cherché à devenir une multinationale, mais à faire vivre un esprit en restant à taille humaine. Je continue à appeler chaque jeune par son prénom, à savoir les petites choses qu'il aime ; à voir toutes ces frimousses quand j'arrive le vendredi en fin de mois.

L'éveil au monde

Évidemment, je pense au Darfour, je pense aux combats en Palestine, au Liban. Je pense à la Birmanie martyre at aux moines bouddhistes qui ont payé de leur vie leur solidarité avec le peuple exsangue, je pense à toutes les misères du monde. Mais simplement, la bonté que je dois manifester, je la dédie en priorité à ces jeunes qui me sont confiés. Je sais qu'une fois adultes, certains ne voleront pas totalement de leurs ailes et qu'il faudra les aider longtemps encore.

Notre action limitée n'empêche pas l'éveil au monde. Si tous les foyers, croyants ou pas, communiaient avec ce qui se passe dans le monde, bien des drames ne se dérouleraient plus. On ne doit pas être celui ou celle qui donne, mais celui ou celle qui porte.

Nous ne sommes pas des justes parmi des pécheurs, nous ne sommes pas des surdoués parmi des cons, des diplômés parmi des incultes ou des innocents parmi des coupables, nous sommes simplement des pardonnés. On a la chance d'être appelés à croire et nous devons partager notre croyance : la foi est un bien qui n'est pas à nous, il est pour les autres.

Annoncez Dieu par la bonté, parce que la bonté éveille au sens de Dieu. Posez des actes de bonté gratuite, vous éveillerez au sens de Dieu, toujours.

Si, à 2 heures du matin, un mec paumé vous demande une cigarette, répondez-lui : « Non, je n'ai pas une cigarette, j'ai un paquet de cigarettes. » Le gars est alors rempli de joie.

L'athée cherchera la source. Le croyant verra. L'évangélisation la plus pure est là et elle peut faire des miracles.

Quelques gestes

Une journée émaillée de gestes de bonté est un miracle.

Multipliez-les.

Je préparais un jour la messe à Faucon. J'étais seul, tous les éducateurs chrétiens étaient occupés. Les jeunes, s'apercevant de cela, ont quitté leurs jeux, et Dieu sait si, à l'âge de quatorze ou quinze ans, le jeu prime sur tout. Quand, surpris, je leur ai demandé la raison de leur acte, ils m'ont répondu, chrétiens et musulmans : « Parce que tu étais tout seul. »

Le jeune Amine a toujours des gestes touchants de délicatesse. Il m'a offert un jour, pour ma vieille tête, une casquette brodée d'un sanglier. Pourtant, les musulmans n'aiment pas trop les sangliers. Il l'avait cherchée spécialement pour moi... Et longuement.

La bonté désarme tout, vainc tout. Parce qu'elle est reflet de Dieu.

31

Nous sommes appelés à la sainteté

Découvrir la plénitude de Dieu

> Soyez donc parfaits, comme votre Père céleste est parfait.
>
> Matthieu V, 48

La sainteté n'est pas réservée aux contemplatifs. On pense qu'en dehors des vierges consacrées, des évêques, des papes et des prêtres (tous forcément très âgés), nul ne peut accéder à la sainteté. Dominique Savio n'est-il pas devenu saint à l'âge de quinze ans ? La sainteté, nous y sommes toutes et tous appelés.

« Soyez parfaits comme votre père céleste est parfait. » Jésus n'a pas dit cela qu'à saint Pierre et à ses douze trublions. Il l'a dit au monde entier.

La sainteté peut se pratiquer isolément, mais elle se vit en Église. Elle existe pour les athées, pour les bouddhistes, pour les musulmans ! Les livres saints, comme le Coran ou la Torah, appellent à découvrir la plénitude en Dieu.

Comment se dépasser ?

Un athée ou un agnostique qui vit pleinement des valeurs laïques peut être un grand saint. Nous, les chrétiens, partons du baptême. Vivre notre baptême, c'est accueillir l'invitation à être des saints, c'est participer à la mission de l'Église, les yeux tournés vers l'au-delà.

De l'Église on dit qu'elle est vieille, ringarde, démodée, alors qu'elle rajeunit sans cesse. Ce qui est merveilleux dans l'Église, c'est que d'année en année naissent de nouveaux saints !

Chaque saint a un charisme spécial. Saint François d'Assise est parti d'une phrase du Christ : « Soyez doux et humbles de cœur. » Il fut le fervent adepte de l'harmonie entre les bêtes, la terre, l'univers et les humains.

Sainte Thérèse, enfermée dans un couvent pendant près de dix ans, était concentrée sur l'amour de Dieu : « Ma vocation, c'est l'amour. »

Mère Teresa, une des dernières saintes de notre temps, n'était pas enfermée entre quatre murs. Elle était de plain-pied avec les rejetés. Son œuvre extraordinaire a fait exploser le monde.

Charles de Foucauld était tout seul au milieu des Touaregs. Il n'avait pas le moindre équipier. Il était au cœur d'une population complètement étrangère à sa religion.

Les sept moines de Tibhirine étaient également isolés. Ils vivaient seuls dans un couvent. Ils seront un jour canonisés. Je me souviens encore des centaines de personnes qui attendaient que frère Luc les soigne. Les jardiniers arabes musulmans travaillaient en silence avec les moines. C'était une expérience unique chez les cisterciens qui, habituellement, se préservent d'une clôture de quatre mètres de haut et se taisent, entièrement voués à Dieu. Mais, vivant à côté d'une population si pauvre, ils ne pouvaient pas ne pas la servir. C'est ce qu'ils ont fait en restant sur ce bout de terre au péril de leur vie, par solidarité.

Madeleine Delbrêl vivait à Ivry, dans un milieu ouvrier complètement athée et marxiste. Elle arrivera certainement sur les autels aussi.

Ces quelques exemples montrent que l'Église est toujours incroyablement féconde. Des tas de gens de toutes conditions vivent une grande sainteté au cœur du monde.

Votre sainteté à vous

Je me souviens de ce couple chrétien, militant, très fidèle, qui avait quatre enfants. Du jour au lendemain, le mari tombe amoureux d'une autre femme. Une folle passion. Quelque chose de destructeur. Comme il m'en parle, je lui dis ce que je pense.

Eh bien, il a surmonté cette terrible épreuve. Comment a-t-il fait ? En priant sans doute, en mettant son âme à nu, en souffrant beaucoup... Et quand, maintenant, vingt-cinq ans plus tard, je le vois si heureux auprès de sa femme, je me dis que c'est une véritable sainteté que vit ce couple.

De l'assassin à l'otage, de l'enfant à l'ado ou à l'ancien, nous sommes tous appelés, dans tous nos états de vie, à la sainteté. Nous ne suivons pas la même route. Des enfants sont prédestinés ! Tout petits, ils font des prodiges. Il y a aussi ceux qui se convertissent à l'âge adulte : pensez à Claudel.

Je m'aperçois tous les jours comme il est difficile d'être saint ! Et pourtant, tous et toutes, de toutes religions, sommes poussés à prendre le chemin de la sainteté. Comment redémarrer sans cesse ? En donnant le maximum de nous-mêmes dans les vingt-quatre heures que Dieu nous offre.

Même si vous êtes nonagénaires, reprenez la route. Sachez que l'on peut changer aujourd'hui, chaque jour. On a pu ne penser qu'au cul et à l'argent pendant toute sa vie et, d'un seul coup, le Seigneur frappe à notre porte et nous demande : « Dis-moi, tu vas où, là ? »

Et changer de vie.

Croire en l'homme

Dans notre société laïque, on met souvent l'homme d'un côté et Dieu de l'autre. Mais ce n'est pas vrai. Croire en Dieu, c'est croire en l'homme. Dans mon travail social, je crois en l'homme. Il faut que je m'accroche parce que les jeunes que je sers sont tellement disloqués… Quelle merveille de découvrir cette part de cristal qu'il y a en eux. Quelle pure merveille ! Mais j'avoue que si je ne croyais pas en Dieu, j'aurais depuis longtemps baissé les bras.

Le Christ est le chemin, la vérité et la vie. Les saints sont portés par ces trois mots. Du plus humble au plus puissant. De Nicolas Sarkozy au pire des meurtriers, en passant par la victime et le clochard, la sainteté nous appelle.

Nous vivons tous les jours auprès de saints que l'on ignore. Les saints « stars » sont des signes, d'accord, mais ils sont si loin. Découvrons dans la foule des humains inconnus, ceux et celles qui nous appellent au plus haut.

Chaque fois qu'on me demande d'où part le souffle de ma foi, je réponds ceci : « Dieu a mis en moi l'amour passionné des êtres humains. Ça je le sais, je le sens depuis tout petit. Mais cet amour si fort n'est rien s'il ne se ressource pas dans un amour absolu, total, définitif, qui est Dieu. Les coups que j'ai pris, les trahisons d'êtres chers, les blessures venant de l'humain, je ne les aurais jamais dépassés si je ne m'étais pas réfugié dans le cœur de Dieu. »

Sur ma tombe, j'aimerais qu'on mette ceci : « Tu m'as donné un cœur trop petit pour vivre l'amour que Tu m'as insufflé. » Aucun reproche. Finalement, là-haut, j'aurai la réponse en vivant la plénitude que Dieu m'a fait pressentir sur terre.

32
La douceur

Une des plus belles fleurs de la charité

Heureux les doux : ils auront la terre en partage.

Matthieu V,5

Le Seigneur a prononcé cette phrase que j'aime infiniment : « Je suis doux et humble de cœur. » Il en faut du culot pour dire quelque chose comme ça ! Mais il savait que celui qui est doux gagne les cœurs.

Le Christ est un modèle incomparable. Nous le voyons quand nous lisons l'Évangile. Il rayonnait. Parmi les saints, dont j'aime beaucoup étudier la vie, saint François de Sales était considéré comme le maître de la douceur. Son visage, ses yeux, ses paroles et tous ses actes rayonnaient, affirment ses contemporains. Quand on lui reprochait d'être trop doux, il répondait que c'était une des plus belles fleurs de la charité.

Le vrai esprit chrétien est un esprit de douceur.

Pas un mou. Pas une personne qui dit oui à tous. La douceur demande une grande maîtrise de soi et un caractère affirmé.

Douceur envers les autres et envers soi-même

La douceur est faite d'humilité. Un orgueilleux n'est jamais doux. Il ne pense qu'à lui, se vante et fait passer sa personne devant les autres.

La douceur est liée à une simplicité intérieure. Celui et celle qui la possèdent sont les parfaits imitateurs du Christ. Pourquoi ? Parce que les doux n'offensent personne. Ils supportent et endurent ceux qui leur font du mal. Ils souffrent patiemment. Ils ne rendent jamais le mal pour le mal. Les doux ne se troublent pas, ils acceptent les autres comme ils sont. Ils ne se vengent jamais et n'ont pas de rancune. Ils reprennent les autres avec douceur. Ils leur disent franchement ce qu'ils peuvent entendre, et savent taire ce qu'ils ne peuvent pas accueillir.

Le doux ravit les cœurs et gagne les âmes

Je m'éloigne parfois un peu de saint François d'Assise, maître de la douceur lui aussi, pour tâcher d'y revenir aussitôt.

Quand un jeune loup de notre Bergerie me bave sur les rouleaux et que, vraiment, mais vraiment, il a été trop loin, je l'engueule. Parfois, je lui casse la gueule. Très rarement... mais c'est arrivé. Leur foutre une dégelée est hélas la seule attitude possible. Évidemment, aussitôt le gars m'annonce :

« Je me tire, je quitte Faucon. »

Et il fonce au dortoir prendre ses affaires.

Alors je monte le rejoindre et je m'assieds à côté de lui. Cette fois, je lui parle très doucement. Souvent des larmes coulent de ses yeux, ces mêmes yeux qui, tout à l'heure, portaient des coups de couteaux. Je le prends par l'épaule et c'est un moment radieux d'amitié, d'amour fraternel. (C'est le seul moment où j'ose le faire.)

Aussitôt après, le gars s'excuse, et c'est fini. Bien fini.

Ma mère ne nous a jamais frappés. Bien sûr, elle était d'une douceur incroyable, c'est d'elle que je tiens ce trésor que j'ai à bûcher sans cesse.

L'égalité d'humeur

L'ennuyeux, lorsqu'on se met en colère contre quelqu'un, c'est qu'on double sa fureur, car on est également en colère contre soi. On est furieux d'avoir un peu perdu les pédales, alors qu'on sait qu'il faut multiplier les actes de paix.

Pour acquérir de la douceur, il faut maîtriser une chose importante : l'égalité d'humeur. Au séminaire, j'en ai été frappé. On nous disait souvent : « Ayez l'égalité d'humeur ! »

Bûchez l'égalité d'humeur !

Si tout va bien, si tout est bon, remercions Dieu, mais si ça ne colle pas, si tout se barre de travers et qu'on se retrouve sur les nerfs, faisons acte d'humilité en nous disant que ça passera. La sainteté, c'est trouver chaque jour l'occasion de s'amender et de se reprendre. La sanctification par la maîtrise de soi est un point très important.

La douceur entre par là.

Qui peut résister à la douceur d'un être ? Pensez à une personne de votre entourage qui en soit douée. Voyez combien elle est apaisante, comme elle crée l'harmonie, comme elle unit et appelle à faire de même.

Ceux et celles qui sont doux posséderont la terre. Ils viendront à bout de tout.

Relisons les Béatitudes

« Bienheureux les doux, ils auront droit au Royaume de Dieu. » Le Royaume de Dieu commence par le témoignage de douceur qu'ils peuvent porter autour d'eux. La douceur nous amène à supporter les autres et à les aimer vraiment, malgré les fritures. Et à nous supporter nous-mêmes. Soyez doux avec vous-même. Tant de gens sont durs. Ils ne doivent jamais oublier que, si l'on a la maîtrise de soi et l'égalité d'humeur, on a la douceur. Et on possédera la terre, on viendra à bout de tout.

La douceur extrême de ma mère fascinait les gens. En toute occasion, elle cherchait à rattraper le mal qu'on disait des autres. Elle essayait toujours de trouver une valeur à une personne qui était dénigrée. Envers votre ennemi intime, soyez également d'une douceur inégalable. Sur votre lieu de travail, avec cette cousine insupportable, avec votre fils parfois odieux…

La douceur est une chose merveilleuse. Le Seigneur l'a mise en exergue dans ce magnifique hymne à l'amour : « Bienheureux les miséricordieux, bienheureux les doux… » C'est ainsi que vous construirez le Royaume de Dieu aujourd'hui.

Puissiez-vous cultiver cette fleur magnifique de la charité. Vous ferez des merveilles autour de vous. Chaque acte d'amour et de douceur compte. Le Seigneur vous récompensera pour la paix que vous créerez autour de vous.

33

Portrait de Jésus-Christ

Homme et fils de Dieu

En ce temps-là, Jésus prit la parole, et dit : Je Te loue, Père, Seigneur du ciel et de la terre, de ce que Tu as caché ces choses aux sages et aux intelligents, et de ce que Tu les as révélées aux enfants.

Oui, Père, je Te loue de ce que Tu l'as voulu ainsi.

Toutes choses m'ont été données par mon Père, et personne ne connaît le Fils, si ce n'est le Père ; personne non plus ne connaît le Père, si ce n'est le Fils et celui à qui le Fils veut Le révéler.

Venez à moi, vous tous qui êtes fatigués et chargés, et je vous donnerai du repos.

Prenez mon joug sur vous et recevez mes instructions, car je suis doux et humble de cœur ; et vous trouverez du repos pour vos âmes.

Car mon joug est doux, et mon fardeau léger.

Matthieu XI, 25-30

Quand Benoît XVI s'est rendu à Istanbul, sur son chemin un Turc musulman brandissait une pancarte qui indiquait : « Nous aussi, nous aimons Jésus notre prophète. »

Cette image m'a frappé. Et j'ai envie de répondre : nous aussi, nous aimons Jésus, l'homme et le fils de Dieu.

Je vais essayer de tracer le portrait de Jésus. Il était pauvre et riche à la fois. Il était né dans une crèche, un lieu très sommaire. Adulte, il travaillait de ses mains. C'était sa pauvreté. Mais partout où il allait, on l'invitait à dîner. L'accueil du monde oriental est légendaire. On sert les meilleurs mets à l'étranger de passage. Il était ovationné. Partout la foule se pressait. Marie-Madeleine l'a aspergé du meilleur des parfums. C'était une star.

Mais il a aussi été détesté, calomnié, insulté et menacé de mort. C'était un rebelle. Ce trait de caractère est apparu quand, jeune, il a fugué. Il avait une dizaine d'années. Ses parents ne s'en sont pas aperçus à temps. En arrivant à la maison, ils se sont rendu compte que leur lardon n'était plus là... Affolés ils rebroussèrent chemin et finalement le trouvèrent en train de prêcher avec autorité devant de vieux bonzes. Il parlait d'abondance, c'était magnifique. Les gens se disaient : « C'est pas possible... »

Ses parents s'approchèrent de lui et tentèrent de le raisonner :

« Mon petit, tu es en fugue !

– Je suis aux affaires de mon Père », leur répondit-il.

À l'image de ses parents

Cet enfant était très aimé par ses parents, c'était l'une de ses richesses. Parce qu'il est le Fils de Dieu, nous croyons qu'il était parfait, mais nous oublions dans tout ça le travail de Marie et de Joseph qui étaient des êtres exceptionnellement bons.

Il était à l'image de ses parents, des gens remarquables.

Le Christ ne tergiversait pas avec la vérité. Il ne pactisait jamais avec le mensonge. Il avait la grâce de dire ce que son Père lui suggérait, sans détour. Il détestait l'hypocrisie. Il préférait qu'on lui dise en face qu'on ne l'aimait pas. Il méprisait ces gens qui, comme les pharisiens, parlaient dans son dos.Lui qui lisait dans les pensées, il leur donnait parfois des réponses cinglantes.

Il mangeait avec les pécheurs en sachant que ça ne plaisait pas. Il disait aux autorités politiques que l'homme était au-dessus de leur loi. Il n'écartait pas la loi, il la respectait, mais estimait qu'il fallait rendre à César ce qui était à César et à Dieu ce qui était à Dieu.

Ce qu'il mettait toujours au-dessus de la loi, c'était l'homme.

Était-il un homme politique ?

Non ! Bien sûr que non ! La seule fois où il aurait pu s'adresser à Pilate, il s'est tu. Il n'avait justement rien à lui dire. Pilate savait très bien que Jésus était innocent, ce dernier n'avait pas à le prouver.

Aujourd'hui, que dirait Jésus aux hommes politiques ? Que dirait-il à Sarkozy ? « Attention, mec, le pouvoir pour le pouvoir, c'est pas très sain. Tu dis que tu cherches le bonheur des Français ? On veut bien te croire, mais attention à ton ambition. »

Que dirait-il à Ségolène Royal ? Je crois qu'il commencerait ainsi : « T'es une belle pépé ! Mais attention, c'est pas un programme politique suffisant, essaie de bûcher notre bien ! »

Bayrou, j'imagine qu'il le trouverait candide et un peu naïf... Vouloir border un gouvernement par la gauche et par la droite, de quoi se mettre dans de beaux draps...

Comment parlerait Jésus à Arlette Laguiller ? Comme elle cite toujours les travailleurs, il lui dirait : « Tu m'as volé mon programme : le premier communiste, c'est moi ! Qui a dit de tout mettre en commun ? C'est ma pomme ! Tu as pris ce programme mais tu n'as pas voulu mettre Dieu là-dedans. Tu t'es présentée cinq fois pour la présidence et ça ne marche toujours pas. Essaie donc avec Dieu... »

À Marie-George Buffet, la communiste, il dirait peut-être : « L'égalitarisme n'est pas mon truc. Mais le maximum d'égalité, ça oui ! »

À Jean-Marie Le Pen, il dirait : « Écoute, mon pote, avant de pouvoir être candidat à la présidence de la République, jette un œil au 25e chapitre de saint Matthieu : "Quand j'étais un étranger, m'as-tu accueilli ?" Et puis, à l'âge que tu as, tu es maintenant un vieux clou, repose-toi. Et occupe-toi bien de ta fille Marine. »

À Jacques Chirac, notre ancien président, il lancerait une vieille vanne : « Repose-toi, tu as bien bossé. À partir de 2007 tu vas vivre avec Bernadette, ce sera ton purgatoire sur terre... »

Enfin, si le Christ s'était présenté, il aurait été le président des clochards, parce qu'il a toujours aimé les plus pauvres. Ce serait magnifique qu'en France, un candidat déclare : « Je veux être le président des plus misérables, des estropiés, des clodos et des exclus. » On a voulu faire de Jésus un roi. Il ne pouvait que représenter tous les exclus de la terre.

J'aime bien ce que disait de lui Charles de Foucauld : « Il

a pris la dernière place, celle que personne ne pouvait lui prendre. »

Les Béatitudes sont sa « nouvelle » centrale. Il y renverse l'ordre des valeurs : est béatifié le clodo que tu vois tous les jours et dont tu n'as pas saisi une seule fois le regard. J'espère que tu n'applaudis pas le maire qui a trouvé la « meilleure » manière de les écarter : mettre un produit nauséabond sur le trottoir !

Sont béatifiés les Rmistes qui doivent choisir entre manger ou dormir. Jamais les deux à la fois.

Béatifiés aussi nos handicapés, nos malades, nos prisonniers (sauf leurs conneries, bien entendu).

Béatifiée enfin, l'immense foule des humains crevant de faim et de soif dont la télé nous montre, presque tous les jours, la détresse et la désespérance.

Le Christ aimait la fête

Son premier miracle a été de changer de l'eau en vin pour une noce, pour réjouir le cœur de l'homme. C'est un geste merveilleux. Il a multiplié les pains et les poissons. Quand il s'adressait à cinq mille personnes qui avaient les crocs, il fallait bien faire quelque chose. Il n'y avait pas encore de boutiques à sandwiches dans le secteur.

Jésus était un grand écologiste. Il parlait beaucoup des animaux, des lys des champs, des arbres en fleurs. Il admirait la création de son Père. Son regard se réjouissait des fruits, des sarments, des bourgeons.

C'était aussi un grand tribun. Il montait sur une colline et s'adressait à des milliers de personnes. Il devait avoir une voix magnifique ! Quand je suis dans la cathédrale Notre-Dame de Paris, je me demande toujours comment la foule pouvait entendre les prêtres avant l'invention des micros. Alors, du haut d'une colline ! Imaginez... Il fallait une sacrée voix.

L'Évangile dit sans cesse que les gens étaient suspendus aux lèvres de Jésus. Il avait l'art de conter les histoires. « Hommes de peu de foi, vous ne comprenez rien à ce que je vous dis, eh bien, je vais vous raconter une histoire... » C'est une technique infaillible que je recommande à tous les prêtres.

Il ne s'érigeait jamais en juge. Il posait simplement des questions. Quand la Samaritaine va puiser de l'eau, il parle avec elle. Il sait qu'elle a plusieurs maris, mais ne la juge pas. Quand tout le monde veut lapider la prostituée et la tuer, il ne dit rien, il s'assied, écrit par terre et déclare : « Que celui qui est sans péchés lui jette la première pierre. »

L'Évangile précise que les plus vieux s'enfuient les premiers. Ils ont dû être les premiers à lui passer dessus.

Jésus laisse toujours, par la rencontre et le regard, l'individu se juger lui-même. C'est d'une grande habileté psychologique : ne pas trancher, aider la personne à découvrir au fond d'elle-même ce qu'elle doit faire.

Grand psychologue doublé d'un sacré psychiatre, il ne demandait jamais d'honoraires. Si, un seul : « Va, ne pèche plus. Tu es pardonné. Pardonne à ton tour et aime à tout casser. »

Ah ! Ses yeux !

Le regard du Christ m'a toujours émerveillé. J'ignore s'il avait les yeux verts, bleus ou marron, mais il regardait intensément. Il devait y avoir une telle puissance d'amour dans ce regard ! Le regard joue beaucoup dans une rencontre. Regardez toujours quelqu'un en face, pleinement, avec des yeux d'amour.

C'était un guérisseur, mais il guérissait d'abord l'intérieur. Il posait toujours la question : « Est-ce que tu crois ? » Et alors seulement, il guérissait le corps. Des paralytiques grimpèrent dans les arbres comme des écureuils, des aveugles recouvrèrent la vue, mais l'extérieur n'était qu'un signe.

Il n'attendait rien en retour, il soignait gratuitement. Lorsqu'il guérit dix lépreux, un seul d'entre eux vint le remercier ! Ça n'a pas changé, deux mille ans après.

Faites, comme lui, des gestes gratuits, et vous verrez combien de personnes vous remercieront. On accusera votre gratuité, on cherchera un côté pervers parce que vous donnez. Peu vous diront « merci ».

Donnez gratuitement votre amour, comme Jésus. Et, comme lui, laissez les gens libres ! Rien ne résiste à la gratuité. Rien.

L'amitié

Un des ses merveilleux talents était l'amitié. Quand il apprit que son ami Lazare était mort, il se mit à pleurer. Il avait des amis humains. Même si ces derniers, de même que ses disciples, étaient passablement bouchés. Au jeune homme riche il demanda : « Lâche tout et suis-moi. » Celui-ci, trop attaché à son fric, ficha le camp immédiatement...

Sa plus grande réussite fut son talent de miséricorde. Tout l'Évangile est bourré de pardons. Le Christ pardonne et appelle au pardon. Il ne jugeait pas et, au nom de l'amour, Il pardonnait. Il demandait également à la victime de pardonner, au bourreau de demander pardon. Il savait que, si la victime le faisait, elle se libérerait du poids de sa haine. Coup double. Le bourreau se sent absous et peut changer. La victime, elle, s'évite de se torturer la rate et le gésier en ressassant sans cesse sa rancœur. Ça lui évite aussi l'absorption de multiples médocs qui, c'est connu, font les couilles en or des pharmaciens en endormant le mal sournois qui ronge l'intérieur.

Les trésors du Christ

Le Christ ne nous a laissé aucun bien en héritage. Seulement une croix. Il nous a laissé l'eucharistie et le sacrement de réconciliation. C'est son trésor.

Et « en toute simplicité » !

Nous avons une « gymnastique spirituelle » bien trop sophistiquée, certains prêtres insistent sur les diverses positions que les fidèles doivent observer pendant les moments de la messe ou la prière. Mais quand les apôtres partagèrent avec Jésus le repas fraternel précédant la Pâque, la mort de leur ami, ils étaient simplement assis à la table. Un point c'est tout !

Les intégristes devraient s'en souvenir : le Christ doit bien rigoler au spectacle des batailles d'aujourd'hui pour ou contre le latin. Ou se désespérer de voir biffé son message essentiel.

Il faudrait relire saint Matthieu (XXIII, 24) qui ne manque pas d'humour : « Conducteurs aveugles, qui filtrez le moucheron et avalez le chameau ! »

Il a pris du pain et du vin après le repas. Dans les restaurants, cela m'arrive parfois de répéter ce geste lorsque mes équipiers me demandent de célébrer l'eucharistie. À la fin du repas, je ratisse le pain qui reste dans la corbeille, un fond de bouteille, et je célèbre l'eucharistie.

C'est exceptionnel, et c'est rudement beau.

Le sacrement de réconciliation n'est pas très couru actuellement. Les confessionnaux sont envahis de toiles d'araignées. Il est vrai que ces petites cellules ne sont plus à la mode, mais on peut se confesser autrement, partout. Dans une forêt comme dans un train.

Il m'est arrivé de confesser des voyageurs dans un avion lorsque le siège se trouvait libre à côté de moi. Quelle merveille de pouvoir écouter les gens là où ils se trouvent. Quelle libération cela leur procure !

Nous devons savoir que le sacrement de réconciliation est le sacrement de la joie et de la tendresse de Dieu.

Pour certaines fautes graves, il est important de savoir que l'on est aussitôt allégé et aussi blanc qu'une colombe. Afin de voler à nouveau vers l'amour et la vie.

Douceur et silence

Le Christ nous a laissé en héritage son humilité et sa douceur. Comment résister à la douceur ?

Le Christ nous fait fondre.

Le silence du Christ est un de ses plus beaux cadeaux. Tous les dix jours, je prends mes deux jours de silence. Je me repose, je me ressource, je vois les laideurs et les beautés de ma vie. Je me rends compte que je n'ai pas été correct avec un éducateur ou que je n'ai pas écrit à un jeune ; ces choses que j'aurais dû mieux faire remontent à la surface.

Sans cesse, dans l'Évangile, il est raconté que le Christ se barrait, quittait tout le monde pour prier. Libéré de la pression de la foule, il partait se rafraîchir dans le cœur de son Père, dans la montagne ou sur l'eau. Il puisait sa force dans son Père, dans le silence.

C'est la part de silence que l'on prend qui conditionne notre vie de chrétien ou de croyant de toute religion. Et plus que jamais. Quelles que soient les multiples sollicitations de notre vie quotidienne, ne renonçons jamais à notre part de silence. Il est dur de faire silence, mais quels lumineux moments quand on s'y astreint !

34

Joe

L'innocence massacrée

Éloigne-toi du mal, et fais le bien ; recherche et poursuis la paix.

Les yeux de l'Éternel sont sur les justes, et Ses oreilles sont attentives à leurs cris.

L'Éternel tourne Sa face contre les méchants, pour retrancher de la terre leur souvenir.

Quand les justes crient, l'Éternel entend, et Il les délivre de toutes leurs détresses ;

L'Éternel est près de ceux qui ont le cœur brisé, et Il sauve ceux qui ont l'esprit dans l'abattement.

Le malheur atteint souvent le juste, mais l'Éternel l'en délivre toujours.

Psaumes XXXIV, 14-19

Le 13 avril 2006, nous apprenions dans la presse la mort de Joe, jeune Bruxellois.

Deux jeunes, Joe et Gilles, âgés de dix-sept ans, viennent de raccompagner une amie à la gare de Bruxelles. Alors qu'ils s'apprêtent à sortir, deux autres jeunes, Marius et Adam, les croisent.

Voyant Joe portant à l'oreille les écouteurs de son mp3, ils le bousculent et tentent de le racketter. Comme Joe résiste, ils le percent de trois coups de couteau. Joe s'effondre. Son ami Gilles hurle au secours dans les couloirs de la gare. Quelques minutes plus tard, Joe meurt.

80 000 personnes défilent dans Bruxelles, horrifiées par la mort d'un adolescent, tué sur le coup pour un petit bout de ferraille musicale.

Étrangement, j'avais gardé la photo du visage de Joe, et je l'avais placée sur un petit autel qui se trouve chez moi. J'étais loin d'imaginer qu'un an plus tard je me trouverais aux côtés de ses parents à parrainer une association de sensibilisation à la violence et de défense des victimes.

Les parents de Joe, Françoise et Guy, m'ont demandé en effet de les rejoindre pour l'anniversaire de sa mort. Ils lançaient une association : « Non-violence à l'école », et ils me priaient d'en devenir le parrain. C'était quelque chose de nouveau pour moi. Certes, je suis d'abord au côté de la victime, mais depuis quarante-trois ans, je soutiens et porte les bourreaux et les délinquants afin d'empêcher qu'ils récidivent.

Ce fut un moment exceptionnel de ma vie sacerdotale et de ma vie d'éducateur que de me retrouver au centre d'un événement aussi énorme. Il y eut une messe commémorative, une conférence, une foule immense et une mobilisation de toute la presse. Des personnalités de premier plan étaient présentes pour soutenir la création de l'association : les princes, Anne-Marie la présidente du Sénat belge et deuxième personnage de l'État, des ministres, l'évêque, etc.

Dans toutes les écoles, six cent quatre-vingt-seize mille élèves furent impliqués dans cette manifestation contre la violence.

À la messe, à l'église de Wavre, j'avais préparé un poème en mémoire de Joe, Joe dont je ne connaissais que le visage. Heureusement, la veille au soir, assis auprès de ses parents Françoise et Guy, ainsi que de leur autre fils Jimmy, j'avais pu leur parler et leur poser quelques questions.

Le lendemain, je pus également rencontrer le groupe d'amis de Joe. C'était très important. Avec ces jeunes de dix-sept, dix-huit ans, nous avons passé un très beau moment.

Pendant la messe, devant un peuple belge compact, je dis que je ne connaissais pas Joe, mais que j'avais écouté longuement ses parents et ses amis. Et que j'avais écrit ces quelques phrases en sa mémoire.

À toi Joe, notre ange de lumière

Avec ta maman tant aimée, je t'écoutais hier soir. Oui je t'écoutais, Joe.

Françoise, tu me disais les mots d'amour que ton fils griffonnait sur des bouts de papier. Il adorait les glisser partout dans ta maison.

Il mettait dans des tiroirs, dans la cuisine ou sur le congélateur ses petits mots d'amour à l'intention de sa mère.

Tes yeux, Françoise, étincelaient en te souvenant de ses petits mots d'amour.

Toi, Guy, son père bien-aimé, tu me parlais de l'honnêteté de ton fils.

Passionné de musique, comme ton père, Joe, tu lançais

vers le ciel les notes qui jaillissaient de ta trompette. C'était ton instrument préféré.

« Joe était créatif, inventif », me soufflait ta maman.

« Il avait le culte de l'amitié », me confirmait ton père, les yeux brillants.

Oui, Joe, c'était ta fleur préférée, l'amitié. C'est aussi le plus beau nom de l'amour, Joe. Ton poțe Gilles le sait mieux que quiconque, lui qui a été témoin jusqu'au bout de ton calvaire dans la gare de Bruxelles. Lui qui est resté à tes côtés jusqu'à la fin, jusqu'à ton dernier soupir. Garde ce trésor, Gilles, garde le trésor de l'amitié.

« Il était poète et idéaliste. Il ne voyait pas le mal », me confiait ta mère. Tu avais raison, Joe. Tu ne voyais pas le mal. Le monde manque terriblement d'êtres innocents, d'êtres de lumière. Tu ne pensais pas qu'on allait te tuer pour un bout de ferraille et pour la musique qui en jaillissait. Musique que tu aimais tant.

Tu détestais la violence.

Tu haïssais toutes les images de tueries, de meurtres, « même celles des films », me précisait ta mère. Comme tu avais raison !

Faut-il dire aux parents, aux enfants et à nos anciens d'avoir peur de tout et de tous parce que tu refusais de voir le monde comme une horde de loups ?

Enfin, Joe, tu avais trouvé dans le scoutisme une raison de vivre, une raison d'espérer, une raison de grimper jusqu'aux cimes. Scout marin, tu voulais que ta vie soit « servir », que la vie soit « aimer ».

Garde, Jimmy, toi son frère, l'étoile filante qu'était ton frère bien-aimé. Il veille sur toi là-haut.

Scouts ici présents, que Joe reste pour vous un premier de cordée.

Nous te disons merci, Joe, merci pour ce que tu étais, pour ce que tu es, et pour ce que tu restes pour nous. Fais de nous, fais de cette foule qui est dans cette église, des combattants de l'amour et de la justice pour que jamais plus, jamais plus dans aucune gare, l'innocence soit ainsi massacrée. Que l'immense amitié de tout le peuple belge vous réchauffe et vous fasse revivre, Françoise, Guy et Jimmy. Qu'un tsunami d'amour vous entoure.

Puissiez-vous retrouver la paix que vous avez perdue. Que nos mains, liées à notre cœur, te disent : merci, Joe.

La paix retrouvée

Je me suis tourné vers son portrait et, doucement, j'ai applaudi. Toute l'église lui a fait une magnifique ovation. C'était un moment intense. Un moment difficile mais merveilleux.

La veille au soir, sa mère m'avait dit qu'elle n'avait plus eu une minute de paix après la mort de son fils. Après la messe, elle me confia : « Père, c'est la première fois depuis un an que la paix regagne mon cœur. »

Évoquer les belles traces d'un être disparu est toujours consolation pour ceux qui restent.

35

Bonnes vacances, l'abbé !

Les plus pauvres devant

Alors le roi dira à ceux qui seront à sa droite : Venez, vous qui êtes bénis de mon Père ; prenez possession du royaume qui vous a été préparé dès la fondation du monde.

Car j'ai eu faim, et vous m'avez donné à manger ; j'ai eu soif, et vous m'avez donné à boire ; j'étais étranger, et vous m'avez recueilli ;

j'étais nu, et vous m'avez vêtu ; j'étais malade, et vous m'avez visité ; j'étais en prison, et vous êtes venus vers moi.

Les justes lui répondront : Seigneur, quand t'avons-nous vu avoir faim, et t'avons-nous donné à manger ; ou avoir soif, et t'avons-nous donné à boire?

Quand t'avons-nous vu étranger, et t'avons-nous recueilli ; ou nu, et t'avons-nous vêtu ?

Quand t'avons-nous vu malade, ou en prison, et sommes-nous allés vers toi ?

Et le roi leur répondra : Je vous le dis en vérité, toutes les fois que vous avez fait ces choses à l'un de ces plus petits de mes frères, c'est à moi que vous les avez faites.

Matthieu XXV, 34-40

Les exclus dehors

Sous le porche du temple, il baisse les yeux en tendant son béret. Interpellé, il me regarde en face. Un court dialogue s'ébauche pensant que les catholiques entrent dans l'église où je dois célébrer. Je lui demande son prénom. « Daniel » m'explique que son RMI lui permet de dormir au chaud mais pas de manger. D'où sa quête dominicale.

J'interpelle à la prière pénitentielle le peuple chrétien sur notre difficulté de répondre aux quémandeurs qui nous sollicitent tous les dimanches à la sortie de nos églises. Ils sont nos frères et sœurs de plus en plus nombreux. Ils sont derrière nous sur le seuil et nous ne savons que faire.

Daniel, à la sortie de la messe, ne m'a pas tant remercié du ticket-restaurant glissé dans son béret que de son prénom prononcé au micro : « Ils savent maintenant que je suis "Daniel". » Ses yeux brillaient de joie.

Les exclus devant

Pour une fois, à Notre-Dame de Paris, lors de l'enterrement de l'abbé Pierre, les plus pauvres étaient devant. À deux reprises, j'ai pu avec joie le constater moi-même.

Alors que je voulais entrer dans la cathédrale, le barrage des policiers était sans appel à mon endroit. Pas de « celebret » (carte authentifiant mon sacerdoce), donc interdiction d'entrer. Par contre, la foule des pauvres d'Emmaüs s'engouffrait en masse pour un dernier au revoir à « leur » abbé. J'ai vraiment aimé être refoulé de prime abord ! Finalement, un lieutenant de police m'a conduit dans la cathédrale pour me « faire identifier », ce qui m'a permis de participer à la cérémonie.

Bien sûr, notre président Jacques Chirac était à l'avant, à quelques mètres du cercueil. Mais avoir placé derrière lui plusieurs rangées des membres d'Emmaüs, devant les ministres du gouvernement, était un geste hautement prophétique.

La haute silhouette de Dominique de Villepin dépassait d'une tête les plus pauvres. Ces derniers trouaient les yeux de ceux et celles qui ont la lourde responsabilité de laisser dormir dans la rue tant d'exclus.

Si on veut vraiment faire de la bonne politique en France, la seule condition sera que les pauvres soient placés devant, et qu'on les voie, qu'on s'occupe d'eux d'abord.

Elle est vraiment inspirée, cette parole de saint Vincent de Paul : « Ce n'est que pour ton amour, pour ton amour seul, que les pauvres te pardonneront le pain que tu leur donnes. » Phrase à méditer le dimanche sur le seuil de nos églises…

« Mobilier Henri caisse »

Le génie de l'abbé Pierre prit essentiellement sa source de ce qu'il fut un contemplatif et un homme de prière. Peu de temps avant sa mort, le 17 décembre 2006, quand je fis l'eucharistie avec lui, je sentis que toute la puissance de sa vie était là. Je me souviens de ce petit carnet avec des notes et des photos qu'il gardait sur lui, et de cette petite boîte offerte par une Iranienne dans laquelle il rangeait ses hosties.

On ne pourra pas dire, à propos de l'abbé Pierre : « Les meilleurs s'en vont les premiers. » Non, l'abbé aura eu également le génie de la durée : quatre-vingt-quatorze ans ! Mais comme le temps lui semblait parfois long ! « Prie pour que je m'en aille, Guy, je crois bien que le Seigneur m'a oublié », furent les derniers mots qu'il m'adressa.

Bonnes vacances, l'abbé !

Jean-Marie Lustiger disait, parlant de l'abbé, que c'était « comme si saint Vincent de Paul avait fait un saut de deux siècles », et André Vingt-Trois qu'il était « un pauvre parmi les pauvres ».

Quand je l'ai vu pour la dernière fois, un mois avant sa mort, dans sa modeste chambre, tout était très bien rangé. Rien n'était superflu. Il y avait un petit lit encastré et une petite table. « Tout mon mobilier est d'époque Henri caisse », aimait-il à dire avec humour.

Il vivait vraiment comme un pauvre.

Des raisons de vivre

Souvenons-nous que sur son parcours, tout a commencé par la rencontre avec Georges, un mec qui sortait de prison. Le pauvre gars, comme sa gonzesse était partie avec son gosse, voulait se suicider. Alors l'abbé lui a dit : « Moi, je n'ai rien à te donner, toi, tu n'as rien à perdre puisque tu veux mourir, alors donne-moi ton aide pour aider les autres. » Georges est resté pendant quarante ans aux côtés de l'abbé. Georges se souvient : « Ce qui me manquait, ce n'était pas seulement de quoi vivre, c'était aussi et surtout des raisons de vivre. »

Si l'abbé Pierre a aidé beaucoup de gens à vivre, il leur a surtout donné des raisons de vivre.

Les anciens se souviennent de l'hiver 1954. Cette femme qui mourait sur le trottoir du boulevard de Sébastopol, à

Paris, on l'avait fichue dehors par une nuit glaciale. Il faisait moins quinze degrés dans les rues de Paris, cet hiver-là.

Et puis le petit Marc qui meurt de froid dans un camion. Partout dans la presse on diffuse la photo du cadavre. Alors, cet hiver 1954, quelque chose se passe. L'abbé Pierre réagit. Il veut alerter la France entière, il trouve les ondes de Radio Luxembourg et, comme une bonne dame lui a proposé d'accueillir quelques personnes dans son hôtel (elle avait six chambres disponibles), avec un culot évangélique, l'abbé donne l'adresse de l'hôtel et fait appel à la générosité de la population.

Les dons ont complètement envahi l'hôtel ! L'abbé avait eu une intuition remarquable. En une seule phrase, il avait senti que les Français avaient besoin d'être généreux. Et ces mots diffusés à la radio, quelle intensité, quelle émotion :

« Mes amis, au secours... Une femme vient de mourir gelée, cette nuit à 3 heures, sur le trottoir du boulevard de Sébastopol, serrant contre elle le papier par lequel, avant-hier, on l'avait expulsée... Chaque nuit, ils sont plus de deux mille recroquevillés sous le gel, sans toit, sans pain, plus d'un presque nu. Devant l'horreur, les cités d'urgence, ce n'est même plus assez urgent !

« En trois heures, deux premiers centres de dépannage viennent de se créer : l'un sous la tente au pied du Panthéon, rue de la Montagne-Sainte-Geneviève ; l'autre à Courbevoie. Ils regorgent déjà, il faut en ouvrir partout. Il faut que ce soir même, dans toutes les villes de France, dans chaque quartier de Paris, des pancartes s'accrochent sous une lumière dans la nuit, à la porte de lieux où il y ait couvertures, paille, soupe, et où l'on lise sous ce titre Centre fraternel de dépannage, ces simples mots : "Toi qui souffres, qui que tu sois, entre, dors, mange, reprends espoir, ici on t'aime."

« La météo annonce un mois de gelées terribles. Tant que dure l'hiver, que ces centres subsistent, devant leurs frères mourant de misère, une seule opinion doit exister entre hommes : la volonté de rendre impossible que cela dure. Je vous prie, aimons-nous assez tout de suite pour faire cela. Que tant de douleur nous ait rendu cette chose merveilleuse : l'âme commune de la France. Merci ! Chacun de nous peut venir en aide aux "sans-abri". Il nous faut pour ce soir, et au plus tard pour demain:

– 5 000 couvertures,

– 300 grandes tentes américaines,

– 200 poêles catalytiques.

« Déposez-les vite à l'hôtel Rochester, 92, rue La Boétie. Rendez-vous des volontaires et des camions pour le ramassage, ce soir à 23 heures, devant la tente de la Montagne-Sainte-Geneviève. Grâce à vous, aucun homme, aucun gosse ne couchera ce soir sur l'asphalte ou sur les quais de Paris.

« Merci ! »

Justice et charité sont indissociables

L'abbé a lancé l'insurrection de la misère, il a secoué les puces de René Coty, de Giscard d'Estaing, de Mitterrand, de Chirac… Il n'était heureusement pas un homme politique, sinon il se serait bouffé la France et, au bout de cinq ans, on ne l'aurait plus supporté. Je suis sûr que maintenant il doit apostropher saint Pierre parce que certains vont au purgatoire et d'autres en enfer. Quel bordel il doit foutre là haut :

« Non ! doit-il dire, je n'entre pas au paradis tant que tout le monde n'y va pas ! »

Il n'était pas un homme politique, il était un homme tout court, et un homme libre. Il prononça un jour cette phrase inoubliable : « L'homme doit vivre debout. »

Il refusait l'injustice et proclamait la charité et la justice indissociables. Et puis il avait une qualité tout à fait extraordinaire : sa science des médias. Le micro et la télévision étaient pour lui des armes de combat. Il sut les utiliser de façon prodigieuse. Il avait le don. Au point même de souffrir de sa popularité.

Il était un formidable aiguillon du monde politique. Il se fichait de plaire à la droite comme à la gauche. Mais il avait une « insolence mesurée », comme il disait... C'est une qualité remarquable. Il aurait pu insulter les politiques ou oublier leurs fausses promesses. Mais il ne l'a jamais fait. Il avait l'art de leur parler sans les heurter.

Le Christ était sa passion

Si l'abbé n'insultait jamais, il ne se taisait pas pour autant. Il osait dire aux hommes politiques qu'ils avaient menti et qu'à cause d'eux des gens sans logement crevaient dehors. Il fallait un sacré culot. Quel homme actuellement en France oserait dire devant tout le monde qu'un ministre est un menteur et exiger de lui de faire immédiatement ce qu'il a promis ?

C'est que l'abbé avait l'autorité et la force d'un patron formidable : Jésus-Christ. Il ne parlait pas en son nom, l'abbé, il n'avait rien à gagner. Il parlait au nom du Christ. C'était sa passion.

Remarquable est également son incroyable durée. Pas seulement celle de son âge, mais celle de sa cause. D'où son immense crédibilité. « Je voudrais tant que chacun ait trois repas par jour, un toit et un lit pour dormir », me disait-il aussi la dernière fois que je l'ai vu.

L'émotion populaire provoquée à sa mort vient de sa très grande authenticité. Derrière une apparente fragilité, sa cohérence était parfaite. Comment s'étonner qu'il ait été à la première place des personnalités les plus aimées des Français pendant des années ? Il a même fini par demander que son nom ne soit plus dans la liste. Il préférait voir élire des jeunes... les Zidane ou les Noah.

Il était l'incarnation idéale de la solidarité

L'abbé appartient au peuple. Il a vécu cinquante-deux ans de médiatisation à cause de sa lutte. Je ne parle même pas de son engagement dans la Résistance. Il a aidé des Juifs. Je ne parle pas non plus du naufrage au cours duquel il a sauvé des gens. On le croyait mort lorsqu'on l'a repêché.

Il appartient à l'histoire, pour ces cinquante-deux ans de lutte consacrée à la même cause, mais il appartient au présent et au futur parce qu'il a fondé trois cent cinquante communautés Emmaüs dans le monde, dont cent dix en France.

L'apparition du mouvement des Enfants de don Quichotte, au début de décembre 2006, était digne de l'abbé Pierre. La loi sur le droit au logement opposable est dans sa ligne, car au moins cent mille personnes en France vivent encore dans la rue aujourd'hui.

Il réunissait des gens de toutes confessions et de toutes tendances politiques. Il ne parlait presque jamais de Dieu ou de religion avec ses compagnons. On ne parle pas de Dieu à un pauvre qui a faim, on lui donne à manger, un lit pour dormir et un endroit chaud. Certes, on l'appelait l'abbé, mais il montrait Dieu sans jamais en parler. Il était l'homme de l'Invisible.

Quand il a lancé son appel, en février 1954, il n'a pas dit : « Au nom de Dieu », mais : « Mes amis, au secours... » Il n'a pas parlé une fois de Dieu, mais il transpirait Dieu de partout. C'est sans doute pour cela que son message est si prodigieux. De la pointe des cheveux au bout des pieds, au nom de l'Évangile et de sa foi, son engagement était pour l'homme. Il y avait une convergence fantastique entre l'homme de Dieu qu'il sera toujours et l'homme au milieu des hommes qu'il était. Je pense qu'il a rendu l'Église crédible. Il a d'ailleurs dit un jour : « Je pense que je rends l'Église croyable. »

La dernière fois que nous nous sommes vus, nous avons fait descendre le fils de Dieu dans ses vieilles mains et dans les miennes, ensemble. Je me suis confessé à lui avant la messe. C'était un moment merveilleux. Il a prononcé la formule d'absolution en latin, avec un peu d'hésitation parce qu'il confessait rarement.

Saint François d'Assise

Les médias ont peu parlé de l'homme de prière, c'est regrettable. L'abbé Pierre était un passionné de saint François d'Assise. Il avait d'abord voulu être moine et il vécut dans un monastère pendant huit ans. Pour lui, ce fut la préparation à tout ce qu'il vivrait ensuite. Il en avait gardé une illumination extraordinaire. « Si je n'avais pas eu ce désert de vie, ces huit ans de renoncement permanent dans l'amour, dans la perception de l'adorable, je n'aurais pas pu traverser ma vie ultérieure sans être brisé », disait-il.

Liberté et amour

L'abbé avait trois certitudes : « Malgré toutes les atrocités, malgré la souffrance de tant d'hommes et de femmes, oui, je crois que l'Éternel est amour quand même, que nous sommes aimés quand même, et que nous sommes libres quand même. »

Il parlait de liberté et d'amour, les deux mots les plus importants de l'Évangile.

Il m'avait dédicacé son dernier livre quand je lui avais rendu visite : « À toi, Guy Gilbert, mon frère, ensemble parmi ceux qui souffrent. Et aime. »

Comme chez tous les saints, il y eut quelques ombres dans sa vie, et heureusement. Il n'a pas manqué d'ailleurs d'en dévoiler quelques unes, notamment concernant la sexualité. Les bons cathos ont été scandalisés. Les autres ravis de découvrir derrière ce grand homme des faiblesses passagères. S'il avait été parfait, son exemple aurait été impossible à suivre. Mais par le don de sa vie, ce pape des pauvres aura marqué les Français...

Un mystique agissant

La spiritualité de l'abbé Pierre concernant les démunis était exemplaire. C'était un mystique agissant. Il y avait une fabuleuse convergence entre sa foi et son action.

Un ministre a dit que, s'il s'était présenté à la présidence de la République à la place de Jacques Chirac lors du duel contre Le Pen en 2002, il aurait obtenu un score supérieur à 82 %.

Si l'abbé Pierre bénéficiait d'un tel consensus, c'était parce qu'il était un homme de foi et un croyant. J'admirais chez lui sa force de croyant. Pour lui, il s'agissait de croire que Dieu est amour. Ensuite, il avait la certitude d'être aimé. Puisque Dieu est amour, pensait-il, Dieu m'aime. Il m'aime personnellement parce qu'Il aime chacun d'entre nous.

Cette certitude d'être aimé le mettait en marche de façon irrésistible et rendait tous ceux qui l'approchaient capables d'aimer à leur tour. Les piliers de sa foi étaient très simples et très inébranlables. Nous sommes créés pour l'amour et nous ne pouvons rien faire d'autre qu'aimer.

Son regard mettait debout

Si nous aimons les plus pauvres, nous ne pouvons que prendre conscience de la richesse prodigieuse des Béatitudes. Un jour, l'abbé Pierre dit qu'il avait été transfiguré par le fait que la première et la dernière Béatitude soient au présent.

La première est : « Bienheureux les pauvres de cœur, le royaume des cieux est à eux. » Il n'est pas dit « sera ». J'ajouterai, quant à moi : « Bienheureux ceux qui vivent avec les pauvres, qui vivent quelque chose de leur pauvreté. » J'ai toujours admiré la pauvreté parfaite de l'abbé Pierre. C'est pourquoi les pauvres l'aimaient tant. Il ne donnait pas aux pauvres : son regard les mettait debout.

La dernière Béatitude est : « Bienheureux ceux qui souffrent de persécution pour la justice, le royaume des cieux est à eux. » Cela signifie que c'est pour maintenant, et qu'il n'y a pas de bonheur sans les autres.

Je vois trop souvent des gens se triturer l'esprit, se plaindre qu'ils sont fatigués, que leur foie n'est pas droit, que leur rate se dilate et que leurs genoux se décousent… Je leur réponds que je comprends leur souffrance, mais j'ajoute : « Occupe-toi un peu des autres, et tu verras que ton arthrose ou tes varices ne sont pas grand-chose par rapport à la souffrance vertigineuse que vivent certains. »

Béatitudes

Bienheureux les pauvres ! S'occuper des pauvres, donner quelques heures à une association caritative pour retourner vite dans son lit bien chaud, puis faire ses trois repas, je ne suis pas contre, c'est également utile et continuez à le faire ! Mais vous gagneriez tellement plus si les pauvres vous obnubilaient, s'ils vous tordaient les entrailles.

La justice se vit au présent. Bienheureux ceux qui combattent pour elle. Ils ont le Royaume de Dieu maintenant, parce qu'ils ont compris que leur bonheur dépend de celui des autres et qu'ils ne seront jamais heureux sans les autres.

L'abbé Pierre remarquait, au sujet de l'Évangile, que Jésus-Christ ne cessait de rencontrer les « aigles blessés » et de leur donner l'espérance.

Les aigles blessés, c'était les pauvres qu'il croisait.

Croyants ou non-croyants

La religion n'est pas un magma de personnes qui appartiennent à un livre. L'abbé Pierre disait que la religion est d'abord ce qui lie, ce qui relie les gens, quelle que soit leur croyance. À l'origine, ce mot veut dire « qui relie en aimant ».

C'est le principe même de la religion. Dans le peu de temps que nous avons à vivre, nous devons nous relier en nous aimant.

L'abbé Pierre a vécu quatre-vingt-quatorze ans de « religion ». Cet homme était relié à d'innombrables personnes. Il était de religion catholique, mais il se situait au-dessus. Parmi la foule des pauvres pressés venus se recueillir dans la cathédrale, il y avait des musulmans, des catholiques, des bouddhistes, des juifs, des athées… J'ai rarement vu un rassemblement aussi diversifié. L'abbé se fichait complètement de ta religion, il la respectait, bien sûr, mais ce n'est pas ça qui l'intéressait pour entrer en lien avec toi. Seul comptait l'amour donné avec ton cœur d'homme.

L'humanité ne se partage pas entre ceux qui croient et ceux qui ne croient pas. L'abbé Pierre disait que l'humanité se partage entre ceux qui, face à la souffrance des autres, se détournent et ceux qui luttent avec ceux qui souffrent, pour se libérer de la souffrance. Ceux qui se défoncent au service de ceux qui sont dans la merde : voilà les croyants ! À côté, il y a ceux qui s'en foutent, qui ne pensent qu'à leur gueule : voilà les non-croyants.

L'Église

L'abbé Pierre faisait en sorte que l'Église soit la communauté des pauvres et des souffrants, mais il accueillait aussi les riches. Il ne les pelotait pas, il les aimait tout en leur disant avec une force inégalée que les pauvres devaient être servis en premier. L'Église dit : « Les pauvres sont les trésors de l'Église. » Qu'elle le vive.

Quand je retrouve les jeunes pour la réunion mensuelle à Faucon, je commence par partager un repas avec eux, sans les éducateurs. Je m'occupe d'eux en premier parce que ce sont eux les plus pauvres. Ils sont devant. À mon arrivée à l'aéroport, ils viennent me voir pour me dire qu'ils ont fait une connerie. Ils pensent à leur paye, évidemment, puisqu'ils sont payés en fonction de leur comportement. Mais ils voient en moi le père qui écoute et pardonne.

Au restaurant, les éducateurs mangent à une autre table, plus loin. Les jeunes sont autour de moi et me racontent leurs affaires. Ils me donnent des nouvelles des animaux. Ils racontent tout à leur manière. Et c'est bien beau.

La sainteté

On dit autour de moi qu'il faut se hâter de béatifier l'abbé Pierre. Pourquoi ? Pourquoi l'Église devrait-elle le béatifier? Il est déjà sur les autels de la République de façon magistrale !

La foule l'a déjà béatifié dans la cathédrale de Paris.

Faudrait-il qu'il soit passé au crible des procès et des tribunaux de l'Église, jusqu'au pape ? Et on dira qu'il a péché !...

Ce que j'aime justement chez l'abbé Pierre, et qu'il tenait de Helder Camara, c'est qu'il considérait que le saint n'est pas celui qui n'a pas péché, mais celui qui pèche un million de fois et qui repart un million de fois avec joie et humilité.

Qu'importe si l'Église ne le met pas sur les autels, il est pour toujours dans le cœur de tous les Français. Il était pécheur comme chacun de nous. Il était subversif comme les meilleurs d'entre nous. Pour lui, l'Évangile était réveil permanent, l'Évangile était une insurrection et une provocation à l'amour.

Il disait que Dieu n'est pas dans le ciel ! Croyants, ne sautez pas en l'air ! Pour lui, Dieu est dans le pauvre type qui te parle en ce moment. Le Christ est incarné dans ce voyou, ce lâche, ce voleur, ce menteur, ce prisonnier. La gloire de Dieu est incarnée en toi comme en moi.

Quelle belle conception de Dieu !

À l'image du Christ, il a libéré les pauvres de la honte. C'est le cœur du christianisme. Être regardé par Jésus, c'est « être libéré de la honte », disait Timothy Radcliffe.

36

À Dieu, Jean-Marie !

Un « bulldozer » de l'Église

Louez l'Éternel ! Heureux l'homme qui craint l'Éternel, qui trouve un grand plaisir à Ses commandements.

Sa postérité sera puissante sur la terre, la génération des hommes droits sera bénie.

Il a dans sa maison bien-être et richesse, et sa justice subsiste à jamais.

La lumière se lève dans les ténèbres pour les hommes droits, pour celui qui est miséricordieux, compatissant et juste.

Heureux l'homme qui exerce la miséricorde et qui prête. Qui règle ses actions d'après la justice.

Car il ne chancelle jamais ; la mémoire du juste dure toujours.

Il ne craint point les mauvaises nouvelles ; son cœur est ferme, confiant en l'Éternel.

Son cœur est affermi ; il n'a point de crainte, jusqu'à ce qu'il mette son plaisir à regarder ses adversaires.

Il fait des largesses, il donne aux indigents ; sa justice subsiste à jamais ; sa tête s'élève avec gloire.

Psaumes CXIII (CXII), 1-9. Ancien Testament

Un humain aux dons multiples

« Lulu », comme on l'appelait, je l'ai connu en 1971, quand il était curé de Sainte-Jeanne-de-Chantal. Cette fois-là, chose amusante, nous étions à table, et j'étais coincé entre les deux futurs archevêques : lui et André Vingt-Trois.

Jean-Marie Lustiger avait un caractère entier. C'était un homme d'action, tenace, courageux. Il était parfois railleur. Ses intimes ne le disent pas trop, il avait des colères homériques, mais c'est normal d'avoir des colères. Il était rude aussi. Fallait le savoir et ne pas s'en offusquer.

Je me souviens qu'un jour, à la cathédrale de Vienne – il devait avoir une hernie à l'estomac ou quelque chose comme ça –, j'entre dans la sacristie pour m'habiller, lui en sortait. Et voilà qu'il me dit : « Dégage ! » Parce qu'il avait trop mal et peur que je le heurte.

Mais quand je lui jetais parfois : « Je t'aime bien, Jean-Marie », sa réponse jaillissait toujours : « Moi aussi, Guy. »

Un premier de cordée

Il agaçait – certains prêtres ne l'aimaient pas –, mais il touchait aussi. C'était un entraîneur, un premier de cordée. Remarquablement intelligent, très intuitif. Il avait une intelligence planétaire, liée à un extrême dynamisme. C'était un chef avec des dons immenses et des défauts rugueux.

En France, du temps où il était archevêque pour les catholiques de France, il incarnait à lui seul l'Église catholique. Il est tout à fait étonnant qu'il n'ait jamais été élu à la tête de la conférence épiscopale – il aurait certainement bien aimé –, sans doute faisait-il de l'ombre aux évêques…

Ce n'est pas étonnant, avec une telle personnalité !

Quand je voyageais en Europe, les curés me disaient : « Il n'est pas un peu stalinien votre Lustiger, non ? » « Stalinien », c'était exagéré. Il voulait dire qu'il avait une ligne dans sa mitre et dans sa crosse, et qu'il s'y tenait.

Il y a dix-huit ans, j'écrivis un article pour *La Croix* où je suggérais qu'on intègre des hommes mariés dans l'Église. *La Croix* parut et, deux jours plus tard, Jean-Marie Lustiger m'appelait :

« Enfin, Guy, tu as vu ce que tu as écrit dans *La Croix* ?

– Oui, Jean-Marie…

– J'arrive ! »

Il arriva à ma permanence une demi-heure après ! Je le revois encore assis à mon petit bureau. Il ne m'a pas passé un savon, disons... une savonnette ! Il m'a dit : « Il faut que tu changes ce texte, ce n'est pas la ligne. » (J'avais déjà reçu des courriers me félicitant pour cet article…) J'en ai tout de même écrit un second en modérant mon propos. C'est le seul coup de crosse que j'ai jamais reçu de lui.

Je le voyais à toutes les grandes cérémonies, et parfois seul. J'ai beaucoup aimé une phrase qu'il m'a dite un jour alors que je mangeais seul avec lui : « Guy, dans ta mission impossible, ne dépasse pas le feu orange, avertis-moi avant. » C'est-à-dire : « Si t'es totalement épuisé, mon pote, arrête, et demande-moi un autre ministère. »

Une fois, il est venu manger avec mes loubards : il a été très proche d'eux. Un dialogue épique a eu lieu. Les jeunes étaient ravis. C'était un « écoutant ».

Je l'aimais beaucoup, je l'avoue, et je le lui disais souvent ! La dernière fois, c'était à la sacristie de Notre-Dame de Paris, il était un peu affaibli. « Merci pour tes lettres, Guy », me dit-il. Depuis très longtemps, je lui envoyais une carte tous les mois, avec une photo des animaux de Faucon et quelques phrases. Je critiquais parfois ses sermons – trop longs, un peu abscons –, mais il n'y changeait rien, bien sûr… Et il souriait quand je le lui disais.

Il avait de l'humour

L'un de ses meilleurs traits d'humour se rapporte aux « vieilles taupes » et aux « vieux hérissons » qui m'écoutent sur Radio Notre-Dame et que je baptise ainsi au cours de l'émission. Quand j'ai commencé à animer une émission le mercredi sur cette radio, il y a dix-sept ans, il faut reconnaître que j'étais parfois vraiment grossier. Un jour que j'assistais avec des évêques et des prêtres à une réunion, tout à trac Jean-Marie me dit : « Guy, regarde les lettres que je reçois de Radio Notre-Dame à cause de toi ! »

J'en pris une : « Éminence, comment osez-vous mettre ce soi-disant prêtre dans une radio catholique, imaginez ce qu'il m'a dit : "Arrête, la vieille, de me baver sur les rouleaux !" »

Dans une deuxième lettre, une vieille (qui m'avait agressée) se plaignait que je lui aie répondu : « Ton venin de cobra, tu peux te le foutre où je pense ! »

Alors Jean-Marie, souriant, me dit : « Écoute, Guy, ce sont des anciennes, il faut faire attention... Je compte sur toi. »

Puis il se tourna vers les évêques et il enchaîna : « Elles adorent ça ! »

Quand il est parti de l'archevêché de Paris, à la cérémonie d'au revoir, on lui a offert des billets d'avion pour voyager partout pendant un an. Et là aussi j'ai aimé son humour : « Alors, c'est comme ça que vous m'envoyez balader ! »

La voix de l'ami

On connaît la bave qui a coulé sur l'Église à cause de la capote. À ce sujet, Jean-Marie Lustiger avait dit : « Si vous ne pouvez pas vous abstenir, ou si vous ne voulez pas vous abstenir, prenez au moins les moyens qu'on vous offre pour ne pas donner la mort ni la recevoir. »

Cette phrase claire et forte d'un cardinal de l'Église catholique était parfaite. Elle signifiait : « Prenez vos responsabilités. » Il prônait la fidélité, tout en suggérant que la capote n'était pas faite pour les chiens, mais pour les pécheurs que nous sommes.

C'était l'homme de la parole. Il disait aux gens : « Vous venez à la messe comme à une station-service, mais vous avez oublié une seule chose : c'est que l'essence, c'est vous. » Ça, c'est le génie de la parole !

Il était aussi l'homme des médias. Je rappelle que c'est lui qui, en 1981, tout juste archevêque, avait voulu Radio Notre-Dame (100.7 FM). Il disait : « C'est la voix de l'ami ! » Pas la voix du catho ou du chrétien, non : la voix de l'ami.

Plus tard, il a fondé aussi la chaîne de télévision catholique, KTO.

Le premier cardinal juif de l'histoire

« Juif », c'est ce que titraient les journaux quand il a été nommé archevêque. Né juif, il était resté juif comme le Christ et les apôtres.

Sa vocation s'était déclarée à quatorze ans dans la cathédrale d'Orléans, un vendredi saint. Il y était entré par hasard, il ne la connaissait pas et, comme Claudel, il a été saisi par une « présence ». Chose extraordinaire, il a été nommé évêque d'Orléans quarante ans plus tard.

Quand il est devenu archevêque de Paris, il a dit : « Ma nomination, c'est comme si la croix s'était mise à porter l'étoile jaune. » L'étoile jaune associée à la croix, ça voulait dire, je pense, que la croix ne pouvait plus être brandie contre les Juifs accusés de déicide. Il a fait fort pour nos frères et sœurs juifs, et aussi dans cet accord avec Jean-Paul II pour demander pardon d'avoir fermé la gueule pendant la guerre de 1939-1945. Il a incarné d'une façon bouleversante le drame et la beauté des racines juives de la foi et de la vie chrétiennes.

Le secrétaire du pape, Mgr Dziwisz – maintenant cardinal –, lui a dit lors de sa nomination : « Vous êtes le fruit de la prière du pape. » C'était chouette de les voir face à face : l'un, Jean-Paul II, venu du cœur névralgique de l'Europe, du lieu même de sa tragédie ; l'autre, Jean-Marie Lustiger, fils du peuple juif, dont la mère est morte à Auschwitz, et converti à quatorze ans.

Un traditionaliste moderne

Évidemment, un cardinal est garant de la tradition qu'il porte avec l'Évangile. Mais, en même temps, un archevêque fait voguer l'Église sur les vagues d'une civilisation jamais immobile. Et Jean-Marie Lustiger connaissait bien sa civilisation, et la culture et l'art ! Complice à fond de Jean-Paul II sur la nouvelle évangélisation, ce pasteur universel se posait en permanence la question : « Quel est le meilleur pour l'Église ? »

Il était l'homme de l'eucharistie, et il a fait des adeptes : deux cent trente prêtres. Quand il est arrivé à Orléans, il n'y avait pas de séminaire, il en a organisé un tout de suite dans les bâtiments de l'évêché, Notre-Dame-du-Chemin, maintenant séminaire interdiocésain. Il en a créé cinq autres à Paris.

Il y a deux moments que j'adorais chez lui : quand il célébrait l'eucharistie et quand il consacrait les « petits » de l'Église. Je me souviens qu'il disait aux jeunes prêtres : « Jamais votre vie ne sera un non-sens, ni un échec, ni une erreur, elle est irrévocable parce qu'elle se fonde sur la parole irrévocable de Dieu. » Il parlait en homme qui a autorité, et non comme un scribe. J'étais toujours ému quand il prononçait les paroles consécratoires, il les disait lentement, avec tout son cœur d'archevêque. Ces paroles me vrillaient le cœur.

Il faisait des eucharisties crucifiantes : il semblait porter toute la peine du monde. Il avait aussi une exigence liturgique très tatillonne. S'il m'avait vu faire quelques entorses liturgiques, il ne l'aurait pas supporté !

« Quand je dis adieu, je dis à Dieu »

Voir Jean-Marie Lustiger aux JMJ fut extraordinaire. J'en ai faites cinq avec lui. Il rayonnait de jeunesse, il courait toujours partout. Il avait imposé un baptême public à Longchamp devant un million de personnes. J'ai participé à six JMJ mais c'est la plus belle veillée à laquelle j'ai assisté.

Jean-Marie a été le soutien de l'association Aux Captifs, la Libération, il a accueilli des malades du sida. Il a aussi aidé beaucoup d'associations et de mouvements. Cette action est peu connue, mais très importante.

J'aime beaucoup sa dernière sortie : en chaise roulante, il était allé voir les académiciens. « Je ne suis pas venu pour vous retrouver, je suis venu pour vous quitter. Vous ne me reverrez pas. J'en suis triste, mais je sais que je ne cesserai pas de penser à vous. Ici, je n'ai pas été très assidu, mais là où je serai, je vous donne l'assurance de mes prières. Quand je dis adieu, je dis à Dieu, à vous, et à tous. »

L'un d'eux a déclaré : « Il nous a rendu le sens de notre destinée. »

N'avait-il pas confié lui-même : « J'ai essayé de donner un sens à ma vie, tout en pensant que tout est périssable. »

Et puis il est mort, à l'heure à laquelle il terminait sa messe le dimanche à Notre-Dame de Paris, vers 19 h 30 et la veille de la vigile de la Transfiguration.

Je suis arrivé un jour avant ses obsèques. J'ai assisté à la dernière veillée avec la foule. La cathédrale se vidait lentement. Patrick Jaquin, le recteur de Notre-Dame, a demandé au personnel et aux trois prêtres présents de porter son cercueil jusqu'à une chapelle proche. Comme nous le transportions, je me disais : « Jean-Marie, tu m'as porté, je te porte maintenant. »

Jusqu'au bout, il a affirmé son appartenance au peuple juif. Lors de la levée du corps, avant l'entrée dans la cathédrale et la liturgie catholique, de la terre d'Israël fut déposée sur son cercueil ; deux membres de sa famille, de confession israélite, récitèrent le Psaume 113 (112) en hébreu, et le Kaddish, prière juive des endeuillés. Il voulait, par-delà la mort, dire qu'il appartenait au peuple d'Israël, lui, le « cardinal juif ».

Sur le seuil de sa maison

Sur le seuil de sa maison,
Notre Père t'attend, Jean-Marie,
Et les bras de Dieu
S'ouvriront pour toi.

Quand les portes de la vie
S'ouvriront devant nous,
Dans la paix de Dieu,
Nous te reverrons, Jean-Marie.

Par le sang de Jésus-Christ,
Par sa mort sur la croix,
Le pardon de Dieu
Te délivrera.

L'eau qui t'a donné la vie
Lavera ton regard,
Et tes yeux verront
Le salut de Dieu.

Quand viendra le dernier jour
À l'appel du Seigneur,
Tu te lèveras, Jean-Marie,
Et tu marcheras.

Comme à ton premier matin,
Brillera le soleil,
Et tu entreras
Dans la joie de Dieu.

Au revoir, Lulu. À Dieu.

37

Dépêchons-nous d'aimer

La sainteté à chaque instant

Celui qui vous reçoit me reçoit, et celui qui me reçoit, reçoit celui qui m'a envoyé.

Celui qui reçoit un prophète en qualité de prophète recevra une récompense de prophète, et celui qui reçoit un juste en qualité de juste recevra une récompense de juste.

Et quiconque donnera seulement un verre d'eau froide à l'un de ces petits parce qu'il est mon disciple, je vous le dis en vérité, il ne perdra point sa récompense.

Matthieu X, 40-42

Aimer à tout casser pendant vingt-quatre heures, vivre pleinement ces heures, s'investir. Hier n'est pas meilleur, demain on ne sait pas. Dieu nous a bâtis pour une journée.

Passé un certain âge, on regrette le passé... Quant aux jeunes et aux moins jeunes, ils ont peur de l'avenir. Pour avoir une confiance absolue en ce qui vient, il faut vivre pleinement le moment présent. Le pire, c'est de vivre hier ou demain.

J'appelle ça la « théologie des vingt-quatre heures » : vingt-quatre heures pour aimer et être aimé ; vingt-quatre heures pour les autres et pour Dieu.

Notre vie est faite de déchirures, de joies, de souffrances, de paresse et de labeur. Dans une journée, que l'on soit jeune, adulte ou ancien, on fait mille et un gestes, des tas de gestes répétitifs. Et si l'on mettait tout l'amour possible dans ces gestes au lieu de les accomplir machinalement ?

La grâce de Dieu passe uniquement par le temps présent. Si nous acceptons tout avec amour, c'est un chemin formidable et privilégié de sainteté.

Tout faire par amour.

J'aime l'enseignement de saint François de Sales et de sainte Thérèse de l'Enfant-Jésus qui donnent au moment présent une puissance extraordinaire.

« Le plus petit acte d'amour est béni de Dieu. » Surtout l'acte qui n'est pas visible ! On pense généralement que c'est le geste que l'autre reconnaît comme bien qui est bon aux yeux de Dieu. Mais non, c'est l'acte solitaire que l'on fait pour Dieu.

J'aime ce passage de l'Évangile où le Christ dit : « Si tu donnes un verre d'eau avec amour, il te sera rendu au centuple. » Un verre d'eau, qu'est-ce que c'est ? Rien du tout. Mais donné avec amour… Quand je vais au restaurant, je suis très sensible à la manière dont les serveurs – ou serveuses – s'occupent de ma personne, et des autres évidemment. Certains manifestent une vraie attention : c'est très important.

Au séminaire, quand j'étais jeune, on nous apprenait à accomplir les petites choses avec amour. Mettre toute sa puissance dans ce que l'on fait, au moment où on le fait, s'appliquer.

Pour cela, il faut se posséder soi-même. Il faut être à sa place au travail, dans le couple, etc. Si on n'aime pas ce que l'on fait, la vie est triste et pesante.

Il faut accueillir l'événement, ne pas le subir : accepter, c'est différent. Seuls les hommes et les femmes de prière accueillent l'événement, l'assument, même la maladie ou le deuil.

Prière de l'automobile

Pour vous amuser tout en restant dans notre thème, celui de la disponibilité à Dieu, je vous propose de terminer par la prière de… l'automobile. Elle contient, vous le verrez, beaucoup de vérité !

Seigneur, que je sois comme mon automobile,
Mon auto est patiente, elle attend devant ma porte,
Elle m'attendra aussi longtemps qu'il faudra,
Seigneur, fais que je sois patient, comme mon automobile.

Mon automobile est toujours disponible,
Quand j'ai besoin d'elle, elle est prête à servir,
Seigneur, fais que nous soyons disponibles.

Mon auto est accueillante,
Ses portes s'ouvrent sur quatre bons fauteuils,
On peut même se mettre à six ou huit,
On est peut-être un peu serré, mais elle nous accueille,
Seigneur, fais que notre foyer soit accueillant.

Mon auto est obéissante, quand j'accélère, elle avance,
Quand je freine, elle s'arrête,
Et quand je veux tourner à droite, elle tourne à droite
Seigneur, fais que je sois obéissant, comme mon automobile.

Mon auto sait même faire marche arrière,
Seigneur, fais que je sache reconnaître mes torts,
Que je sache moi aussi faire marche arrière.

Mais si j'oublie l'essence et l'huile,
Mon auto n'est plus qu'un tas de ferraille qui ne bouge plus
Fais-moi comprendre, Seigneur que, sans Toi, sans ma prière de tous les jours,
Moi aussi je ne suis qu'un tas de ferraille.

Et quand par hasard mon auto démarre toute seule,
Elle ne fait que des bêtises, elle écrase les gens et les fleurs.
Et quand je suis maladroit, brutal ou méchant, ou alcoolisé,
N'est-ce pas, Seigneur, que j'ai besoin de réviser ma conduite ?

Seigneur, fais qu'entre tes mains,
Je sois comme une automobile patiente, disponible, obéissante.

Soyez tous et toutes des BMW !

38

Les doutes de mère Teresa

La sainte des ténèbres

Thomas, appelé Didyme, l'un des douze, n'était pas avec eux lorsque Jésus vint.

Les autres disciples lui dirent donc : Nous avons vu le Seigneur. Mais il leur dit : Si je ne vois dans ses mains la marque des clous, et si je ne mets mon doigt dans la marque des clous, et si je ne mets ma main dans son côté, je ne croirai point.

Huit jours après, les disciples de Jésus étaient de nouveau dans la maison, et Thomas se trouvait avec eux. Jésus vint, les portes étant fermées, se présenta au milieu d'eux, et dit : La paix soit avec vous!

Puis il dit à Thomas : Avance ici ton doigt, et regarde mes mains ; avance aussi ta main, et mets-la dans mon côté; et ne sois pas incrédule, mais crois.

Thomas lui répondit : Mon Seigneur et mon Dieu ! Jésus lui dit :

Parce que tu m'as vu, tu as cru. Heureux ceux qui n'ont pas vu, et qui ont cru !

Jean XX, 24-29

Quelle bombe, lorsque les carnets secrets de mère Teresa ont été dévoilés à la presse ! Elle y disait que pendant cinquante ans, elle avait perdu la foi. Elle avait douté comme une agnostique.

Cinquante ans de désert

Il y a une vingtaine d'années, j'avais été invité à Calcutta avec des équipes de rue d'Asie. Je devais rencontrer mère Teresa. Hélas, je dus rentrer en catastrophe car un des mes jeunes était accusé de meurtre. Je n'ai donc pu voir le sourire de mère Teresa, ce lumineux sourire à propos duquel elle répétait : « Mon sourire est un masque. »

Elle avait bien demandé, et Jean-Paul II l'avait suivie, que l'on brûle ses lettres et ses carnets. Alors pourquoi les a-t-on finalement dévoilés ? Parce que ces papiers affermissent notre foi. Voilà pourquoi l'Église a passé outre.

Mère Teresa avait ajouté cette phrase très belle : elle craignait que « les gens pensent plus à elle qu'à Jésus ». Elle était très humble.

L'expression : « Je ne suis pas mère Teresa » (ou « l'abbé Pierre ») est passée dans le langage courant lorsque nous sommes confrontés à une situation demandant une élévation au-dessus de nous-mêmes, Ainsi avons-nous érigé mère Teresa en icône de l'amour inconditionnel et universel.

On la croyait parfaite. On ne l'aurait jamais imaginée dans le doute.

Derrière son visage lumineux, face à l'étendue immense et rayonnante de son action, ses carnets révèlent une terrible nuit de la foi... Une nuit de cinquante ans ! Sœur Emmanuelle avait dit avoir connu cette souffrance pendant trois ans... mais cinquante ans !

Mère Teresa a été béatifiée cinq ans après sa mort, ce qui est très rare, et elle court vers la canonisation, c'est-à-dire qu'elle sera vénérée par tous les chrétiens.

Le doute n'est pas un obstacle à la sainteté. Benoît XVI disait il y a peu de temps, devant 500 000 jeunes, à Lorette : « Mère Teresa, malgré toute sa charité et sa force de foi, souffrait du silence de Dieu. »

Le prédicateur de la maison pontificale expliquait que les mystiques comme mère Teresa sont les évangélisateurs idéaux dans notre monde postmoderne où l'on vit comme si Dieu n'existait pas. Ils sont arrivés tout près des sans-Dieu, ils ont connu le vertige de se jeter en bas. Mère Teresa rappelle aux athées honnêtes qu'il leur suffirait de faire un saut pour passer sur la rive des mystiques. Du rien au tout.

En 1957, elle écrivait : « Il y a tant de contradictions dans mon âme, un tel désir de Dieu et une continuelle souffrance ; je n'ai pas de foi, pas d'amour, pas de zèle... Le paradis ne signifie rien pour moi : il est un lieu vide. » Elle se languissait de Dieu, et elle ajoutait : « Je suis parfaitement heureuse de n'être personne, même pour Dieu. »

Cinquante ans dans l'amour du Christ

Ces contradictions, d'autres saints les ont vécues avant elle, souvenez-vous du reniement de saint Pierre, dans les dernières heures de sa vie ; saint Augustin torturé par la concupiscence ; saint Jean de la Croix, sainte Thérèse de l'Enfant-Jésus, sainte Thérèse d'Avila, Charles de Foucauld...

Combien de saints mystiques ont été troublés ! Saint Paul de la Croix, fondateur des passionnistes, disait que, parfois, il n'avait plus la foi, mais qu'il savait que ce qu'il prêchait était vrai en voyant la paix sur les visages autour de lui.

Mère Teresa disait : « Pour moi, le vide et le silence sont si grands que, quand je regarde, je ne vois pas, quand j'écoute, je n'entends pas. »

Le père Brian Kolodiejchuk, un proche d'elle, confiait : « Je n'ai jamais lu la vie d'un saint où le saint vivait dans une obscurité spirituelle si intense et si longue. Personne ne savait qu'elle était autant tourmentée. »

Mais n'oublions pas qu'elle a vécu des expériences spirituelles très fortes. Malgré ces cinquante ans de désert, les trésors inoubliables qu'elle avait ressentis dans l'amour de Dieu ont dynamisé sa fidélité. Jamais elle ne se serait engagée sur cette route de l'amour si elle n'avait pas eu ces moments, ces expériences spirituelles. Elle a cru sans en avoir la preuve, convaincue que l'amour vaut qu'on lui donne tout.

La sainte des athées et des agnostiques

Voilà ce qu'elle disait malgré tout à ses sœurs harcelées de travail, fatiguées, qui demandaient à diminuer un peu leur temps de prière : « Nous augmenterons le temps de prière, cela vous donnera plus de calme et vous ferez finalement plus de travail. » ce qui s'avéra exact.

Elle travaillait avec amour. Elle aimait dans l'obscurité, et la souffrance, qu'elle ressentait au plus intime d'elle-même, la rapprochait de Dieu.

Elle communiait à l'angoisse du Christ dans sa passion.

Elle disait : « Si un jour, je deviens une sainte, je serai sûrement celle des “ténèbres”, je serai continuellement absente du paradis pour éclairer la lampe de ceux qui sont dans l’obscurité sur la Terre. » Mère Teresa sera la sainte des athées et des agnostiques.

Croire sans voir

Sœur Sabita, qui lui a succédé comme supérieure des Missionnaires de la Charité pour le nord-ouest de l’Inde, a dit : « Malgré ses questions, elle a fait le choix de continuer. Je pense que les doutes nous aident à grandir. J’aime me souvenir de l’expression si particulière de son visage lorsqu’elle priait. Cette image me donne une grande force. » Pour d’innombrables personnes qui vivent cette aridité, c’est un modèle.

Icône inaccessible, mère Teresa devient comme nous. Elle nous rend plus sensibles à la relativité des frontières entre la foi, l’agnosticisme et l’athéisme. Qu’est-ce que la foi ? C’est croire sans voir.

Paradoxalement, elle est encore plus grande, plus convaincante qu’avant. Elle nous console de tous les fous de Dieu qui osent tuer au nom de Dieu.

« Une foi qui ne doute pas est une foi morte », disait Miguel de Unamuno.

Et n’oublions pas la parole du Christ à Thomas : « Parce que tu m’as vu, tu as cru. Heureux ceux qui n’ont pas vu, et qui ont cru ! » (Jean XX, 29).

Le doute de mère Teresa était l’expression de sa souffrance, émanation de la plus pure foi.

Je n'ai pas connu moi-même cette terrible nuit, mais j'ai ressenti l'angoisse devant chaque visage des jeunes que j'ai enterrés : me disant parfois que tout n'était que violence.

À la limite, vivre avec des pauvres est paut-être plus facile que de vivre avec des loubards. Ces derniers sont des pauvres, mais à cette détresse s'ajoute une violence dingue.

Une mission comme la mienne nécessite une proximité de Dieu très forte. Il m'a gardé cette présence jusqu'ici. Je peux en témoigner.

Je sais depuis soixante ans que Dieu n'est qu'amour, et pourtant des doutes me prennent vis-à-vis de la souffrance et de l'enfer. Comment Dieu, à la miséricorde si grande, pourrait-Il créer un supplice éternel ?

« Mais c'est de nuit »

Je dédie ce si beau poème de saint Jean de la Croix à tous ceux qui, comme mère Teresa, connaissent de petites ou de longues éclipses de la foi. Qu'ils sachent que Dieu travaille souvent « de nuit »...

Ô ami des hommes,
Pourquoi es-Tu le Dieu qui se cache ?
Pourquoi est-ce dans la nuit que je Te cherche à tâtons ?

À l'eucharistie,
Tu es vraiment présent,
Mais c'est de nuit.

Dans le pauvre que je rencontre,
Tu nous montres Ton visage,
Mais c'est de nuit.

La présence des consacrés
Nous annonce la vie éternelle,
Mais c'est de nuit.

Par le ministère du prêtre,
Tu nous sauves vraiment,
Mais c'est de nuit.

Donne-moi l'accès au vrai bonheur,
Dans la nuit.

Je la connais la source,
Elle coule, elle court,
Mais c'est de nuit.

Dans la nuit obscure de cette vie,
Je la connais la source, par la foi,
Mais c'est de nuit.

Je sais qu'il ne peut y avoir de chose plus belle,
Que ciel et terre viennent y boire,
Mais c'est de nuit.

Je sais que c'est un abîme sans fond
Et que nul ne peut le passer à gué,
Mais c'est de nuit.

Cette source éternelle est cachée
En ce pain vivant pour nous donner la vie,
Mais c'est de nuit.

De là, elle appelle toutes créatures
Qui viennent boire de son eau, dans l'ombre,
Mais c'est de nuit.

Cette source vive de mon désir,
En ce pain de vie je la vois,
C'est de nuit.

IV

Noblesse de l'engagement

39

La création

Un mariage d'amour entre Dieu et les hommes

> Dieu créa l'homme à Son image, Il le créa à l'image de Dieu, Il créa l'homme et la femme.
>
> Dieu les bénit, et Dieu leur dit : Soyez féconds, multipliez, remplissez la terre et l'assujettissez ; et dominez sur les poissons de la mer, sur les oiseaux du ciel, et sur tout animal qui se meut sur la terre.
>
> Et Dieu dit : Voici, Je vous donne toute herbe portant de la semence et qui est à la surface de toute la terre, et tout arbre ayant en lui du fruit d'arbre et portant de la semence : ce sera votre nourriture.
>
> Et à tout animal de la terre, à tout oiseau du ciel, et à tout ce qui se meut sur la terre, ayant en soi un souffle de vie, Je donne toute herbe verte pour nourriture. Et cela fut ainsi.
>
> Dieu vit tout ce qu'Il avait fait et voici, cela était très bon.
>
> Genèse I, 27-31

En 2007, Al Gore, ancien vice-président de Bill Clinton, est parti en guerre avec le film *Une vérité qui dérange.* Il y annonçait la bombe climatique, dix mille fois plus dévastatrice que la charge nucléaire qu'un stalinien de Corée du Nord vient de faire exploser pour montrer sa force.

C'est une croisade remarquable que conduit Al Gore. Le réchauffement climatique nous mène bel et bien tout droit dans le mur. Les anciens et anciennes qui étouffent pendant l'été ont compris qu'il faisait de plus en plus chaud sur terre. C'est une certitude.

Les feuilles des arbres tombent en août... Les glaciers fondent. Dans cinquante ans, ils seront réduits des trois quarts et le niveau des mers aura monté de deux à trois mètres. La Hollande sera engloutie, l'île de Ré sous l'eau. Des pays entiers disparaîtront. Quant aux baleines et aux phoques qui ne peuvent survivre sans leur banquise, leur espace vital aura tellement diminué qu'ils n'arriveront plus à se reproduire normalement. Et combien d'autres formes vivantes dans le monde disparaîtront... Vite, des congélateurs pour les ours blancs !

La crise climatique menace notre civilisation et notre existence.

Nous avons raison de combattre le terrorisme et de nous protéger des fanatiques. Mais, attention, l'arbre cache la forêt ! La crise la plus sérieuse que nous n'avons pas encore sérieusement combattue est cette bombe climatique que dénonce Al Gore.

Que faut-il faire ?

Qui d'entre nous n'a pas été émerveillé par une fleur, les saisons ou un lever de soleil ? La création de Dieu fait naître en nous l'harmonie et la beauté. La création est un geste nuptial, un mariage d'amour, une alliance entre l'homme et Dieu.

L'homme joint ses mains à celles de Dieu dans la création, il est Son co-créateur : c'est le génie du croyant de le croire.

J'admire les balcons couverts de fleurs en plein Paris. J'admire les personnes qui cultivent ces paradis minuscules. La création est l'affaire de tous. Le pollueur, ce n'est pas l'autre, c'est tout le monde, et il faut d'urgence que nous changions nos pratiques. Quitte à payer plus cher des produits dont le processus de production respecte le milieu naturel. L'environnement n'est plus l'affaire de quelques secteurs, c'est l'affaire de tous : de nos dirigeants, de tous les présidents du monde. C'est aussi notre affaire.

Le pollueur, c'est moi.

L'homme peut à sa convenance faire de la nature un paradis ou un dépotoir ; de la terre, un théâtre de guerre ou un lieu de fraternité. C'est le faire ou le défaire de tous et de toutes.

Chacun y peut quelque chose. Nos habitudes de gaspillage sont dingues. Utilisons moins de bois, de plastique, d'acier, de caoutchouc, d'eau... Concevons de véritables systèmes de sources d'énergie renouvelable, des systèmes qui exploitent l'énergie naturelle non polluante. Quand j'observe des panneaux solaires installés sur des toits pour produire de l'électricité, j'applaudis.

George Bush n'a pas voulu ratifier les accords de Kyoto. Le président des USA estime que signer cette convention, destinée à préserver l'environnement au niveau planétaire, ferait baisser de 25 % le revenu de son pays. Quelle courte vue pour un homme politique ! Il se fiche totalement du fait que ses deux filles jumelles et ses petits-enfants devront peut-être vivre dans une atmosphère irrespirable.

Trois cents maires de grandes villes des États-Unis ont décidé de signer l'accord de Kyoto. Ils ont agi seuls et libres, afin de montrer à leur président qu'il avait fait le mauvais choix. Même Monsieur Muscles, Arnold Schwarzenegger, gouverneur de Californie, a ostensiblement abandonné son 4x4 pour rouler dans une voiture moins polluante.

Un amour qui vient à notre rencontre

Pour nous, chrétiens, Dieu est amour, esprit, liberté. La création ne peut donc se situer que sur ce registre. Aux incroyants, je dis que l'arrangement de la matière est trop merveilleusement complexe et subtil pour que la nature ne soit pas le fruit d'une pensée.

L'univers et la nature ne sont pas une chose, mais un amour qui vient à notre rencontre, un partage et un don, un geste d'amour qui demande réciprocité. Voilà pourquoi je dis que c'est « un geste nuptial ». Répondez à l'élan de Dieu qui a fait un mariage d'amour entre l'homme et la nature !

Tout être, de la puce à l'hippopotame, du plus humble des champignons de nos forêts à l'étoile du berger, est une part de la création. Tout être humain est capable de s'émerveiller devant le spectacle des œuvres du Créateur. Tout être humain peut entrer en communication avec Celui qui, par amour, a tout créé.

Chacun doit montrer l'exemple

En mettant le paquet maintenant, nous pouvons encore renverser la vapeur et limiter la catastrophe. Éteignons nos lampes, coupons nos moteurs à l'arrêt, limitons l'utilisation des produits ménagers chimiques, vérifions nos robinets d'eau, prenons des douches, limitons les piscines privées, mangeons les légumes de saison qui ont poussé dans notre région, diminuons notre consommation d'énergie en chauffant raisonnablement nos intérieurs, marchons, allons à vélo... La pire des attitudes est de se dire que c'est à l'autre de faire le premier pas.

Certains maires ont eu le courage de faire rouler des tramways dans leur commune et la pollution a vraiment diminué. Nous râlons à cause des travaux que cela nécessite, à Paris notamment, mais nous en mesurerons très vite les avantages.

Si, dès ce soir, vous commencez à économiser l'énergie, alors vos petits-enfants ne vivront pas dans cinquante ans avec un masque à gaz sur le nez.

Quand, à la bergerie de Provence, je demande à mes jeunes de nettoyer ma voiture, ils foncent... avec tous les produits de merde possibles, Ajax et autres saloperies qui attaquent la couche d'ozone. Je refuse : « Eh, coco, prends une bassine, de l'eau et essuie avec des bouts de papier journal. » Ils râlent sec mais je maintiens mon choix écologique.

Leur apprendre à nos jeunes les gestes qui sauvent !

40

La parole du prêtre

Une formidable liberté de dire Dieu

> Cette assurance-là, nous l'avons par Christ auprès de Dieu.
>
> Ce n'est pas à dire que nous soyons par nous-mêmes capables de concevoir quelque chose comme venant de nous-mêmes. Notre capacité, au contraire, vient de Dieu.
>
> Il nous a aussi rendus capables d'être ministres d'une nouvelle alliance, non de la lettre, mais de l'esprit ; car la lettre tue, mais l'esprit vivifie.
>
> 2 Corinthiens III, 4-6

Au Vietnam, un prêtre catholique défenseur de la liberté, le père Nguyen Van Li, âgé de soixante ans, a été condamné à huit ans de prison. Quand il a voulu se défendre, en plein tribunal, devant la foule, il a été bâillonné par les deux mains d'un policier. Les journaux du monde entier ont montré l'image. Voilà à quoi ressemble la justice au Vietnam !

Le crime commis par ce prêtre ? Dénoncer les méfaits liberticides du régime communiste et les tares de la société fondée sur ses principes. Pour avoir créé un groupe démocrate, il avait déjà fait quatorze ans de prison ! Et puis, comme à peine sorti il avait recommencé à critiquer le régime, il fut une nouvelle fois condamné à huit ans d'enfermement...

Pour la première fois, des journalistes et des diplomates étrangers ont pu assister à un tel procès. Des photos nous en sont parvenues.

Je pense à tous les prêtres qui, à travers le monde, n'ont pas le droit de s'exprimer, je pense à ceux que l'on bâillonne, et à nous, prêtres d'Europe, prêtres privilégiés vivant dans des régimes démocratiques. Quelle chance nous avons ! Mais que faisons-nous de cette parole de feu ? Nous rendons-nous compte de notre formidable liberté de dire Dieu ?

Connaissons-nous la portée de notre parole ?

Nous avons l'impression que l'Église n'est pas écoutée. Bien sûr, elle est contrée. Il suffit que des évêques fassent un communiqué contre l'avortement ou l'euthanasie pour qu'elle soit vivement attaquée. Mais à nous de faire rayonner notre parole. Nous rendons-nous compte de la fragilité de notre témoignage et de la puissance de notre parole libre ?

L'orateur

Je suis toujours étonné lorsqu'une personne m'interpelle et me dit :

« Monsieur l'abbé, c'est extraordinaire ce que vous avez dit…

– Qu'ai-je dit de si extraordinaire ?

– Oh ! C'était beau, c'était vibrant, c'était magnifique !

– Merci, je veux bien. Mais dis-moi plutôt ce que tu en as retenu. »

On peut être un brillant orateur et parler pour ne rien dire. Il suffit que les ouailles aient justement, à ce moment-là, la bouche ouverte : elles goberont tout.

D'autres trient, je trouve ça bon.

D'autres passent leur temps à contester. C'est moins bon, sauf s'il s'agit d'une critique positive.

L'erreur commise par certains prêtres est de faire de la parole de Dieu leur propre parole. Il faut rester au service de Dieu. Il est dangereux de mettre les gens au service de notre propre parole. Notre puissance vient du Christ et de notre union avec lui.

Ce n'est pas notre parole.

Nous rendons-nous compte de la puissance d'écoute que peuvent avoir un prêtre, un évêque ou un pape ? Nous sommes un milliard de chrétiens, cinq mille évêques et des centaines de milliers de prêtres. Nous, prêtres, sommes-nous conscients de la beauté de Sa parole ?

Sa puissance vient du Christ, c'est pourquoi nous devons la méditer pour que l'Esprit-Saint nous inspire. Nous devons surtout la vivre, sinon nous sommes bidons. Notre témoignage de vie est plus grand que notre parole.

Notre union à Dieu doit être forte parce qu'elle donne sa puissance à Sa parole. Que notre vie intérieure soit soudée à l'Évangile, alors elle entrera comme une épée dans le cœur des gens !

Une parole inégalable

Dans notre société laïque française, je ne pense pas qu'il y ait une parole plus forte, plus percutante que celle du prêtre. Elle peut être contestataire et attaquée, mais elle sera libre. Contrairement aux politiques, le prêtre n'attend pas un incident dans les banlieues ou à la gare du Nord pour dire quelque chose. Il n'a pas d'électeurs à séduire, il n'a pas de votants à convaincre. Il ne recherche pas l'approbation. Celle de Dieu lui suffit.

Dans une paroisse où j'étais reçu, un paysan me dit un jour :

« J'ai averti le nouveau curé qu'il avait intérêt à éviter certains sujets dans ses prêches.

– Ah oui, lesquels ?

– Voilà, il vaut mieux qu'il ne parle pas des héritages, des histoires de champs, de nos intérêts dans la commune et des questions d'argent... »

La litanie continuait et il pensait que ces points de friction empuantissaient suffisamment les rapports quotidiens pour ne pas, en plus, « polluer » les messes dominicales…

« Écoute, mon pote, lui répondis-je, tu veux que ton curé soit un toutou bien dressé, un homme de culte qui baptisera, enterrera ou mariera sur ordre, mais te rends-tu compte que tu enfermes ton prêtre dans la pire des solitudes en lui imposant le rôle d'un fonctionnaire docile ? Sa mission n'est pas d'annoncer un Évangile de pacotille. »

Et j'ai terminé par ces mots :

« J'espère que ton curé aura au moins le droit de parler du sexe des anges, du rendement laitier des vaches de Nouvelle-Zélande et de la qualité du fromage des brebis anglo-saxonnes... »

Notre parole est inspirée par Dieu

D'accord, notre parole sera attaquée, mais le Christ n'a-t-il pas dit : « Ma parole vous divisera, divisera la famille elle-même » ? Elle ne dépend pas des sondages.

Imaginez-vous l'archevêque de Paris André Vingt-Trois commandant un sondage auprès de toutes les ouailles de la cathédrale : « Approuvez-vous mes sermons ? Oui – Un peu – Non. »

Qu'il plaise ou pas, ce n'est pas là l'essentiel ! (En revanche, lui adresser une critique de temps en temps n'est pas mauvais.)

Personnellement, je me suis endormi quelquefois en écoutant notre archevêque bien-aimé. Lorsqu'il atteignait des hauteurs plafonnantes, je ne suivais pas toujours. Je craignais d'avoir besoin d'un parachute pour le retour…

Le prêtre est transmetteur du message

Nous devons prendre garde à ne pas déraper, ni à influencer les citoyens, par exemple lorsqu'ils doivent voter. Notre parole est pour tous. Que nous soyons prêtres traditionnels ou prêtres progressistes, n'oublions jamais que nous avons été ordonnés prêtres pour tous.

Nous ne sommes libres que parce que nous sommes les hommes de l'amour et les hommes de l'universel.

Le Christ n'a fait exception de personne. Il a mangé chez des riches et il a mangé chez des pauvres. Il n'a pas fait de discours social. Il a accepté tout le monde. Il a aimé tout le monde.

Mais son discours, sans être politicien, touchait la politique, qui est le service du bien commun.

Il a très peu parlé de sexe. Mais il dénonçait la richesse gardée pour soi. Sa violence était alors remarquable en paroles, et une fois en acte : lorsqu'il a balancé les verroteries religieuses vendues à la sortie d'un temple. Il devrait revenir de temps à autre. Il aurait un sacré boulot à la porte d'innombrables sanctuaires !

Le Christ est mort d'avoir vécu et surtout d'avoir parlé. On l'a condamné pour sa parole. Il fustigeait l'hypocrisie, le mensonge, les faux-semblants, la haine, la rancune, la possession, l'apparence. Il en est mort. C'est sa parole qui l'a fait mourir.

La résurrection est à ce prix. Cette parole ouverte vers l'amour, vers la vérité, nous engage. Le ciel nous appelle et commence dans notre cœur. À nous, prêtres, d'être les transmetteurs de l'amour et de la miséricorde. Chrétiens, aidez-nous à être les porteurs du message.

Laissez-nous libres. Notre boulot est de vous laver les pieds comme serviteurs. Notre liberté est de parler, la vôtre est d'entendre et de transmettre.

Bâillonner un prêtre, c'est bafouer votre liberté.

Aimez vos prêtres.

41

Le choc des religions

Réflexions sur une polémique

Seigneur, lui dit la femme, je vois que tu es prophète.

Nos pères ont adoré sur cette montagne ; et vous dites, vous, que le lieu où il faut adorer est à Jérusalem.

Femme, lui dit Jésus, crois-moi, l'heure vient où ce ne sera ni sur cette montagne ni à Jérusalem que vous adorerez le Père.

Vous adorez ce que vous ne connaissez pas ; nous, nous adorons ce que nous connaissons, car le salut vient des Juifs.

Mais l'heure vient, et elle est déjà venue, où les vrais adorateurs adoreront le Père en esprit et en vérité ; car ce sont là les adorateurs que le Père demande.

Dieu est Esprit, et il faut que ceux qui L'adorent, L'adorent en esprit et en vérité.

Jean IV, 19-24

Le texte lu par notre pape bien-aimé Benoît XVI à l'université de Ratisbonne au sud de l'Allemagne, le mardi 12 septembre 2006, a donné lieu à des réactions polémiques. Certains pensent qu'il a dérapé gravement. De mon point de vue, il s'agit d'un malentendu. J'aimerais analyser précisément ce qu'il a dit dans son allocution.

Comme en reproduire l'intégralité serait trop long, je cite le passage dit « litigieux » :

« [...] Tout ceci m'est revenu à l'esprit récemment, lorsque j'ai lu une partie du dialogue entre l'empereur byzantin érudit Manuel II Paléologue et un savant persan sur le christianisme et l'islam, et sur leur vérité respective. C'était peut-être en 1391, dans le camp d'hiver d'Ankara. [...] Dans le septième dialogue (*dialexis*, "controverse"), l'empereur en arrive à parler de la guerre sainte. L'empereur savait certainement que dans la sourate 2.256, il est écrit : "Pas de contrainte en matière de foi". Selon les spécialistes, il s'agit là d'une des sourates primitives, datant d'une époque où Mahomet était encore sans pouvoir et se trouvait menacé. Mais l'empereur devait naturellement connaître aussi les instructions inscrites dans le Coran, à une époque plus tardive, au sujet de la guerre sainte. Sans s'attarder sur les détails, tels que la différence de traitement entre les "Gens du Livre" et les "incroyants", il interpelle son interlocuteur d'une façon étonnamment abrupte au sujet des relations entre la religion et la violence en général, déclarant : "Montre-moi ce que Mahomet a apporté de neuf, et alors tu ne trouveras rien que de mauvais et d'inhumain, tel que son ordre de répandre par l'épée la foi qu'il prêchait." Après s'être exprimé avec tant de force, l'empereur s'attache à expliquer par le détail les raisons pour lesquelles propager la foi par la violence est absurde.

« La violence est incompatible avec la nature de Dieu et la nature de l'âme. "Dieu ne prend pas plaisir au sang, dit-il.

Et ne pas agir raisonnablement est contraire à la nature de Dieu. La foi naît de l'âme, pas du corps. Quiconque veut amener quelqu'un à la foi doit pouvoir user de la faculté de bien parler et raisonner correctement, non de la violence ou de la menace... Pour convaincre une âme raisonnable, nul besoin d'un bras puissant ni d'arme d'aucune sorte, ni d'aucun moyen avec lequel menacer quelqu'un de mort..." »

Il m'a semblé que ses paroles étaient porteuses d'observations très positives. L'évocation d'une controverse médiévale se voulait pédagogique. Certains l'ont prise comme une insulte, un affront. Il faut d'abord dire que l'immense majorité des musulmans n'a pas lu le texte du XVe siècle auquel se référait Benoît.

Les médias ont extrait cette référence du contexte et l'ont jetée en pâture au grand public. Il est incroyable que sur cette question théologique, ce sont malheureusement les médias – souvent fort incultes en matière religieuse – qui font autorité, et non la parole du pape.

Je pense à nos frères des églises de Gaza et de Cisjordanie. Un jeune prêtre disait que l'intervention du pape avait été maladroite et la comparait à la « croisade de George Bush ». Il est vrai que toute intervention est extrêmement sensible là où les musulmans sont majoritaires... surtout quand elle a été tronquée. Au point que sœur Leonella Sgorbati, missionnaire italienne en Somalie, fut assassinée ainsi qu'un garde du corps à la suite de ces événements. Je salue leur mémoire.

De nombreuses églises ont été également attaquées. Heureusement, les dégâts à déplorer ont été moins graves que lors de l'affaire des caricatures concernant Mahomet.

Plutôt que les critiques des catholiques sur les propos du pape, je préfère écouter ce qu'en pensent les musulmans. Mahmoud Hussein dit que les intellectuels musulmans doivent accomplir sur eux-mêmes le travail nécessaire pour rejeter toute lecture intégriste du Coran. Le Coran appelle à lire et à méditer personnellement la parole de Dieu.

Mohamed Talbi estime que Benoît XVI a comme tout le monde le droit de s'exprimer et qu'il a eu raison de donner son opinion sur l'islam avec franchise et sincérité.

La foi et la raison

J'ai aimé l'analyse de Brunot Frappat dans *La Croix*, disant que les réactions passionnelles à la désormais « conférence de Ratisbonne » étaient souvent infondées.

Combien de protestataires ont pris connaissance du texte ? Ils ne le connaissaient pas et leur ignorance leur a fait croire à une attaque du pape contre l'islam. À leurs yeux, le souverain pontife amalgamait islam et violence.

Le journaliste ajoutait : « Qui a pris la peine de lire la totalité de la conférence ? Pas grand monde. Le pape ne faisait pas un exposé sur l'islam et la violence, il menait une réflexion sur les rapports entre la foi et la raison. Il interpellait toutes les religions. » Il déplorait que l'on ne retienne pour analyse que les propos de médias pressés et de manifestants prêts à brûler une effigie de Benoît XVI. Le pire étant que désormais chacun retiendrait de la conférence de Ratisbonne... ce qui ne s'y trouvait pas.

Et l'on voudrait que le pape s'excuse de ne pas avoir été lu ? Le journaliste de *La Croix* terminait son analyse en appelant de ses souhaits le jour béni où la foi des uns pourra questionner la foi des autres.

Autocritique et rectification

Bien sûr, dans le passé les chrétiens ont pratiqué la violence et l'intolérance. Pendant l'Inquisition ils ont embroché des musulmans, mais le pape a fait repentance au nom de l'Église sur ces faits. Jean-Marie Lustiger avait dit à ce propos qu'il fallait garder raison critique, et chercher ensemble.

Le pape souhaite un dialogue positif et autocritique avec les autres religions. Il est étonnant d'observer que pour la première fois dans l'Église, le Vatican s'est soumis à une double rectification publique des propos de Benoît XVI !

Le pape explique que ce n'est pas la religion et la violence qui vont ensemble, mais la religion et la raison. Il a souligné la nécessité impérieuse du dialogue entre l'islam et la foi chrétienne. Il a réuni tous ses ambassadeurs pour faire face aux défis qui se présentent, notamment en ce qui concerne la défense, la promotion, la dignité de l'homme ainsi que ses droits.

Je pense que l'affaire s'apaisera et qu'elle doit nous conduire à un « trialogue ». Le mot est du juif Maurice-Ruben Hayoun. Ce trialogue est d'ailleurs facilité par la conjonction des dates. Le 22 septembre 2006 au soir, les juifs du monde entier sont entrés dans l'année nouvelle, c'est Rosh Hashana ; au même moment, les musulmans ont entamé le ramadan...

Ces signes conjoncturels sont très beaux.

Une même tradition

Les trois confessions issues de la lignée abrahamique doivent revivifier leur fraternité. C'est plus qu'indispensable. Nos trois grandes religions monothéistes autour de la Méditerranée sont issues d'une seule et même tradition et contiennent des analogies.

Abraham est notre racine commune, notre ancêtre dans la foi. Il est vu par les juifs comme le point de départ d'une lignée généalogique, par les musulmans comme le modèle de la soumission à Dieu parce qu'il a offert son fils. Pour les chrétiens, il représente une foi immense parce qu'il a quitté son pays sur l'appel de Dieu.

On compte dans le monde un milliard cent millions de musulmans, un milliard cent millions de chrétiens, et plus de treize millions de juifs. Les pays musulmans sont rarement des États laïques. La Turquie s'est montrée pionnière grâce à Mustafa Kemal Atatürk.

Ces trois religions monothéistes se disent révélées mais chacune nie la révélation des deux autres. Toutes les trois croient en un Dieu unique, mais différemment.

Pour le juif, Dieu est une entité radicalement transcendante. On ne peut pas « voir Dieu sans mourir ».

Pour le musulman, la toute-puissance divine est exclusive. Dieu est extérieur à l'homme.

Pour le chrétien, la créature est en Dieu, et Dieu est intérieur et extérieur à chaque être.

Lieux saints

La mort est vue par ces trois grandes religions de manière sensiblement divergente. Pour les musulmans, là-haut est la jouissance extrême. Il n'y aura de place que pour les musulmans. Pour les chrétiens, il y aura jouissance par l'accomplissement en Dieu. Ils pensent que les musulmans et les juifs ont accès au Royaume de Dieu.

La terre de Palestine est vue par les juifs comme leur revenant de droit divin. Cette terre est sainte et sacrée pour eux. Son centre, Jérusalem, fait l'objet d'une conquête acharnée. Pour les musulmans, les terres sacrées sont multiples : l'Arabie Saoudite, Jérusalem, la mosquée d'Omar… Ils défendent ces pierres et ces territoires avec virulence.

Pour les chrétiens, le centre de leur vénération est le siège apostolique, Rome. Mais en admettant que Rome soit prise, ce qui est arrivé dans l'histoire lorsque le Saint-Siège s'est déplacé en Avignon, le pape ira ailleurs. Les pierres, il s'en fout. L'important est qu'il y ait un pape à la tête de l'Église. Qu'il réside à Avignon ou dans n'importe quelle partie du monde, ça nous est égal. Si musulmans et juifs se détachaient un peu de leurs pierres, la paix triompherait partout.

Nous sommes liés par le souvenir et par cette parole fondamentale du Christ : « Adorez Dieu en esprit et en vérité. » Cela ne dépend pas d'un morceau de terre. On peut donc trimbaler Dieu partout où l'on veut.

Jésus ne nous a pas laissé de biens matériels : ni cathédrale ni palais. Juste un modeste puits, peut-être. Ce puits de la Samaritaine où il s'est assis… S'il est authentique, évidemment.

Nos livres

Les écritures sont importantes pour les trois religions scripturaires fondées respectivement sur la Torah, le Coran et la Bible. Dieu a dicté, par la voix de l'ange Gabriel, le texte du Coran à Mahomet qui, selon les musulmans, ne savait ni lire ni écrire. Seul compte ce qui est écrit. De plus, Dieu s'est exprimé en arabe.

Ce qui est terrible pour nos frères musulmans, c'est que selon eux le Coran ne peut être touché. Pas un seul mot. Si on ôtait une seule phrase au Coran, tout l'édifice s'écroulerait. D'où l'immense difficulté qu'éprouvent les réformistes de l'islam, qui sont haïs et persécutés.

Pour les juifs, la Torah a été écrite par Moïse.

Les chrétiens pensent que la Bible est un livre inspiré. La lettre compte, mais l'esprit infiniment plus. Nous avons donc le droit de l'interpréter.

Ces trois systèmes sont irréductibles sur le plan théologique. Toute discussion théologique entre ces trois religions est donc compromise. Si Aïssa est un grand prophète chez les musulmans, il est impensable pour eux qu'il soit fils de Dieu.

Convergences

Chaque système ayant réponse à tout, comment sortir de l'affrontement ? Seules les relations interpersonnelles peuvent nous faire progresser. Si nous nous replions sur nos institutions, nous resterons dans notre bulle. L'oxygène, c'est l'humilité de chacun. L'effroyable conflit entre la Palestine et

Israël serait terminé si, avec humilité, on priait Dieu en toute vérité. La religion, quelle qu'elle soit, est faite pour l'homme et non l'homme pour la religion.

Dieu transparaît plus qu'il ne paraît. Il nous a demandé que les vrais adorateurs Le louent en esprit et en vérité (Jean IV, 21). C'est à travers la personne et les événements que Dieu transparaît. Une personne saisie par l'amour de Dieu le dira par tout son être. J'aime tellement cette pensée d'Ibn Arabis (fin du XIIe siècle) : « Ma religion, c'est l'amour. » Nous avons, comme croyants, une très grande responsabilité.

Pourquoi sommes-nous nés dans une religion ? Mystère. Quatre-vingt-dix-neuf fois sur cent, un enfant qui naît dans un pays de culture musulmane sera musulman. Et il ne peut changer. Nous, chrétiens, admettons le changement. Nous pensons que chacun a le libre droit de se convertir à la religion qui lui convient.

En France, nous sommes confrontés à la présence de la culture musulmane depuis une quarantaine d'années. Nous accueillons aussi de plus en plus de bouddhistes. Il est important d'aller découvrir l'autre. J'ai beaucoup lu le Coran quand je vivais en Algérie. Cela ne m'a jamais empêché d'affirmer ma foi chrétienne.

Souvenons-nous qu'à Assise, le pape Jean-Paul II a rassemblé toutes les religions pour prier ensemble. Nous, chrétiens, ne cherchons pas à convertir l'autre.

Notre appartenance à une religion est essentielle. Essentiel aussi de ne pas croire que la seule « vérité » est détenue par nous. Dieu seul est la vérité. Pas nous. « L'autre possède une vérité qui nous manque » : le lui dire, c'est le conforter dans ce qu'il vit. C'est aussi ne pas l'humilier.

Comme disait Mgr Lustiger : « Dire que l'on est chrétien n'est pas l'essentiel : il faut l' "être". »

Je vois encore le regard lumineux de Benoît XVI, lors de notre rencontre au Vatican, quand je lui ai dit : « Benoît, c'était super que tu sois allé à la Mosquée bleue d'Istanbul. » Simple geste. Petit geste. Mais immense moment.

« Aller chez l'autre » plus que jamais, c'est le seul moyen pour que le choc des religions n'ait pas lieu. Quand des forces maléfiques poussent l'humanité à s'entre-déchirer pour supplanter et éliminer l'autre, la seule réponse est d'aller chez lui. Humblement, sans autre désir que de s'enrichir au contact de sa foi, de sa culture. C'est ça, « adorer Dieu en esprit et en vérité ».

42

Les hommes gouvernent l'Église

Les femmes l'animent

Qui peut trouver une femme vertueuse ? Elle a bien plus de valeur que les perles.

Le cœur de son mari a confiance en elle, et les produits ne lui feront pas défaut.

Elle lui fait du bien, et non du mal, tous les jours de sa vie. [...]

Elle ouvre la bouche avec sagesse, et des instructions aimables sont sur sa langue.

Elle veille sur ce qui se passe dans sa maison, et elle ne mange pas le pain de paresse.

Ses fils se lèvent, et la disent heureuse ; son mari se lève, et lui donne des louanges :

Plusieurs filles ont une conduite vertueuse ; mais toi, tu les surpasses toutes.

La grâce est trompeuse, et la beauté est vaine ; la femme qui craint l'Éternel est celle qui sera louée.

Récompensez-la du fruit de son travail, et qu'aux portes ses œuvres la louent.

Proverbes XXXI, 10-12 ; 25-31

Quelle est la place des femmes dans l'Église actuellement ?

Il y a des plaintes de plus en plus fortes au sein de l'Église catholique et romaine. Beaucoup de femmes disent que les hommes gouvernent et que les femmes bossent. Certes, les curés se donnent aussi, mais on note qu'en France, sur deux cent mille laïcs qui carburent, 80 % sont des femmes.

Les femmes investissent tous les champs à labourer, et ils sont nombreux. La porte d'entrée des femmes dans l'Église catholique a été la catéchèse. Mais maintenant, quand je me rends en prison, je suis fréquemment reçu par l'animatrice de l'aumônerie. Il y a encore des diacres et des prêtres, mais de plus en plus de laïcs, hommes et femmes, remplissent les fonctions d'animation de l'équipe pastorale, de la formation, des funérailles, de la théologie.

De plus en plus de femmes sont également théologiennes. Pour la première fois, c'est une femme qui a été nommée rectrice à la tête de l'Université catholique, une très importante responsabilité. Que la femme soit l'égale de l'homme, il n'y a aucun doute. Mais quel combat il a fallu mener pour arriver à le faire admettre.

Les politiques eux-mêmes ont mis passablement de temps. Le président Nicolas Sarkozy a voulu la parité dans le premier gouvernement de François Fillon. Même s'il y a un peu plus d'hommes que de femmes, il faut reconnaître que c'est assez bien équilibré. J'espère simplement que nous n'assisterons pas à un scénario à la Juppé. Souvenez-vous : il avait nommé sept femmes ministres qu'il avait remplacées aussitôt. Bonnes ou mauvaises raisons ?… Toujours est-il que les « jupettes » furent éphémères.

Mêmes si les hommes et les femmes sont égaux devant le Christ, les femmes ont de tout temps été écartées des lieux de décision, et parler des femmes dans l'Église reste un exercice périlleux.

Le sort des femmes est intimement lié à celui des laïcs en général. Depuis Vatican II, il est clair que l'Église a inventé la place des laïcs, et c'est une formidable avancée. On ne reviendra plus en arrière. Et il y a si peu de prêtres. On ne pouvait faire autrement, et tant mieux.

Quand les prêtres étaient au centre

En fait, il y a un problème chez les prêtres qui n'est pas théologique, mais psychologique. Le prêtre reste un misogyne, même s'il est jeune. Il semble que l'accession des femmes au magistère de l'Église ne donne à craindre au prêtre de ne plus maîtriser la spécificité de son ministère.

Nous, prêtres, avons été durant des siècles au centre de tout ! Nous vivons sur un passé révolu. Il y eut une époque où, dans les villages, le maire et le député pouvaient aller se faire voir. C'était le prêtre qui commandait, et bien souvent il disait aussi pour qui il fallait voter.

Quand j'étais petit, le curé tirait tous les fils. La messe, la prédication, la quête, le catéchisme. Il y avait deux ou trois vicaires de côté, mais le curé était omnipotent, omniprésent.

Lors de mes conférences, j'ai l'occasion de rencontrer de nombreux prêtres. Je me suis aperçu que le « clérical » existait encore. Même chez les plus jeunes. Celui-là met les laïcs à sa botte, il ne partage pas.

J'ai connu aussi des paroisses où les laïcs essayent de bouffer le prêtre, le laissant à une tâche déprimante de fonctionnaire du culte.

J'ai vu un prêtre quasiment fichu à la porte de son église parce qu'il voulait tout gouverner ! Tant mieux.

J'ai vu aussi des prêtres écartant les laïcs laborieusement préparés à de nombreuses tâches pastorales par leur prédécesseur. Adieu, l'élan donné dans la paroisse qui fleurissait bellement !

Des liens d'unité

Pendant très longtemps, nous avons kidnappé le message du Christ. Mais nous ne sommes plus le centre. Vatican II a voulu que nous soyons des liens d'unité. C'est notre tâche la plus belle. Même si, dans la société, l'image du prêtre frôle la caricature, pour ne pas dire la moquerie.

Il reste qu'à cause de notre formation (pas celle des jeunes prêtres d'aujourd'hui) nous avons une crainte viscérale de la femme. Je me souviens qu'au séminaire on nous disait : « Attention aux femmes ! Ne les regardez jamais en face. Comme des cobras, elles vous engloutissent, ou comme la Gorgone elles vous pétrifient si vous fixez leur regard ! »

Nous, prêtres, avons peur qu'elles nous bouffent notre identité. C'est lié à notre personnalité de célibataires.

Dans notre association de Faucon, il y a vingt équipiers. Dix hommes et dix femmes. Je dois reconnaître qu'elles ne me dévorent pas... Certaines d'entre elles vénèrent le prêtre que je suis, d'autres au contraire sont plutôt agacées par mon état religieux, d'autres enfin vivent une belle égalité avec moi, surtout celles qui sont en couple. Forcément, une femme célibataire qui vit aux côtés d'un prêtre peut se rapprocher de lui. Parfois même elle peut en tomber amoureuse. Si c'est le seul homme avec lequel elle est en relation, comment voulez-vous qu'elle ne s'attache pas à lui ?

Le pouvoir et le service

On est souvent confronté au problème du pouvoir entre laïcs et prêtres. Dans ce cas, nous aurons une Église de division. Parce que l'Église est un service, surtout pas un pouvoir. Faire descendre l'amour dans mes mains nues, dans l'eucharistie, est un service extraordinaire. Donner l'absolution est un service fabuleux, non un pouvoir. J'ai simplement la grâce de rendre ces deux services.

Dans les équipes où se produisent des conflits, et elles sont nombreuses, la personnalité du prêtre jouera un rôle d'apaisement. S'il est serviteur, l'équipe sera rayonnante.

Le canon 766

Les femmes sont souvent très impliquées dans les équipes qui s'occupent des malades. Ceux-ci se confient davantage à elles qu'à un homme Elles les accompagnent longuement, régulièrement. Les femmes sont là aux moments décisifs.

Devant la croix, elles sont restées jusqu'au bout. Ce sont elles qui trouvent la pierre du tombeau roulée et ce sont elles qui se font les messagères de la résurrection au matin de Pâques. Elles sont les premières à voir le Christ ressuscité.

Les disciples d'Emmaüs évoquent la nouvelle transmise

par les femmes en ajoutant : « Elles sont des nôtres. » Deux mille ans après, qu'est-ce que cela veut dire ?

J'estime que leur travail d'accompagnement des malades devrait être poussé beaucoup plus loin. C'est souvent un prêtre inconnu du mourant qui va lui donner le sacrement des malades, alors qu'une femme laïque l'a longuement accompagné. Ce ministère d'écoute pourrait devenir un ministère sacramentel. Celui ou celle qui a accompagné devrait pouvoir donner le sacrement des malades. Ce serait superbe que les diacres ou les diaconesses aient ce droit.

Une autre chose est la prédication. Ce sont les prêtres qui prêchent. Or nous connaissons une usure certaine.

Un laïc homme ou femme, n'a pas le droit de prêcher, dit-on. C'est ignorer le canon 766 du code de droit canonique : « Les laïcs peuvent être admis à prêcher dans une église ou un oratoire si le besoin le requiert en certaines circonstances ou si l'utilité le suggère dans les cas particuliers. »

Je pense que nous avons, nous prêtres, souvent oublié ce canon 766.

L'hiver, quand je vais faire du ski, je dis toujours une messe dans une paroisse. Lorsqu'on manque de prêtres, ce sont les laïcs, hommes ou femmes, qui donnent la communion. Mais ils n'ont pas non plus le droit de prêcher (toujours en méconnaissance du canon 766). Ce jour-là, le curé me dit :

« Les Adap (Assemblées Dominicales en l'Absence de Prêtres) fonctionnent quand le curé n'est pas là. Dimanche, ils feront les Adap. Donc, Guy, tu ne dis pas la messe. La communauté se rassemble le samedi ou le dimanche, lit l'Évangile et donne la communion. »

Surpris, je lui réponds :

« OK, les Adap c'est quand il n'y a pas de curé, mais je peux venir tout de même… Je suis prêtre.

– Non, me répond-il.

– Alors j'ai le droit d'aller à l'église à condition de fermer ma gueule. » (Ce qui est un peu difficile pour moi, je l'avoue franchement.)

J'y suis allé toute gueule fermée et j'ai reçu la communion d'une sainte femme... Sainte femme qui, après la lecture d'Évangile, me dit : « Père, voulez-vous nous dire quelques mots ? »

J'ai bien aimé ce retournement de situation : une laïque proposant la parole à un prêtre.

En vertu du canon 766, il m'arrive dans mon village de Provence de proposer à une femme ou un homme de prêcher le dimanche suivant. Parfois il ou elle hésite, tergiverse et, finalement, s'en sort très bien. C'est aussi une occasion d'éviter l'usure de la parole chez le prêtre. Prêcher tous les dimanches finit par lasser ou décourager certains.

L'Esprit-Saint, heureusement, n'appartient pas qu'aux prêtres.

La place des femmes dans l'Évangile

Le cardinal Martini, qui aurait pu être notre nouveau pape à la place de Joseph Ratzinger, était d'accord pour que des hommes mariés soient prêtres et des femmes, diaconesses. L'Église ne peut que s'ouvrir à la voie des femmes. Je suis certain que cela viendra, lentement, mais cela viendra un jour.

L'Église est lente et il faut avancer à sa lenteur. L'Église anglicane s'est déchirée en voulant aller trop vite.

Le Christ a dit que là-haut hommes et femmes disparaîtront et que nous serons tous des anges. Rêvons d'être tous des anges sur terre, dès maintenant.

Légende hindoue

Pour créer la femme,
Dieu prit la rondeur de la lune,
L'ondulation du serpent,
L'enlacement de la plante grimpante,
Le tremblement du gazon,
La sveltesse du roseau,
La fraîcheur de la rose,
La légèreté de la feuille,
Le velouté de la pêche,
Le tendre regard du chevreuil,
L'inconstance de la brise,
Les pleurs du nuage,
La gaieté du rayon de soleil,
La timidité du lièvre,
La vanité du paon,
La douceur du duvet qui garnit la gorge du moineau,
La dureté du diamant,
Le goût sucré du miel,
La cruauté du tigre,
La froideur de la neige,
La chaleur du feu,
Le caquet du geai,

Le roucoulement de la tourterelle.

Voilà pour créer la femme tout ce que Dieu prit.

Il mêla toutes ces choses et en forma la femme. Elle était gracieuse, et la trouvant plus jolie que l'ibis ou que la gazelle, Dieu, fier de son œuvre, l'a admirée, puis il en fit présent à l'homme.

Huit jours après, l'homme vint trouver Dieu : « Seigneur, dit-il, la créature dont Tu m'as fait cadeau empoisonne mon existence ! Elle bavarde sans trêve. Elle se lamente pour rien. Elle pleure et elle rit tout à la fois. Elle s'inquiète, elle est exigeante, tracassière et elle pique dans mon portefeuille. Elle ne me laisse pas une minute de repos. Je T'en prie, Seigneur, reprends-la ! Je ne puis plus vivre avec elle. »

Quelque temps plus tard, fatigué, las d'être seul, l'homme vint retrouver Dieu et lui dit en substance : « Je T'en prie, Seigneur, telle qu'elle est, rends-la-moi ! »

Jusqu'à la fin des temps, l'Église sera bancale pour annoncer le Christ. Faite d'humains, elle sera toujours une immense cohorte de pécheurs, et elle cherchera partout les lieux où elle peut le mieux servir.

« Ce n'est pas le ministère qui compte, c'est la sainteté », a dit un jour Jean-Paul II. C'est très juste.

Mais que l'Église avance pour que les femmes accèdent à des ministères ordonnés, comme le diaconat, semble inéluctable. Le plus tôt sera le mieux.

43

Aux urnes, chrétiens !

Comment concilier Dieu et César ?

Jésus, rempli du Saint-Esprit, revint du Jourdain, et il fut conduit par l'Esprit dans le désert,

où il fut tenté par le diable pendant quarante jours. Il ne mangea rien durant ces jours-là, et, après qu'ils furent écoulés, il eut faim.

Le diable lui dit : Si tu es Fils de Dieu, ordonne à cette pierre qu'elle devienne du pain.

Jésus lui répondit : Il est écrit : L'Homme ne vivra pas de pain seulement.

Le diable, l'ayant élevé, lui montra en un instant tous les royaumes de la terre,

et lui dit : Je te donnerai toute cette puissance, et la gloire de ces royaumes ; car elle m'a été donnée, et je la donne à qui je veux.

Si donc tu te prosternes devant moi, elle sera toute à toi.

Jésus lui répondit : Il est écrit : Tu adoreras le Seigneur, ton Dieu, et tu Le serviras Lui seul.

Luc IV, 1-8

Je vous propose une analyse humaine et chrétienne des élections présidentielles. En 2007, les Français sont passés de la protestation à la proposition. En 2002, il y a eu une levée de boucliers énorme lorsque Le Pen passa le premier tour de l'élection présidentielle. À gauche comme à droite, on vota massivement pour affirmer son attachement à la démocratie et son refus des idéologies d'extrême droite... Chirac fit plus de 80 %. Ce fut un vote de protestation.

En 2007, les Français ont proposé. Ils se sont intéressés au bien commun. Il est préférable de voter « pour » plutôt que de voter « contre » un candidat. Partis de la dénonciation de l'extrême droite, nous sommes passés à l'action, à l'espoir.

Et, ô merveille, il y a eu 87 % de votants. Quel superbe résultat ! Sachant que cinq millions de personnes ont plus de soixante-quinze ans, soit 11 % du corps électoral, on en déduit que la part des personnes âgées dans ce vote a été déterminante, même si les jeunes se sont bousculés pour prendre leur carte électorale et ont couru vers les urnes.

Quelque chose de très fort eut lieu sur le plan humain.

Quand le pape ramène sa fraise

Jean-Paul II disait : « Les fidèles laïques ne peuvent absolument pas renoncer à la participation à la politique, à savoir l'action multiforme économique, sociale, législative, administrative et culturelle, qui a pour but de promouvoir le bien commun. »

Dans cet esprit, le concile Vatican II avait préconisé : « Que tous les citoyens se souviennent donc du droit et du devoir qu'ils ont d'user de leur libre suffrage en vue du bien commun. »

L'Église disait ainsi l'estime qu'elle avait pour ceux qui se consacrent à la chose publique et en assurent les charges au service de tous.

Ces références sont importantes.

Benoît XVI a proposé les priorités de l'Église au G8, la conférence des huit pays les plus riches du monde. Il recommande, en tant que pape, successeur des apôtres, lui le chef spirituel d'un milliard deux cents millions de personnes, la priorité au développement des pays pauvres et il réclame une réduction significative du commerce des armes.

Certains lui demandent de s'occuper de ses oignons. Mais ses oignons... sont aussi les nôtres !

Vous pensez que la politique ne le regarde pas ? Ces questions concernent tout le monde !

Les budgets de l'armement sont phénoménaux. Que le pape propose la collaboration de l'Église catholique à des objectifs concernant le bien commun me semble nécessaire. Que le pape dise nettement aux pays les plus riches : « Limitez le commerce des armes, développez les pays pauvres » me semble excellent.

Nos deux royaumes

Le Seigneur nous a demandé de bâtir le Royaume de Dieu. Il ne nous a pas demandé de bâtir le royaume des hommes. Jésus-Christ s'est barré dans le désert quand on a voulu le faire roi.

La foi pousse à l'engagement afin de bâtir le royaume des

hommes. Je constate une réticence des chrétiens à « entrer en politique ». En revanche, beaucoup d'entre eux s'engagent dans des associations loi 1901, apolitiques. Les chrétiens sont plus à l'aise dans les mouvements associatifs que dans les partis. Leur présence de citoyens-croyants est importante, tonique et bonne. Elle fait remarquablement respirer la France.

Je suis toujours ravi de voir dans notre pays, comme à l'étranger, le nombre incalculable d'associations qui gèrent le bien commun. À chaque conférence, je les salue, quelles qu'elles soient. Elles sont l'oxygène de nombreuses villes et surtout des plus petits villages.

« Rendez à César ce qui est à César, et à Dieu ce qui est à Dieu »

Que des chrétiens, au nom de leur foi, donnent leur avis est très bon. Poussés par l'impact des associations, les hommes et femmes politiques suivent. Souvenez-vous en 2006 des tentes au bord du canal Saint-Martin et du mouvement des Enfants de don Quichotte. Ce fut un épisode formidable. Associés au DAL, ils furent reçus par le gouvernement. Pour finir, Jacques Chirac prit position sur une « charte du canal Saint-Martin », signée par des hommes politiques de premier plan comme Bertrand Delanoë, et dont l'objectif était de « permettre l'accès de tous à un logement ».

Les Restaurants du Cœur, SOS Racisme et combien d'autres associations poussent au cul, et puissamment, l'État.

Souvenons-nous de saint Vincent de Paul. Qu'a-t-il fait ? Des parias qu'étaient alors les prisonniers, il est le premier à avoir dit : « Ce sont des humains que nous devons respecter ! »

Les aumôneries de prison sont nées de son mouvement. Cette organisation, chrétienne au départ, est devenue aujourd'hui un mouvement remarquable.

Aumôniers et visiteurs de prison donnent un souffle vital à ceux et celles qui subissent une détention souvent très difficile.

« Heureux les artisans de paix, ils seront appelés fils de Dieu »

Les chrétiens ne peuvent être autre chose que militants dans la cité, ils ne peuvent qu'interpeller les hommes et les femmes politiques.

L'abbé Pierre, ce visage emblématique, dit un jour, à l'Assemblée nationale, à un ministre qui n'avait pas tenu ses engagements, qu'il était un menteur. L'abbé Pierre, qui avait lui-même été député juste après la Libération, avait vu le piège de la politique quand elle devient politicienne et avait abandonné. Car les machines des partis peuvent être cyniques et destructrices. L'Église demande que nous n'entrions pas dans le jeu de cette politique-là.

De Gaulle a dit un jour : « Parfois l'Évangile et la chose politique sont totalement incompatibles. » Hors parti, la parole libre de l'abbé Pierre a été fantastique pour les sans-abris et les sans-papiers. S'il était resté député, elle aurait été comprise comme partisane.

Nous, prêtres, ne mesurons pas assez la puissance de notre libre parole. Sans entrer dans un parti politique, nous devons interpeller notre pays de façon précise. Souvenez-vous de Jean-Paul II qui engueulait des ministres du Nicaragua, entre autres deux ou trois jésuites qui entouraient le

Président. Si Jean-Paul II ne faisait pas de politique politicienne, il était néanmoins un immense homme politique. Il contribua fortement à l'effondrement du communisme. Avec son génie chrétien, il s'immisça dans le fait politique armé de la plus grande détermination.

L'Église de France est parfaitement claire : un prêtre ne peut vous dire pour qui voter après la messe. En revanche, au nom de la foi, il peut s'élever contre tel ou tel courant ou personnalité malfaisante. Mgr Olivier de Berranger, évêque de Saint-Denis, a été le plus loin. Il a été tranchant : « Un chrétien ne peut pas voter pour l'extrême droite ! »

D'autres évêques le disent aussi indirectement, en enveloppant leurs arguments : « Rejetez la xénophobie… » Il faut lire entre les lignes !

« Les patrons voyous »

Dans le monde d'aujourd'hui, l'Église se doit de donner des critères de discernement sur des sujets essentiels. Comment pourrait-elle se taire sur la bioéthique ? Comment pourrait-elle se taire sur l'euthanasie, sur l'exclusion, sur l'avortement ? Comment pourrait-elle ne pas intervenir sur l'immigration, sur l'Europe, sur les grands mouvements internationaux, la mondialisation, la corruption ?

Dernièrement, le cardinal Philippe Barbarin, cardinal-archevêque de Lyon, tonna contre « les incroyables rémunérations de certains chefs d'entreprise », et stigmatisa Antoine Zacharias, P-DG du groupe Vinci, qui avait laissé sur le carreau des milliers de chômeurs et fichu le camp avec un parachute doré de huit millions d'euros. Personne, au sein de l'Église, n'a demandé au cardinal Barbarin de rentrer dans sa sacristie et de s'occuper de ses affaires.

Des critères de discernement

À l'issue de la conférence nationale des évêques, dix points ont été énoncés concernant les critères de discernement au niveau politique. C'est le rôle de l'Église. Les croyants doivent être éclairés sur leurs devoirs dans la vie de la cité et sur leurs relations avec les pouvoirs publics.

Il est impossible de marginaliser les religions. En France, des dizaines de millions de catholiques, de chrétiens, de protestants, et cinq millions de croyants musulmans sont là. Le facteur religieux n'est pas séparé de l'avenir d'un pays.

Dans l'histoire, nous avons connu la collusion extrêmement dangereuse entre l'Église et le pouvoir. En Iran, où la charia commande le pays, la loi coranique perdure avec son cortège de fanatisme. Elle est à l'opposé du principe : « Rendez à César ce qui est à César. » Le Christ annonce le Royaume de Dieu. Il ne parle pas d'un royaume humain.

Entre le spirituel et le temporel, les frontières ne sont pourtant jamais très nettes. Dieu et César sont séparés, mais ne peuvent s'ignorer. L'État français ne peut se voiler la face, il doit compter avec les croyants.

Jésus a fondé une communauté avec ses règles propres. La seule chose qu'on pourrait demander aux hommes et femmes politiques serait que les victimes soient servies d'abord, et que la prévention soit établie d'abord. Mais allez leur dire : « Pardonne et aime ton ennemi » ? Ce n'est pas une loi laïque.

Au royaume des hommes, quand quelqu'un a gravement fauté, on peut l'enfermer jusqu'à la fin de ses jours. L'État justicier fait son boulot, mais il reste enfermé dans sa justice. Je me contenterai de lui demander simplement, au nom des prisonniers, qu'ils aient au moins une cellule pour eux seuls et que l'on respecte leurs droits. La cellule d'un mitard de Fleury-Mérogis fait 4,15 mètres carrés. Dans les chenils, la surface minimum de l'espace pour un clébard est cinq mètres carrés !

Une justice sans amour est une justice méprisable. L'amour sans justice est du vent.

La présence de chrétiens et de croyants d'autres confessions dans les prisons est très importante. Ce n'est pas Ségolène ou Nicolas qui vont dire : « Pardonne et aime ton ennemi. » Mais le chrétien peut le dire, parce qu'il a ses règles.

L'Église apporte l'amour dans les prisons. Elle martèle : « Tu es plus grand que tes fautes. »

Les parents qui enterrent leur petite fille violée et tuée n'accepteraient évidemment pas que l'État déclare que le bourreau de leur enfant est « plus grand que ses fautes ».

Mais le chrétien peut le dire.

Nos hommes politiques de 2007, le Président en tête, ont un souci majeur des victimes. C'est nouveau et c'est bon. Mais chaque crime crapuleux peut susciter des réflexes d'enfermement définitif. Là, on est en plein brouillard. Enterrer vivante une personne est terrible. C'est une condamnation à une mort lente.

La victime reste prioritaire. Un meilleur travail de prévention est urgentissime pour empêcher de pleurer de nouvelles victimes.

Mais tout traitement dégradant en prison renforce la violence. Dans ces conditions, quand des hommes et des femmes entrent en prison, des fauves risquent d'en sortir.

Trois élus témoignent

Jean-Marie Vanlerenberghe, sénateur UDF, dit que « la forme la plus achevée de son engagement de chrétien est d'être en politique ».

Jacques Bravo, maire PS du IXe arrondissement de Paris, déclare que c'est « par sa foi qu'il est venu à la politique ».

Françoise Grossetête, députée européenne et maire UMP de Saint-Étienne, dit qu'elle « fait ses choix politiques avec sa conscience de chrétienne ».

Ne restons jamais sur la touche pour critiquer sans cesse l'État. C'est au cœur des systèmes politiques que nos élus feront avancer la justice, la solidarité et la fraternité. Notre vote est déterminant. Ne manquons pas de déposer notre voix dans l'urne : elle est irremplaçable.

44

Comment évangéliser ?

Jamais sans les actes

Prête l'oreille à mes paroles, ô Éternel ! Écoute mes gémissements !

Sois attentif à mes cris, mon roi et mon Dieu ! C'est à Toi que j'adresse ma prière.

Éternel ! Le matin Tu entends ma voix ; le matin je me tourne vers Toi, et je regarde.

Psaumes V, 2-4

Évangéliser est une urgence pour tout chrétien. Comment ?

Par sa vie, et non en faisant de la propagande ou de la publicité, comme le pratiquent des tas de sectes. Aux États-Unis, ils présentent même des spots télé… La propagande et la publicité sont affaire d'écrits et d'images que l'on vend. On commerce, on ne s'implique pas. Or, celui qui croit au Christ ressuscité s'implique d'abord. L'évangéliste annonce une parole vivante, une présence. Ce n'est pas une « technique », mais une « mission ».

On évangélise par sa vie

La première annonce de l'Évangile devient une nécessité. Notre problème, dans les pays européens, dans un monde où l'athéisme est de plus en plus important, est de croire que le Christ est annoncé.

Notre vie de croyant se déroule dans un monde athée. Il est fondamental de s'ouvrir à un milieu qui nous est hostile.

La vie évangélique n'est ni aisée ni pacifique. La vraie Église militante est confrontée à des situations difficiles, parfois violentes. Contrer l'athéisme ? Non, je ne pense pas que ce soit très utile. Vivre sa foi par des actes reste la Preuve, la Lumière ; être quelqu'un qui pardonne, qui partage et qui aime… Peu de gens résistent à l'amour. Dans un monde incroyant, la bonne nouvelle doit donc percer et apporter l'air pur à tous ceux qui cherchent.

Vatican II a fait prendre un tournant capital à l'évangélisation en refusant le prosélytisme et en pratiquant une ouverture inédite sur les autres religions. Cette phrase du concile est essentielle : « Évangéliser, c'est mettre les personnes debout et libres. » Nos frères musulmans feraient bien de s'en inspirer. Quant aux sectes chrétiennes qui se multiplient, leur prosélytisme outrancier est écœurant, tout autant que la richesse qui leur colle aux fesses. Elles devraient se souvenir de Charles de Foucauld.

Une prière irrésistible

Le croyant est d'abord quelqu'un qui prie. La prière, une prière irrésistible, est la meilleure action que nous puissions faire. Celui qui évangélise commence par prier, c'est sa force. Sans la prière, il n'aimerait véritablement ni Dieu ni personne.

Il lit, il médite.

Mon travail social ne serait rien sans la prière. On disperse trop son action. La présence à Dieu y est essentielle.

Quand on me félicite pour notre action à Faucon, je réponds toujours : « Dieu et mes équipiers sont au cœur de l'affaire ! »

Je note d'ailleurs que mes équipiers sont de religions diverses : il y a des protestants – un calviniste et un luthérien –, des musulmans, des orthodoxes, des athées, un petit groupe de catholiques. J'ai toujours refusé de m'embastiller dans une communauté uniquement catholique et romaine. J'accepte évidemment que des gens puissent le faire mais ce n'est pas ma grâce.

Et nous vivons tous en cohérence, dans le partage.

Dieu seul peut faire des miracles...

Dieu seul peut créer,
Mais toi, tu peux valoriser ce qu'Il a créé.
Dieu seul peut donner la vie,
Mais toi, tu peux la transmettre et la respecter.
Dieu seul peut donner la santé,
Mais toi, tu peux soigner, rassurer, consoler.
Dieu seul peut donner la foi,
Mais toi, tu peux donner ton témoignage.
Dieu seul peut infuser l'espérance,
Mais toi, tu peux rendre confiance à ton frère.
Dieu seul peut donner l'amour,

Mais toi, tu peux apprendre à l'autre à s'aimer et à aimer.
Dieu seul peut donner la paix,
Mais toi, tu peux favoriser l'entente.
Dieu seul peut donner la joie,
Mais toi, tu peux sourire à tous.
Dieu seul peut donner la force,
Mais toi, tu peux soutenir un découragé.
Dieu seul est le Chemin,
Mais toi, tu peux l'indiquer aux autres.
Dieu seul est la lumière,
Mais toi, tu peux la faire briller aux yeux de tous.
Dieu seul est la Vie,
Mais toi, tu peux rendre aux autres le désir de vivre.
Dieu seul peut faire des miracles,
Mais toi, tu peux être celui qui apporte les cinq pains et les deux poissons.
Dieu seul peut faire ce qui paraît impossible,
Mais toi, tu pourras faire le possible.
Dieu seul peut se suffire à Lui-même,
Mais Il a préféré compter sur toi !

Risquer sa vie

Seigneur, je voudrais être de ceux qui risquent leur vie.
Et qui donnent leur vie ...
Car à quoi bon la vie, si ce n'est pour la donner ?

Seigneur, toi qui es né au hasard d'un voyage,
Toi qui es mort comme un malfaiteur,
Tire-moi de mon égoïsme et de mon confort.

Que, marqué de ta Croix, je n'aie pas peur de la vie rude.
Rends-moi disponible pour la belle aventure où tu m'appelles.
J'ai à engager ma vie, Jésus, sur ta parole.

Les autres peuvent bien être sages,
Tu m'as dit d'être fou.
D'autres croient à l'ordre,
Tu m'as dit de croire à l'Amour.
D'autres pensent qu'il faut absolument conserver,
Tu m'as dit de donner.

D'autres s'installent,
Tu m'as dit de marcher et d'être prêt
À la joie et à la souffrance, aux échecs et aux réussites,
Et de ne pas mettre ma confiance en moi mais en toi,
De jouer le jeu chrétien sans me soucier des conséquences
Et finalement de risquer ma vie, en comptant sur ton Amour.

45

Le dimanche

Moment unique pour la famille

> Je parle comme à des hommes intelligents ; jugez vous-mêmes de ce que je dis.
>
> La coupe de bénédiction que nous bénissons, n'est-elle pas la communion au sang de Christ ? Le pain que nous rompons, n'est-il pas la communion au corps de Christ ?
>
> Puisqu'il y a un seul pain, nous qui sommes plusieurs, nous formons un seul corps ; car nous participons tous à un même pain.
>
> 1 Corinthiens X, 15-17

Salam aleikoum à tous les musulmans : c'est bien d'aller à la mosquée le vendredi parce que c'est votre jour saint, sacré.

Shalom aux frères juifs : c'est bien de faire shabbat.

Om mani padme hum pour nos frères bouddhistes, qui saluent ainsi la compassion qui nous habite.

Et salut aux athées qui profitent du dimanche pour aller à la pêche ou au ciné...

Et aux agnostiques qui méditent un dimanche, et pas celui d'après, puisqu'ils ne savent pas si Dieu existe.

Les oiseaux volent, les poissons nagent, l'homme prie...

Réveillez-vous, chrétiens !

Les caméras montrent la religion catholique en baisse. C'est grave, il y a de moins en moins de fidèles dans les églises : 7 à 10% de pratiquants en France, alors que le catholicisme y est la religion majoritaire. Heureusement qu'une religion ne se calcule pas à son taux de pratique ! On peut pratiquer tous les dimanches et être de beaux enfoirés dans la semaine... Mais on peut aussi pratiquer régulièrement, notamment le dimanche, et être des chrétiens forts, militants et engagés dans la vie ; on peut avoir une vraie démarche le dimanche, et une vie qui lui corresponde en semaine.

Au temps d'avant, les anciens le savent bien, la messe était une obligation majeure. Si on ne se confessait pas après avoir sauté une messe du dimanche, on était en état de péché mortel.

L'obligation morale demeure, mais le temps d'aujourd'hui est au choix de chacun. On se fait sa « petite religion », on se fait l'Église à la carte. Le curé nous déplaît-il, parce qu'il est trop gros, parce qu'il est anorexique, parce qu'il porte la barbe ou qu'il louche ? Alors on fait la messe buissonnière.

On se sert de l'Église, on en prend et on en jette ; on en jette de plus en plus... On espace les messes doucement, mais sûrement. Sauf celle de Noël, évidemment, parce qu'il y a une distribution des prix après ; Pâques, c'est pareil... et encore.

On fait baptiser ses enfants et on ne va même pas à la messe ! Comment voulez-vous alphabétiser vos enfants dans une religion où le dimanche est un jour sacré, si vous n'y allez pas avec eux ? On dépose ses gosses au catéchisme comme à une garderie, et on se casse...

On s'étonne qu'ils balancent tout à quatorze ans. Prions-nous avec eux ? Les juifs et les musulmans doivent être des exemples pour nous. Ils prient devant et avec leurs enfants. Étonnez-vous ensuite que très rares sont leurs enfants adolescents se disant athées dans ces deux religions.

Pourquoi le dimanche chez nous, catholiques, protestants, orthodoxes, est-il sacré ?

Parce qu'on fête la résurrection du Christ, parce que c'est le jour du Seigneur. Parce que c'est la rencontre avec le Christ, le Fils de Dieu. Comme je le dis à mes loubards, musulmans ou autres, qui veulent venir à la messe : « Vous voyez ce pain et ce vin ? Eh bien, c'est le Christ, le Fils de Dieu qui est là. »

Imaginez que le président de la République ou le pape vienne un dimanche chez vous... Qu'allez-vous faire ? Irez-vous en week-end à Deauville ? Imaginez maintenant que ce soit une personne infiniment plus grande que toutes celles que vous désireriez connaître : le Christ vivant, le Christ en *live,* devant vous !

Cette fois, nul doute qu'au lieu de vous traîner, arriver cinq minutes en retard et partir cinq minutes avant la fin de la messe en disant : « Il commence à nous bassiner avec ses délires mystiques, ce curé », vous envahirez l'église trois heures à l'avance.

J'aime ce moment de la paroisse où sont réunis les petits, les adolescents, les adultes, les vieillards. L'eucharistie fait l'unité. Vous n'aurez pas de rencontre plus importante.

Certains vont à la messe tous les jours, le saviez-vous ? Des P-DG comme des ouvriers...

Un jour de contemplation

Le dimanche est le jour de la contemplation, pas de la compétition. Alors, cessez toutes vos activités. Après la semaine, les embouteillages, le travail, les emmerdements, prenez le temps de prier en famille. Est-ce que vous dites parfois à vos enfants : « Allez, on va prendre un quart d'heure pour Dieu. On assiste à la messe ce matin et puis on va prier ensemble » ?

Quel moment privilégié vous manquez si vous ne le faites pas ! C'est la force centrifuge pour la semaine. Après cette rencontre avec le Christ, on a besoin de se nourrir et c'est le silence qui nous le permet.

Si vraiment vous vivez le dimanche, le don du Saint-Esprit entrera dans vos familles, parce que ce sera le jour de l'amour et de la prière en famille. C'est un jour de contemplation, d'action de grâce, un jour de repos. Je vous le redis, il faut tout lâcher. Je me souviens que dans ma famille, le dimanche, ma mère bichonnait ses roses, mon père bricolait pour le plaisir ; quant à nous, on jouait.

Si vous pouviez aussi laisser ce putain de portable, cette « indispensable » télé et dire à vos enfants : « Venez, on va s'amuser ensemble ! » Croyez-moi, jamais ils n'oublieront combien le dimanche était un moment de joie, un moment sacré où vous étiez totalement disponibles, où vous étiez « écoutants », où vous jouiez avec eux ; surtout, où vous avez prié avec eux.

Ce jour inestimable, vos enfants le reproduiront un jour.

Les autres

J'en ai assez des chrétiens qui se plaignent que la messe du dimanche soit contraignante et qui la « sautent ». N'oublions pas que les musulmans vont à la mosquée le vendredi, et que le jour n'est pas férié pour eux !

Raison pour laquelle il faudrait au moins leur accorder un jour férié pour leurs grandes fêtes. Que les musulmans aient le vendredi pour l'Aïd el-Kebir ; et les juifs le jour de Yom Kippour.

Catholiques accros à la consommation, prenez exemple sur le shabbat : on ne conduit pas, on ne téléphone pas, on n'allume ni la télé ni la radio… C'est vraiment beau, ça.

Les commerces s'ouvrent de plus en plus le dimanche. Victime de la consommation, Dieu recule de plus en plus dans nos vies.

Consommons Dieu le dimanche. Et en famille. Jour de silence, de prière, et de jeux pour les gosses. Gardons ce jour comme un trésor. Le Seigneur bénira ce temps qui Lui est laissé.

46

Lourdes

Les souffrants : nomades de la foi

En sortant de la synagogue, il se rendit à la maison de Simon. La belle-mère de Simon avait une violente fièvre, et ils le prièrent en sa faveur.

S'étant penché sur elle, il menaça la fièvre, et la fièvre la quitta. A l'instant elle se leva, et les servit.

Après le coucher du soleil, tous ceux qui avaient des malades atteints de diverses maladies les lui amenèrent. Il imposa les mains à chacun d'eux, et il les guérit.

Des démons aussi sortirent de beaucoup de personnes, en criant et en disant : Tu es le Fils de Dieu. Mais il les menaçait et ne leur permettait pas de parler, parce qu'ils savaient qu'il était le Christ.

Dès que le jour parut, il sortit et alla dans un lieu désert. Une foule de gens se mit à sa recherche, et arriva jusqu'à lui ; ces gens voulaient le retenir, afin qu'il ne les quittât point.

Mais il leur dit : Il faut aussi que j'annonce aux autres villes la bonne nouvelle du Royaume de Dieu ; car c'est pour cela que j'ai été envoyé.

Luc IV, 38-43

En août 2007, je prenais part à l'animation du pèlerinage national à Lourdes avec ses dix mille participants. J'animais la méditation du rosaire à la grotte même. Quelle joie !

Quinze jours plus tard, j'étais appelé à bénir dix mille motards au cap d'Agde. 90 % d'entre eux n'étaient pas chrétiens. Contraste saisissant ! Mais revenons à Lourdes.

Mon premier pèlerinage à Lourdes

Lourdes, j'y suis allé tout petit avec mes parents, puis quand j'étais au séminaire. Le plus beau pèlerinage que j'y ai fait, c'est à mon retour d'Algérie où j'étais infirmier. Comme j'avais vécu des choses terribles, ma vocation vacillait un peu. Je voulais donner ma vie à Dieu, mais comment ? Allais-je devenir curé de campagne, là où mon premier diocèse, La Rochelle, m'appelait ?

J'ai dit à mon père que j'irais à Lourdes à pied. Ça faisait cinq cents kilomètres. Pourquoi ? Parce que Lourdes, c'est la guérison. Nous en avons tous besoin : moi, j'avais besoin d'une guérison intérieure et je comptais sur la Vierge Marie pour m'aider.

Dans ma sacoche, j'avais juste enfourné une poire, un morceau de pain et du fromage de chèvre. Mon père avait ajouté trente francs. On était pauvres.

J'étais à pied, en soutane, ça a été une épreuve physique, forte et belle. Mais, endurcis par trois ans de guerres, mes muscles étaient d'acier ! Je me souviens encore de l'odeur de la bruyère : j'ai gardé un souvenir illuminé des landes que j'ai traversées.

Un pèlerinage, c'est être reçu... Deux accueils m'ont frappé...

J'ai quarante kilomètres dans les pattes quand j'arrive à Saint-André-de-Cubzac. Je frappe à la porte du presbytère. La gouvernante m'ouvre. Comme c'était l'heure du repas, je lui dis : « Ne vous inquiétez pas, j'ai un casse-croûte, il me faudrait juste un endroit où dormir. »

J'entends la voix du curé derrière, qui s'exclame : « De mon temps, on prévenait ! »

Mais un pèlerin ne prévient pas ! Je lui réponds que je m'en vais. La servante, émue, me dit de rester. Elle m'emmène dans la salle à manger. Le curé de nouveau m'engueule : « Asseyez-vous, mangez une soupe ! »

Je pleurais dans ma soupe : à cause de la fatigue et de la rudesse de l'accueil. Et la gouvernante pleurait aussi !

Finalement le curé me donne un matelas. En moi-même, je me dis : « Quel enfoiré, ce type ! C'est fini, je vais plus chez les curés ! »

Trois jours après, j'arrive à Dax sous une pluie diluvienne. Pas moyen de faire autrement que de rechercher un presbytère ! Je frappe timidement à sa porte. Un énorme curé sort, vraiment impressionnant. Il me demande ce que je veux, je lui explique timidement que je voudrais juste un endroit pour m'abriter un peu, un auvent, n'importe quoi...

« Ne nous inquiétez pas, entrez, me répond-il.

– Non, non je vais tremper partout... »

Comme il insiste, j'entre. Il m'emmène dans la salle de bains, me prête une serviette, puis me tend une immense soutane : je nageais dedans !

Enfin, il me dit : « On vous attend.

– Comment ça ?

– Oui, je fête mes trente ans de sacerdoce et vous êtes le dernier invité. »

Ce fut un gueuleton de folie au milieu d'une trentaine de curés !

Après ça, je me suis dit qu'il valait mieux ne pas porter de jugements trop définitifs.

Je me souviens d'une autre fois où j'avais vraiment très faim. Je récite le « Notre Père » : « Seigneur, donne-nous notre pain du jour. » À ce moment même, une voiture s'arrête de l'autre côté de la route. Une personne baisse la vitre et me dit : « Monsieur l'abbé, votre repas est servi à cinq kilomètres d'ici. »

Elle était passée à côté de moi, m'avait vu marcher et avait continué jusqu'à l'auberge pour me commander à manger ! J'ai rarement vu le « Notre Père » exaucé de manière aussi belle (et rapide).

Au retour de Lourdes, je fais du stop. Un type s'arrête. Je monte. À peine suis-je installé qu'il me dit : « Je vous préviens, je déteste l'Église… »

Et là, avalanche de reproches contre l'Église, sur l'argent du Vatican, etc. J'essaye de lui répondre, mais... bon, j'étais tout jeune et un peu timide à l'époque. Et puis, à un moment, il déclare qu'il a envie de manger et s'arrête en face d'un routier.

Je lui dis d'y aller, que j'ai mon casse-croûte.

« Ah non, je vous invite ! me répond-il.

– Écoutez, monsieur, vous dites que les curés prennent l'argent du peuple, que nous vivons comme des nababs, que l'Église est une vaste escroquerie… Alors, s'il vous plaît, soyez cohérents et laissez-moi manger de mon côté ! Dieu a toujours pourvu à mes besoins. »

Et là, en guise de réponse, il rigole. Puis il plonge sa main dans sa poche et en tire sa carte d'identité qu'il me donne à lire : il s'appelait « Jean Dieu ». Ça ne s'invente pas… « C'est moi, Dieu, donc vous m'obéissez ! »

Alors nous avons becqueté ensemble !

Par la suite, nous avons longtemps correspondu.

Les différents aspects de Lourdes

Cinq millions de visiteurs par an à Lourdes ! Quelle attraction immense génère ce lieu !

Quatre aspects m'ont toujours frappé : l'eau, le toucher, le rocher et la lumière.

Les gens vont vers Jésus pour en recevoir l'eau vive, à l'image de la Samaritaine dans l'Évangile de Jean. Dans la Bible, l'eau est à la fois destructrice et source de vie. On n'en manque pas d'exemples actuellement avec les sécheresses, les inondations… Nous avons besoin d'eau pour vivre, même si cette eau peut parfois nous tuer. Nous venons à Lourdes pour son eau apaisante et réparatrice. Quand la Vierge apparaît à Bernadette et lui dit de fouiller le sol, une source naît ! Cette fameuse source où est immergé celui qui veut guérir. J'ai plongé deux fois dans cette eau glaciale de purification.

Un autre aspect, c'est le toucher. Dans les Évangiles, Jésus touche les malades, et les gens veulent le toucher aussi. J'aime tellement bénir les pèlerins à Lourdes, il y a tant de malades, de pauvres, de quémandeurs de Dieu. Je bénis à en avoir une tendinite. J'en ai une, mais grâce à Dieu, au bras gauche !

Le troisième aspect, c'est le rocher. La Vierge est apparue au cœur d'un rocher. Le rocher, c'est le Christ. Et le Christ, c'est la miséricorde divine. Je suis toujours très ému de voir la file interminable des croyants toucher ou embrasser le rocher. C'est une belle prière. C'est accueillir le Christ, force, vie et pardon, et ensuite se réconcilier par le sacrement de pénitence.

Enfin, comment être indifférent aux milliers de lumières qui serpentent la nuit au cours de la procession ? Inusable. Ce parcours lumineux où les voix chantant l'« Ave Maria » dans toutes les langues est une immense prière.

Personne ne peut passer à Lourdes sans se purifier, se poser des questions ou simplement s'émerveiller. N'oublions pas que la plus belle prière de l'athée et de l'agnostique, c'est l'émerveillement.

La place de Marie dans nos vies

C'est frappant, l'atmosphère de joie à Lourdes : les visages recueillis, apaisés, souriants ! Je connais un musulman qui y va tous les ans parce que le lieu l'a touché – savez-vous que Myriam est citée quatre-vingt-quatre fois dans le Coran ? Le « oui » de Marie à l'ange Gabriel, le courage de Marie, c'est ce que nous allons chercher à Lourdes.

Nous portons à Lourdes un autre regard sur la souffrance. Tout est inversé : c'est le handicapé qui est au cœur, qui passe en premier, qui est d'abord là, présent et devant.

Sainte Bernadette disait : « Quand on soigne un malade, il faut se retirer avant de recevoir un remerciement, on est suffisamment récompensé par l'honneur de le soigner. » Il faudrait avoir tout le temps cette phrase dans notre cœur.

Michel Camdessus, ancien directeur du FMI, a dit : « Près de la grotte de Massabielle, des personnes de tous horizons se rencontrent dans le service des pauvres et des malades. La mondialisation n'est pas seulement un phénomène économique, mais une réalité profondément humaine et spirituelle à Lourdes. Parce que Lourdes ouvre le cœur de l'homme à l'oubli de soi, à la rencontre à l'autre, à l'attention au plus souffrant. On apprend la fraternité et l'espérance au contact des plus démunis. Lourdes aide chacun à donner un sens à sa vie. Ce grand sanctuaire international est donc bien une source d'humanisation pour la mondialisation en cours. »

Prière des malades d'un hôpital de New York

J'ai demandé à Dieu la force pour atteindre le succès,
Et Dieu m'a rendu faible afin que j'apprenne humblement à obéir.
J'ai demandé la santé pour faire de grandes choses,
Et Dieu m'a donné l'infirmité pour faire des choses meilleures.
J'ai demandé la richesse pour pouvoir être heureux,
Et j'ai reçu la pauvreté pour pouvoir être sage.
J'ai demandé la puissance pour obtenir l'estime des hommes,
Et j'ai reçu la faiblesse afin que j'éprouve le besoin de Dieu.
J'ai demandé un compagnon afin de ne pas vivre seul,
Et Dieu m'a donné un cœur afin que je puisse aimer tous mes frères et sœurs.

J'ai demandé toutes les choses qui pourraient réjouir ma vie,
Et j'ai reçu la vie afin que je puisse me réjouir de toutes choses.
Je n'ai rien eu de ce que j'avais demandé,
Mais j'ai reçu tout ce que j'avais espéré.
Je suis, parmi les hommes, le plus richement comblé.

47

Dire Dieu, comment ?

Le crier ou la fermer

Il leur disait dans son enseignement : Gardez-vous des scribes, qui aiment à se promener en robes longues, et à être salués dans les places publiques ;

qui recherchent les premiers sièges dans les synagogues, et les premières places dans les festins ;

qui dévorent les maisons des veuves, et qui font pour l'apparence de longues prières. Ils seront jugés plus sévèrement.

Marc XII, 38-40

Il y a plusieurs façons de dire Dieu.

Certains crient leur foi en leur propre religion, en leur religion qui n'appartient qu'à eux, la seule, unique et définitive religion. L'exemple extrême de cette manière de dire est donné par les Témoins de Jéhovah qui défoncent votre porte pour vous envoyer leur Dieu dans la gueule.

Un jour, deux femmes passent à ma permanence pour me débiter leur salade. Comme je leur demande leur prénom, elles me répondent : « Pourquoi ? » Alors je leur donne le mien et je propose un café... Puis je leur dis que je suis prêtre.

Elles étaient horrifiées !

Comme elles commencent à me les gonfler, je leur dis . « Écoutez, je ne pense pas que votre façon de dire Dieu soit la meilleure ! »

J'ai vu également certains évangélistes faire ça dans notre propre Église. Ces déchaînés de Dieu sont graves, ils veulent t'envoyer à Dieu tout de suite ! Mais j'avoue avoir vu des gens chez qui les simples mots d'un charismatique leur disant que Dieu les aimait avaient suffi à déclencher des interrogations et parfois une véritable conversion.

Systématiquement crier Dieu, non, j'y crois pas. Enfin... c'est pas pour moi.

À mon sens, il faut d'abord écouter l'autre et ne jamais lui imposer sa foi. Il faut garder à son égard un infini respect. Le danger est de vouloir le conquérir par tous les moyens. J'aime à ce propos l'ouverture des bouddhistes qui vous renvoient toujours à votre religion d'origine.

Par respect, on doit écouter l'autre, surtout ses critiques, car ses attaques la plupart du temps ne portent pas sur Dieu ni sur la foi, mais le plus souvent sur l'Église et sur certaines positions de Rome.

« Ma religion, c'est l'amour » est ma phrase type quand une personne veut me convaincre que seule sa religion est la bonne.

Aller chez l'autre

Il faut également comprendre l'autre, sa pratique religieuse, voir comment il vit sa foi, quel est son Dieu. C'est la rencontre prioritaire que j'ai eue en Algérie pendant des années. Elle m'a permis de comprendre de l'intérieur la foi musulmane et, en même temps, a renforcéla mienne. J'ai fait le ramadan en Algérie, c'était extraordinaire.

Quand un mec musulman me dit qu'il a envie de prier, je lui donne un tapis de prière. Mais nous ne pouvons aller à la rencontre de l'autre sans avoir bûché d'abord notre propre foi. En premier, il faut l'affermir afin d'être capable ensuite d'écouter l'autre dans sa différence.

Là se trouve le danger du syncrétisme échevelé prôné par certains mouvements pseudo-religieux où l'on prend un peu d'islam, un peu d'hindouisme, un peu de bouddhisme, etc., pour faire une « religion de synthèse ».

Affirmer sa foi par le témoignage

Quinze ans de séminaire m'ont appris à annoncer Dieu offensivement. Heureusement, Vatican II est venu remettre de l'ordre en disant : « Pas de prosélytisme. »

J'aime cette phrase de Paul VI : « Nous avons besoin, dans les temps d'aujourd'hui, de beaucoup plus de témoins que de maîtres. » Un témoin ferme sa gueule, il n'essaie pas d'accrocher l'autre. Il bûche sa foi et annonce Dieu avec son propre charisme.

La meilleure rencontre avec Dieu passe par des actes d'amour et de miséricorde. Si l'autre reconnaît Dieu, ce sera par nos vies.

Le Seigneur a dit dans la Bible : « Allez annoncer la bonne nouvelle. » Quand on lit attentivement les Évangiles, on comprend que cette bonne nouvelle ne peut être annoncée que par l'amour en actes, la miséricorde, l'humilité.

Aider les plus petits, les plus méprisés de nos frères, ceux qui souffrent le plus, est un des grands signes de Dieu. Par ma façon d'aimer les jeunes avec qui je vis, de les écouter, d'être humble, je les rapproche de Dieu… Au moins, ils s'interrogent sur ce qui m'habite.

Une jeune, un jour, m'a dit : « T'es trop speed. Tu dois prendre de la drogue ! » Mes dénégations ne l'ont pas convaincu... Quelques années plus tard, je le revois et, après m'avoir observé, il me décoche : « Non, tu prends pas de drogue… T'as une force en toi qui t'habite. Garde-la bien. »

Dieu a dû se réjouir.

48

Au service du Christ

Un curé de campagne heureux

Ne savez-vous pas que ceux qui remplissent les fonctions sacrées sont nourris par le temple, que ceux qui servent à l'autel ont part à l'autel ?

De même aussi, le Seigneur a ordonné à ceux qui annoncent l'Évangile de vivre de l'Évangile.

Pour moi, je n'ai usé d'aucun de ces droits, et ce n'est pas afin de les réclamer en ma faveur que j'écris ainsi ; car j'aimerais mieux mourir que de me laisser enlever ce sujet de gloire.

Si j'annonce l'Évangile, ce n'est pas pour moi un sujet de gloire, car la nécessité m'en est imposée, et malheur à moi si je n'annonce pas l'Évangile !

Si je le fais de bon cœur, j'en ai la récompense ; mais si je le fais malgré moi, c'est une charge qui m'est confiée.

Quelle est donc ma récompense ? C'est d'offrir gratuitement l'Évangile que j'annonce, sans user de mon droit de prédicateur de l'Évangile.

Car, bien que je sois libre à l'égard de tous, je me suis rendu le serviteur de tous, afin de gagner le plus grand nombre.

1 Corinthiens IX, 13-19

Les cloches et les chasseurs

Les chasseurs étaient tapis dans la garrigue provençale à l'affût de quelques sangliers. La brume matinale envahissait les sommets. Et les cloches du village sonnèrent à toute volée…

Non pas le glas funèbre annonçant la mort, mais les cloches joyeuses de l'église, celle fêlée de la chapelle et les cloches de Rome qui jaillissaient de notre sono.

C'était il y a trente-trois ans, au cours de la première messe dominicale que je célébrais à la chapelle de Rougon, proche de la Bergerie.

Un des chasseurs m'a confié quelque temps plus tard : « On s'est tous assis sans se concerter, saisis par la mélodie des cloches, au point de laisser filer un beau sanglier. La brume faisant caisse de résonance, on entendait parfaitement. C'était la vie qui revenait dans notre village, sous la forme de l'appel joyeux de nos cloches. Merci, curé, j'espère que ce ne sera pas exceptionnel. »

Voilà trente-trois ans que ça dure.

L'évêque et les sept anciennes

Peu après notre arrivée dans les Alpes-de-Haute-Provence, l'évêque de Digne vint nous rendre visite. Il s'extasia devant la ruine, juste achetée, et fut conquis par l'équipe des jeunes, ardents et trépidants. Ils lui donnèrent du « monsieur » et surent tout de suite que c'était mon « patron ». J'en ai eu quatre depuis.

L'évêque me confia la paroisse de Rougon désertée depuis longtemps, le curé du coin ayant un immense secteur à desservir. En accord avec ce dernier, j'assume une dizaine de célébrations par an, depuis plus de trois décennies.

Je ne me doutais pas alors de l'aventure humaine et religieuse qui allait suivre… avec les sept premières paroissiennes qui, à petits pas, se dirigeaient vers le temple où je célébrais pour la première fois la messe.

Le peuple aujourd'hui déborde de la chapelle. Il a fait de moi un curé de campagne heureux.

C'était mon rêve d'enfant. Sous mes yeux émerveillés de vieux gosse de soixante-douze ans, je vis aujourd'hui, avec quelle allégresse, ce que je désirais tant à l'âge de treize ans !

Anciens, touristes, jeunes et adultes m'apportent la richesse et la force que tout prêtre peut acquérir quand il est lié à une terre, à un lieu, à un peuple et à son évêque.

À l'écoute du peuple provençal

Ce peuple m'a appris à partager son histoire, ses joies, ses peines, ses doutes et son espérance. Il m'a appris combien la France manque de prêtres qui auraient le temps de partager autre chose que l'heure réservée à la liturgie dominicale.

J'ai lu dans le registre paroissial du village cette belle histoire…

Un pasteur est resté dans la mémoire des plus anciens de Rougon : le père Victor Sébastien Gaudemard, curé de Rougon durant cinquante-quatre ans. Émouvante écriture que la sienne quand sa plume virile, jeune, ardente, trace fermement sur le registre, le 9 février 1875, la mention de la sépulture d'Euphrosine. Son ministère débutait.

Cinquante-quatre ans après c'est la même écriture, mais

cahotante, trébuchante, hésitant longuement sur le papier pour inscrire le baptême de Marie, le 17 novembre 1927 – son dernier acte pastoral.

Un mois plus tard, le 16 décembre 1927, une autre écriture virile trace bellement la mémoire de l'inhumation du père Victor Sébastien Gaudemard, mort subitement. Le père Geoffroy enterre son prédécesseur et restera trente ans curé de Rougon, jusqu'en 1957.

Depuis cette date, le curé de Castellane, surchargé, venait de temps à autre célébrer l'eucharistie et assurait surtout l'office des funérailles. D'où sa réflexion désabusée : « Je suis l'homme des glas. Les 90 % de mon temps dans cette paroisse se passent à célébrer les enterrements. »

Je m'inscris à ma façon dans cette lignée : « un prêtre par village ». Lignée qui a fait l'histoire religieuse de Rougon.

En 2007, dans le diocèse de Digne très étendu, on compte cinquante-sept prêtres dont vingt-cinq en exercice. Je vénère les prêtres qui y travaillent avec la même passion. Petit troupeau, immense champ à ensemencer. « J'évangélise le macadam », me confiait l'un d'eux avec humour en me chiffrant les heures de route nécessaires pour aller d'une paroisse à l'autre.

Les prêtres d'alors avaient sans doute leur « harem mystique », des saintes femmes proches d'eux et assidues à tous les offices. C'est le seul beau reste qui se maintient encore aujourd'hui, et heureusement. Vilipendées souvent, ces « mamouchkas » entretiennent la foi qui fout le camp chez les jeunes et les adultes.

Le mur de l'athéisme militant de l'URSS a été remplacé par le mur du bien-être européen. L'idée de Dieu bute contre ces deux murs, quand l'homme veut se suffire à lui-même.

Je constatai très vite que la population du village, de quarante habitants l'hiver, se multipliait par dix l'été.

Avec la désertification des campagnes et le départ des adultes, il y a cinquante ans, pour chercher gîte et pitance dans les villes du Sud, la foi avait disparu ou presque. Les enfants et petits-enfants reviennent réchauffer leurs racines dans la maison de leurs ancêtres quelques semaines par an.

Le temple, lui, était déserté. Seules les sept paroissiennes, toujours à petits pas, venaient fidèlement célébrer les rares eucharisties que le prêtre de passage pouvait leur offrir.

Un événement fondateur

En 1974, une vieille Rougonnaise, Mme Constantin, me confia un jour à la sortie de la messe : « Pourriez-vous refaire la procession de la Saint-Christophe le dernier dimanche de juillet ? J'aimerais tant la revoir avant de mourir. »

Je m'enquis de l'origine de cette fête qui datait de plusieurs centaines d'années. Elle s'était éteinte.

Quelques mois plus tard, elle renaissait. J'ai le souvenir inoubliable de la joie des anciennes réunies dans l'église où sonnaient les cloches à toute volée. Avec elles, je refaisais la procession s'étirant au milieu de la lavande jusqu'à la chapelle, située à quatre cents mètres. C'était le rite pédestre et ancestral. Et je m'y suis tenu religieusement.

Sur le même parcours, voir aujourd'hui sous le scintillement des étoiles la foule de plusieurs centaines de personnes chantant l'« Ave Maria » de Lourdes en faisant vaciller la lumière d'un cierge est joie profonde pour tous.

Mme Constantin et ses six copines jubilaient.

Quelques mois plus tard, tout joyeux, j'allai lui porter l'album des photos de la procession retrouvée. L'octogénaire venait de mourir quelques heures auparavant. Je mis les photos de son rêve réalisé sur son cercueil et je bénis cette sainte femme, auteur d'un acte fondateur.

Cet événement, chaque année, permet à tout un village et à ses environs de revenir à une source chrétienne forte. Aujourd'hui, lors de la procession, il rassemble tous les habitants, quelle que soit leur idéologie politique ou religieuse.

J'invite chaque année un évêque à présider la fête. De l'archevêque d'Alger à un prélat du Vatican, ces éminences découvrent un peuple et son histoire. Les loubards savent très vite les mettre à l'aise lorsqu'elles sont guindées. Les bêtes font le reste.

Voir débouler devant la chapelle, juste avant les cérémonies, l'équipe des jeunes de Faucon portant vêtements sacerdotaux, aubes d'enfants de chœur, croix et encensoir est un régal.

La préparation de la messe est finement faite par mes équipiers chrétiens. Il n'est pas rare qu'un musulman se charge de la sono et que des jeunes de Faucon, toutes religions confondues, enfilent les aubes et portent notre livre saint avec solennité.

Dieu doit se réjouir de voir Ses créatures Le louer, biffant durant un moment nos différences religieuses qui masquent l'essentiel : *chanter ensemble un Dieu unique*.

J'ai ajouté à ce retour aux racines chrétiennes traditionnelles l'apport laïc de centaines de motards qui viennent honorer, sur leurs engins pétaradants, une fête religieuse dont ils se foutaient, au départ, comme de leur première mobylette.

Conquis par ce folklore mi-religieux, mi-laïc, ils reviennent pendant deux jours tous les ans enrichir les festivités du village. Cette présence motarde qui date de vingt ans est particulièrement pittoresque. Et elle dure.

Les motards partent traditionnellement de Faucon le samedi soir, toutes sirènes hurlantes, montant vers le village, nid d'aigle et de vautour dominant les gorges du Verdon.

Spectacle audiovisuel superbe, à la grande joie des villageois qui entendent de très loin les klaxons annonçant leur arrivée et le début des festivités.

Les deux-roues encadrent la procession religieuse nocturne et refont le même parcours le lendemain matin pour la grand-messe. Ils ne manqueront pour rien au monde ce joyeux défilé.

J'en ai vu cependant certains rester longuement dans la chapelle où, le samedi soir, le Saint-Sacrement est exposé. Rigolard, l'un d'eux m'a confié : « C'est ma seule messe de l'année. Je te dirais pas que je prends mon pied. Mais sache que, pour rien au monde, je ne manquerais ce défilé. »

Les gosses « déguisés » en enfants de chœur

Les sept vieilles mémés sont mortes. D'autres les ont remplacées.

Depuis le début de ce ministère bucolique et familial, j'ai remarqué qu'elles venaient de plus en plus avec leurs petits-enfants. Sachant l'attrait mystérieux des gosses pour l'eucharistie, j'ai déniché dans la sacristie de vieilles aubes d'enfants de chœur.

Les grands-mères ravies (autant que les gamins) acceptent

de les « déguiser » comme les enfants me le demandent dès qu'ils arrivent sous le porche du temple.

L'entrée dans la chapelle, accompagnée d'un super « Te Deum » lancé par la sono, est toujours solennelle et priante. Une dizaine d'enfants s'avancent, tenant chacun un bouquet de fleurs qu'ils placent sur l'autel pendant l'encensement.

Peuple enfantin, fort religieux mais très nomade, qui part brutalement du chœur pour faire un bisou à la grand-mère adorée ou me demander, en pleine messe, d'aller faire pipi !

Liturgie inédite !

La demande de certaines grands-mères pour baptiser le petit-fils est arrivée très vite. Beaucoup de parents ont accepté.

J'ai célébré, en plus de trois décennies, une trentaine de mariages, quelques communions et une centaine de baptêmes. Je revois les gosses tous les étés. Certains adolescents m'ont demandé de les préparer à la communion. D'autres viennent à la messe sous le porche. Une sono à l'extérieur leur permet de suivre une liturgie qu'ils honorent… de dehors. Je commence à en marier certain(e)s.

Je garde précieusement ce témoignage émouvant et fort d'une fille du village, dont les parents sont athées, et que j'ai préparée récemment au mariage. Sa grand-mère me l'avait amenée à la chapelle il y a trente ans. Enfant, elle s'est évidemment « déguisée » au cours de plusieurs messes.

Durant la préparation de la cérémonie nuptiale, elle m'a confié ceci : « Toute gosse, je n'ai jamais oublié les messes à tes côtés. Ma foi s'est enrichie plus tard au contact d'une communauté charismatique rencontrée en ville. Mais je dois à mon éveil religieux d'enfant d'avoir pu saisir, adulte, que Dieu ne pouvait qu'être présent dans ma vie. »

« Sacrement de l'amour » et « sacrement de l'amitié »

Vient à la messe qui veut. Mais le nombre de plus en plus grand des ouailles très contrastées qui emplissent la chapelle m'a permis d'inventer un geste qui, à l'intérieur du « sacrement de l'amour », l'eucharistie, est pour moi le « sacrement de l'amitié ».

Petit à petit, quelques orthodoxes, protestants, athées, bouddhistes et musulmans se sont pressés sous la nef qui date des Templiers.

Saisis par la dimension familiale et priante de la cérémonie, certains « paroissiens » de confessions différentes se sont approchés de l'autel pour recevoir la communion.

Impossible, évidemment, de leur donner l'hostie dont ils ne reconnaissent pas la divinité.

Un pain, religieusement préparé et offert par le boulanger du village, m'a permis de faire participer ceux et celles qui désirent communier fraternellement avec l'assistance chrétienne.

Je passe donc dans les allées, dès la communion donnée, avec les enfants de chœur pour distribuer le pain de l'amitié.

La main tendue par les petits, ravis et qui ont toujours les crocs, est un très beau moment. Plus émouvant est le geste de l'adulte recevant ce pain de l'amitié grâce auquel il sent qu'il n'est pas un étranger dans notre communauté.

Il y a sa place, toute sa place.

À la fin d'une cérémonie, cette réflexion de Mohamed, à qui j'avais omis de donner le pain de l'amitié, est caractéristique du sens liturgique aigu chez le musulman, qui a compris toute la signification des deux pains partagés. « Est-ce que ce pain est consacré, Guy ? » me dit-il en me montrant les restes sur l'autel. « Reçois le pain de l'amitié, Momo », fut ma réponse, tandis que je lui tendais le pain qu'il désirait.

Les anciennes restent toujours au hit-parade de ce rassemblement. Je n'oublie jamais de leur demander, lors des cérémonies de baptême et de mariage, quelles sont celles qui ont reçu un ou plusieurs sacrements dans cette église. Les vieilles mains se lèvent alors et les voix affirment haut et fort : « Il y a soixante ans – soixante-dix ans, parfois quatre-vingts ans –, j'y ai reçu tel ou tel sacrement. »

Funérailles sous le ciel de Provence

Il m'est arrivé plusieurs fois que de vieux Provençaux me demandent de les enterrer. « Le plus tard possible, l'ancêtre ! » est ma réponse. Le seul problème, c'est qu'on ne date jamais d'avance le jour et l'heure de cette ultime rencontre.

Être là pour Marie-France, mongolienne adorée de sa famille, Ferrudjo, mari de la patronne d'un célèbre restaurant, et d'autres encore, n'est pas facile pour moi. Il me faut triturer un planning archi-plein pour bondir participer à ce dernier rendez-vous où toute la population est présente.

Les hommes restent religieusement dehors, selon une pratique qui ne faiblit pas. Un haut-parleur à l'extérieur leur permet de suivre la cérémonie.

Comme il est bon de chanter la vie de Jeannot, le dernier enterré et que j'aimais beaucoup !

Boulanger depuis trois générations, taxi ensuite. Poète reconnu, il a écrit des poèmes inspirés, dédiés à cette terre rude et belle de Haute-Provence. Jeannot était une figure du village et l'homme de la rencontre.

Comme il m'est bon de chanter à mon tour les vertus éminentes de ce haut lieu du Verdon et de ses habitants ! Rude, accueillant, peu bavard mais solidaire, ce peuple a son terroir dans le cœur et la peau. Il le défend avec la dernière énergie.

Ayant marié le fils de Jeannot, baptisé ses deux petits-enfants et tissé des liens forts avec le défunt, je ne peux avoir lors des funérailles des mots conventionnels.

C'est la richesse d'une présence sacerdotale que je souhaite à tous les prêtres du monde.

Sentir vibrer son peuple. En être le serviteur. Tisser mille liens dans les bars, les restaurants et les fêtes villageoises est, pour un prêtre, cadeau du ciel. Son peuple lui rend alors au centuple ce qu'il tente de lui offrir.

S'il m'a permis, ce peuple, d'apprendre à célébrer l'eucharistie, il m'a d'abord appris, à travers chaque visage reconnu et aimé, qu'une des plus belles missions d'un prêtre est d'être là, disponible, révélant l'« invisible » par sa présence.

Oui, je suis un curé de campagne heureux, solidaire du clergé de Haute-Provence. Ces « laboureurs » ont la sainteté de leur charrue qui trace son sillon dans l'effacement et l'Espérance.

Mes deux relèves

Une réflexion marquante de Michèle, issue d'une des vieilles familles rougonnaises, m'avait amusé. Il y a trente ans, ravie de cette procession juste retrouvée, elle me dit un jour : « Et quand tu ne seras pas là, qui présidera cette fête qui nous unit tant ? » J'ai rigolé en lui disant : « J'ai quarante-deux ans… J'ai encore du bon temps devant moi, je l'espère. »

Si ma relève éducative, en tant que chef de file de l'Association de la Bergerie de Faucon, est en partie assurée, celle de pasteur de Rougon n'est pas encore venue. Elle devra se faire un jour.

Après avoir tant semé dans les gorges du Verdon, j'aimerais qu'un autre pasteur continue de labourer joyeusement cette terre.

C'est mon souhait.

Des semeurs d'amour

Du plus petit village au quartier immense d'une mégapole, on a besoin de semeurs d'amour.

Jean-Pierre et Michèle, les maires des deux communes sur lesquelles nous sommes, nous apportent un soutien jamais démenti. Les multiples associations des petits villages provençaux offrent une réponse essentielle à la solitude des habitants.

J'admire Albert à la crinière blanche, dans un autre petit village proche de celui de Rougon, La Palud-sur-Verdon. Il ouvre son restaurant tout l'hiver pour réchauffer le cœur des villageois et des passants. Son civet de sanglier est célèbre et son accueil nocturne très prisé.

L'hiver, se retrouvent pêle-mêle communistes, chasseurs, pompiers organisant à tour de rôle des soirées conviviales où la salle bondée vibre de joie. J'essaie d'y être avec les jeunes de Faucon. Leur intégration au milieu de la population est grande et belle. Elle ne s'est pas faite en un seul jour. Faucon n'est pas montré du doigt comme un repaire de délinquants, mais comme un lieu de vie qui partage avec tous ses membres les joies et la vie des deux villages proches.

Une quinzaine d'anciens de Faucon se sont implantés non loin de la Bergerie. Restaurateurs, ouvriers, éducateurs, ils sont une « communauté locale » qui s'investit socialement, économiquement, culturellement et politiquement.

Ils vivent bellement les idéaux de Faucon, là où ils ont fait leur nid.

Ils me donnent une grande espérance, détenteurs qu'ils sont de valeurs laïques (pour certains, religieuses) fortes.

Cela a pris du temps. Mais ils portent l'avenir, sans le savoir vraiment. L'esprit de Faucon survivra après moi, j'en suis certain.

Puissent ces pages t'apporter à toi, croyant ou incroyant, la certitude qu'un prêtre peut vivre heureux et rassembler bien au-delà de sa communauté chrétienne.

Si les loubards m'ont rempli de joie dans mon désir de les mettre debout et de les rendre libres, il me fallait te dire que mon rêve d'enfant a trouvé vie et bonheur dans ce lieu unique des gorges du Verdon.

Grâce à l'amour des humains et celui que je tente de leur offrir à plein cœur.

Quand je contemple le torrent impétueux du Verdon, me revient toujours cette phrase sublime de l'Évangile : « L'amour est un torrent. Personne ne peut l'arrêter. »

Lorsque se dessinera pour moi le chemin escarpé de la vieillesse, je mettrai à mon tour mes petits pas dans ceux des anciennes.

Avant le bond final vers l'Amour éternel.

49

La famille, source de vocation

Savoir l'aimer, savoir la quitter

Pierre, prenant alors la parole, lui dit : Voici, nous avons tout quitté, et nous t'avons suivi; qu'en sera-t-il pour nous ?

Jésus leur répondit : Je vous le dis en vérité, quand le Fils de l'homme, au renouvellement de toutes choses, sera assis sur le trône de sa gloire, vous qui m'avez suivi, vous serez de même assis sur douze trônes, et vous jugerez les douze tribus d'Israël.

Et quiconque aura quitté, à cause de mon nom, ses frères, ou ses sœurs, ou son père, ou sa mère, ou sa femme, ou ses enfants, ou ses terres, ou ses maisons, recevra le centuple, et héritera de la vie éternelle.

Matthieu XIX, 27-29

Parler de sa vocation, c'est parler d'un secret d'amour. Et c'est toujours délicat. Si vous demandez à des amoureux pourquoi ils s'aiment, ils peineront à l'exprimer. Ils s'aiment, c'est tout. Pour moi, la fulgurance de l'appel à l'âge de treize ans est restée intacte soixante ans après. Je ne peux être plus heureux que je ne le suis. Mixer deux vocations, prêtre et éducateur, tout en aimant la nature – bêtes, fleurs et terre –

et en adorant faire courir mon stylo pour ton plaisir (je l'espère), c'était la voie humble, royale, si dure mais si belle, qui m'était tracée.

Je reste avec cet appel d'enfant : « Dieu seul, et les autres. » Tous les autres, mais surtout les plus abimés, les perdus, les perdants. Ma vocation de prêtre est un don reçu. À moi d'entretenir cet appel si lointain et si proche à la fois.

Les lassitudes, les échecs et l'usure peuvent envahir l'âme de l'apôtre. Si Dieu appelle et allume en nous la flamme, il fait qu'elle consume nos attraits, notre nature, notre pente, nos fragilités, nos échecs. On s'affadit si vite. On s'habitue si facilement. On peut brasser la misère à pleines mains sans repérer la couleur des yeux de celui qui implore ou mendie. On peut entendre sans cesse des cris de désespoir sans les écouter.

Après le galop d'essai de l'apôtre qui en veut, qui court partout, qui n'est qu'élan, on peut alors n'avancer qu'à petits pas, reculer même, s'entourer de garde-fous, travailler avec filet et craindre plus que tout le risque.

Revenir sans cesse au premier appel est ma priorité, bûchée, revue, corrigée. Mes deux jours de silence et de retraite dans un monastère, tous les dix jours, m'ont permis de remettre continuellement les pendules à l'heure.

Seul motif d'action dans cette pause sacrée : « Retrouver l'appel de Dieu qui envoie. » Le vivre aujourd'hui avec mes vieux os, mes muscles qui rechignent devant l'effort, ma tendinite et autres bricoles, est passionnant.

« À l'homme intérieur de progresser », disait saint Paul. Le reste peut se décrépir. L'appel, lui, doit rester olympien. Comme un athlète de Dieu, à moi de l'entretenir. Avec mon dopage quotidien : l'eucharistie, la méditation, le chapelet, le bréviaire, et me noyer sans cesse dans le regard de l'autre pour y trouver la part de cristal où Dieu se cache. J'ose ajouter : entretenir mon corps, notamment monter dans les arbres, mon sport préféré. Et là-haut, tout là-haut, respirer le ciel à pleins poumons.

Tu trouveras dans ce livre, cher lecteur, quelques photos de mon album intime, pour te montrer comment je suis passé de ma famille humaine à celle de Dieu. L'Église ne dit-elle pas que la famille constitue le plus beau terreau pour l'éclosion de la vocation ? Je ne remercierai jamais assez mes parents de m'avoir offert tant d'amour, me laissant ainsi entrevoir l'amour infini de Dieu, auquel j'allais pouvoir consacrer toute ma vie.

Table

II
En cœur à cœur avec Dieu

III
La sainteté à chaque instant

Du même auteur :

AUX ÉDITIONS PHILIPPE REY
(titres repris dans la collection Points)

L'Évangile selon saint Loubard
(Prix Spiritualités 2004)
L'Évangile, une parole invincible

AUX ÉDITIONS STOCK
(titres repris dans la collection Livre de Poche)

Un prêtre chez les loubards
La rue est mon église
Des jeunes y entrent, des fauves en sortent
L'Espérance aux mains nues
Aventurier de l'amour
Avec mon aube et mes santiags
Les Petits Pas de l'amour
Jusqu'au bout !
Dieu mon premier amour
Des loups dans la bergerie
Dealer d'amour
Passeurs de l'impossible
Ma religion, c'est l'amour
Kamikaze de l'espérance
Et si je me confessais

Aux éditions Salvador
(titres repris dans la collection J'ai Lu)

Cris de jeunes

Aux éditions des Béatitudes

Chemin de croix
Le plus bel album de famille : le rosaire
Les Mystères lumineux du rosaire

Aux éditions du Livre ouvert

La violence... un appel ?
Lutte, prie et aime

Aux éditions Coccinelle
(bandes dessinées)

Aimer à tout casser
Des loups à Faucon

Achevé d'imprimer en septembre 2009, en France sur Presse Offset par
Maury-Imprimeur - 45330 Malesherbes
N° d'imprimeur : 148078
Dépôt légal 1re publication : octobre 2009
LIBRAIRIE GÉNÉRALE FRANÇAISE - 31, rue de Fleurus - 75278 Paris Cedex 06

31/2605/9